LES REFUGES

Jérôme Loubry est né en 1976. Il a d'abord travaillé à l'étranger et voyagé tout en écrivant des nouvelles. Il est lauréat du prix Plume Libre d'argent avec son premier roman, *Les Chiens de Détroit*, du prix Sang pour Sang polar pour *Le Douzième Chapitre* ainsi que du prix Cognac du meilleur roman francophone et du grand prix de l'Iris noir de Bruxelles pour *Les Refuges*.

Paru au Livre de Poche :

LES CHIENS DE DÉTROIT
LE DOUZIÈME CHAPITRE

JÉRÔME LOUBRY

Les Refuges

ROMAN

CALMANN-LÉVY

© Calmann-Lévy, 2019.
ISBN : 978-2-253-18159-0 – 1re publication LGF

Pour Loan

Mein Vater, mein Vater, und siehst du nicht dort
Erlkönigs Töchter am düstern Ort?
Mein Sohn, mein Sohn, ich seh es genau :
Es scheinen die alten Weiden so grau.

GOETHE, *Erlkönig.*

Mon père, mon père, ne vois-tu pas là-bas
Les filles du roi des aulnes cachées dans l'ombre?
Mon fils, mon fils, je le vois bien,
Les saules de la forêt semblent si gris.

GOETHE, *Le Roi des aulnes.*

Septembre 2019

François Villemin ouvrit la porte de la salle de cours mise à disposition par la faculté de Tours et invita les élèves à s'installer sur les bancs de l'amphithéâtre.

— Bienvenue à tous, débuta-t-il en déposant son ordinateur portable sur le bureau et en le connectant au tableau numérique.

Son costume en laine beige, sa silhouette effilée, son crâne dégarni et sa barbe blanche soignée lui donnaient l'allure d'un acteur écossais. Bien entendu, de par leur jeune âge, peu des personnes présentes dans la salle connaissaient Sean Connery. Mais il entretenait cette ressemblance avec une certaine malice, s'amusant de leur ignorance comme un érudit sourit face au manque de références d'un apprenti.

Il attendit que chacun se soit assis puis, une fois son public parfaitement attentif, baissa l'éclairage de la pièce avant d'entamer son cours.

— Pour cette deuxième séance, nous allons évoquer une affaire apparue dans les années quatre-vingt, que j'ai nommée « Le refuge Sandrine ». Comme la dernière fois, je vais tout d'abord relater les faits et ensuite nous passerons aux questions. Je vous avertis, il est inutile de chercher des références sur vos smartphones ou de fouiller votre jeune mémoire pour vous souvenir de cette affaire. Il n'y en a aucune trace, nulle part. Et à la fin du cours, vous comprendrez pourquoi…

« Occupe-toi l'esprit...
Récite-toi ta poésie par exemple...
Ce sera plus facile...
Tu verras, demain lorsque ta maîtresse t'interrogera,
tu me remercieras...
Viens...
Rapproche-toi...
Ce sera plus facile... »

PREMIÈRE BALISE
L'île

1
1949

Valérie lança le bâton avec détermination. Celui-ci suivit une courbe haute, défia les nuages gris avant de retomber sur le sable. Immédiatement, le labrador beige se rua à sa poursuite, le saisit dans sa gueule, remua la queue de plaisir puis retourna en direction de sa maîtresse qui avançait d'un pas nonchalant le long de la plage.

— Allez! Rapporte!

Valérie se pencha, félicita son compagnon et jeta de nouveau le morceau de bois flotté. Le vent du début d'automne soufflait une brise fraîche et légère. L'odeur du sel et des algues marines battues par les flots enivrait le rivage tandis que la lumière blafarde d'un soleil à peine éveillé perçait avec difficulté la couverture de nuages bas.

Tous les matins, Valérie et Gus, son chien âgé de deux ans, se baladaient le long de l'océan. Un rituel immuable. Qu'il vente ou qu'il pleuve. Cette promenade quotidienne n'était pas seulement la promesse d'un instant complice. Elle permettait surtout à la jeune femme d'inspirer à pleins poumons la liberté dont elle avait dû se passer durant de trop nombreuses années.

Valérie abandonna un court moment le labrador pour se poster face aux vagues qui s'échouaient tendrement à ses pieds.

Elle ferma les yeux et écouta.

Rien.

Rien de plus que le vrombissement des rouleaux et le cri des mouettes.

Aucun Stuka allemand hurlant à travers les nuages.

Aucun silence pesant comme celui qui accompagne la funeste descente d'une ogive carnassière.

Aucune sirène antiaérienne implorant les habitants de se terrer dans leurs caves.

Aucun murmure de résignation des gens autour, tous agglutinés dans des abris de fortune, n'osant lever le nez de peur d'attirer, par un simple regard épuisé d'effroi et de mort, le terrible éclair.

Valérie soupira tandis qu'un sourire se dessinait sur ses lèvres. Elle rouvrit les yeux, aperçut la minuscule silhouette d'une île au large, blottie dans le brouillard marin, puis se retourna vers les bâtiments du front de mer. Son visage se fit plus sombre. Le voile des douleurs et des souvenirs stria son front de rides, mais promis – elle se l'était répété une heure plus tôt en enfilant sa veste –, elle ne pleurerait pas. Les stigmates de la guerre ne s'étaient pas tous enfuis à la Libération. Des vitres brisées, des façades éventrées, des toits mutilés… *Il faudra du temps, beaucoup de temps pour réparer le néant*, songea-t-elle face à aux ruines.

Un jappement l'extirpa de ses pensées au moment même où elle sentait une boule de tristesse grandir dans sa gorge. À quelques mètres, Gus était couché et ne bougeait plus, apparemment effrayé par le nuage de mouettes qui stagnait au-dessus de la plage puis plongeait en piqué non loin de lui.

Valérie s'approcha, s'accroupit à ses côtés et le caressa.

— On a peur d'une volée d'oiseaux ? lui murmura-t-elle d'un ton moqueur.

Pourtant, c'était vrai qu'elles étaient nombreuses ces mouettes. En voir autant s'élever dans le ciel puis retomber vers le sable l'intrigua. D'habitude, ces volatiles ne se regroupaient que par petites bandes de dix, parfois de vingt, mais rarement plus. Du moins, pas dans ses souvenirs. Mais à ce moment, elle l'aurait parié, plus d'une centaine de spécimens surchargeait l'air de mouvements d'ailes et de claquements de bec.

Que peut-il y avoir là-bas ? se demanda-t-elle en se relevant. *Eh bien reste ici si tu veux, le froussard. Moi, je vais voir de plus près.*

La jeune femme laissa son chien, qui poussa un cri plaintif que le rire des mouettes rendit inaudible. Elle se dirigea vers l'attroupement le plus large, à une cinquantaine de mètres, juste au bord du rivage. Par habitude, comme lorsqu'elle arpentait seule les rues de son quartier, carnet de rationnement en main, pour aller retirer de quoi nourrir sa mère et ses frères, elle jeta un regard panoramique autour d'elle pour vérifier qu'aucun danger ne la menaçait.

Il n'y avait personne.

Le décor demeurait le même : d'un côté, les ruines silencieuses, et de l'autre, la mer, froide et indolente, avec au-delà cette île, à peine perceptible, qui ne ressemblait qu'à un minuscule caillou. Les ombres inquiétantes qui hantaient les recoins de la ville s'étaient dissipées depuis longtemps avec l'arrivée des Américains. Les regards que l'on devinait en arpentant les rues – regards hostiles ou effrayés, à l'époque, il était bien difficile de les différencier – ne pesaient plus sur ses épaules au point de recroqueviller son corps pour le faire plus discret.

À présent, la liberté lui permettait de se tenir droite et de marcher sur la plage sans crainte. Mais elle ne la débarrassait pas encore de ses anciens réflexes de persécutée.

Valérie se trouvait maintenant à une dizaine de mètres des mouettes.

Elles s'élevèrent soudainement, sans doute surprises par cette présence qu'elles n'avaient pas vue venir. Puis, jugeant que leur occupation valait bien le fait de braver tous les risques, elles replongèrent bruyamment vers le sable, avec fluidité et détermination. À peine posés sur leur mystérieux trésor (en l'apercevant durant l'envol, Valérie crut deviner un tronc d'arbre), les volatiles se pincèrent entre eux avec leur bec menaçant, piaillant de mécontentement, s'invectivant en ouvrant grand leurs ailes, se battant les uns contre les autres. À les voir agir ainsi, on pouvait penser que cette furie avait pour simple but la mort et non pas la survie. Que par un mimétisme inexplicable, les mouettes singeaient les humains pour se faire la guerre, tout comme ces enfants qu'elle croisait dans les rues et qui jouaient aux soldats dans un décor plus vrai que nature.

Après les hommes, les oiseaux sont-ils eux aussi devenus fous ?

La maîtresse de Gus (qui demeurait toujours allongé sur le sable, la suivant de ses yeux apeurés) resta immobile à observer cette étrange frénésie. Mais une image furtive piqua Valérie de son épine glaciale, juste en bas de sa colonne. Le froid inoculé remonta tout le long de son corps jusqu'à ses lèvres qui soufflèrent sans en avoir parfaitement conscience, engourdies par l'horreur qu'elle ne pouvait encore nommer : *ce n'est pas possible.*

— Ce n'est pas possible.

Cette phrase avait perdu toute consistance. La notion d'impossibilité avait été violée, mutilée par la nature humaine. Ces bombes sur la population. Ces corps de femmes abandonnés par les soldats dans les décombres de leurs pulsions sexuelles. Ces enfants tendant leurs bras faméliques à travers les barreaux d'un wagon de train…

Plus rien n'était devenu impossible. La guerre avait aussi ravagé les mots.

Pourtant, elle prononça cette phrase une nouvelle fois, sans s'en rendre compte, comme un réflexe pavlovien résultant d'une détresse primitive.

Le bâton jeté plus tôt gisait à ses pieds. Elle le saisit en tremblant et avança encore de quelques pas. L'odeur lui gifla aussitôt les sens au point qu'elle se pencha en avant pour laisser son estomac expulser ce qui devait l'être. Mais les spasmes ne délivrèrent que de la bile. Une fois la douleur passée, Valérie se redressa, essuya d'un revers de la main les larmes que ses contractions musculaires avaient entraînées, et fixa avec colère l'armée qui se trouvait face à elle. *Ce ne sont que des oiseaux*, se répéta-t-elle pour se donner du courage, *tu as affronté bien pire et tu as survécu, vas-y, juste pour vérifier…*

Elle brandit le bâton en l'air et se mit à courir vers les mouettes en criant aussi fort qu'elle le pouvait.

Aussitôt, des dizaines de paires d'ailes bruissèrent violemment, s'envolèrent dans une fuite commune et se retranchèrent au large en poussant de lourds piaillements lestés de mécontentement. Quelques spécimens téméraires se contentèrent d'un repli léger et, frétillant sur leurs fines pattes, fixèrent Valérie avec curiosité, à deux ou trois mètres du corps que le linceul de plumes évanoui venait de dévoiler.

— Mon Dieu, souffla-t-elle en découvrant le cadavre incomplet.

Un bras manquait, ainsi que la partie basse d'une jambe. Le visage était tourné vers le sable. Des cheveux longs et poisseux telles des algues lui ceignaient le crâne. Sa peau diaphane était parcourue de nombreuses plaies, sans aucun doute dues aux coups de bec ou à l'appétit des poissons carnassiers.

La jeune femme recula lentement. Elle lança un bref regard sur sa gauche, en direction des immeubles, à l'affût d'une quelconque présence vers laquelle se réfugier. Elle aurait aimé pouvoir crier à l'aide, mais en fut incapable. C'était tout juste si son cerveau parvenait à lui envoyer l'information primordiale : celle de s'éloigner de ce corps d'enfant.

Cependant, un mouvement rapide provenant de la droite attira son attention. Ce mouvement venait du ciel.

Et descendait vers la mer.

Puis remontait.

Valérie n'avait aucune envie de se tourner pour comprendre l'origine de cette danse macabre. Elle aurait aimé fuir hors de cette plage et ne plus entendre les cris rauques qui l'invitaient à regarder au loin. Mais elle n'en eut pas la force. Alors, elle pivota lentement vers la silhouette rocailleuse de l'île, des larmes nouvelles au coin des yeux, et observa les volatiles.

La communauté de mouettes s'était scindée en plusieurs groupes qui, tour à tour, exécutaient le même ballet en des points différents. Les oiseaux plongeaient en piqué pour se nourrir, dérangés dans leur festin par les assauts hasardeux du ressac qui malmenait leurs proies.

C'est ainsi que, tantôt cachées, tantôt visibles selon le mouvement des vagues, flottant vers la plage, subissant les coups de bec des prédateurs affamés, d'autres dépouilles firent leur apparition. Cinq, six, neuf… Une dizaine de ballots de chair et d'os émergèrent des eaux froides, tous anormalement gonflés par les gaz provenant des organes en décomposition, tous en partie dévorés par les charognards.

— Mon Dieu…

Lorsqu'un deuxième corps s'échoua devant elle (du moins pas totalement un corps, plutôt un tronc dépourvu de jambes) et qu'un visage spectral la fixa de ses cavités vidées de toute substance, Valérie, talonnée par Gus, se mit à courir en direction du front de mer.

Et dans son dos, comme en écho à ses propres cris intérieurs, des dizaines de becs affamés hachèrent le silence de leurs glapissements moqueurs.

2

Sandrine
Novembre 1986

Les pieds dans la merde, voilà où j'en suis.

Sandrine contempla d'un air désolé ses baskets à moitié enfoncées dans un mélange de boue et de déjections bovines. Elle se souvint de les avoir enfilées le matin même, blanches et immaculées. Et maintenant, en plein milieu de ce champ dans lequel elle venait de pénétrer sans vérifier où elle mettait les pieds, elle peinait à distinguer le sigle de la marque, imprimé sur les côtés.

— Vous comprenez, je n'ai rien entendu. Rien. Ils ont fait ça pendant la nuit.

Sandrine observa le paysan qui, quelques mètres devant elle (et intelligemment chaussé de hautes bottes en caoutchouc), désignait de son index épais le troupeau de vaches parqué derrière une clôture barbelée.

— Qu'est-ce que la police a dit ? demanda-t-elle en prenant les bêtes en photo.

— Que c'étaient sans doute des gamins. Qu'ils ont fait ça pour s'amuser… Mais comment je vais faire, pour la foire ?

— La foire ?

— Oui, la foire aux bestiaux qui a lieu dans huit jours, précisa-t-il avec un léger accent. Ce sont des laitières. Ce serait pour la viande, j'aurais pu les vendre quand même, moins cher bien sûr… Mais maintenant, personne n'en voudra. Pas avec ça sur la peau… Qui va me dédommager ?

Pas avec ça sur la peau…
Des croix.
Grossièrement peintes à la bombe sur le flanc d'une dizaine de bêtes.
Des *Hakenkreuz*.
Des svastikas inclinés.
Des croix gammées.
La journaliste sentit son poignet la brûler. Les stries sur sa peau s'enflammèrent, bien à l'abri sous son bracelet de force en cuir. Elle déglutit et chassa ce goût amer qui lui écœurait la mémoire.
— Je l'ignore, monsieur Wernst. L'assurance ?
— Pff… elle ne m'en donnera même pas le dixième de la valeur. Venez, rentrons, suggéra le paysan, les nuages deviennent mauvais. Vous vous êtes bien crottée, dites donc !
Sandrine se contorsionna les chevilles afin de frotter ses chaussures contre une touffe d'herbe et d'enlever ainsi le plus de merde possible. Elle se promit de laisser une paire de bottes en caoutchouc dans sa voiture pour la prochaine fois où on l'enverrait couvrir un scoop aussi exceptionnel que celui-ci…
Et dire qu'il y a à peine trois semaines, j'arpentais les rues de la capitale en rêvant de devenir journaliste pour un grand quotidien…

Le vieil homme (la soixantaine, peut-être plus, même s'il était difficile de donner un âge à un visage harassé par le travail de la terre et du bétail) déboucha une bouteille de blanc, sortit une assiette de charcuterie du réfrigérateur et déposa le tout sur une solide table en chêne. Une odeur de sueur et de vêtements mouillés régnait dans la pièce, légèrement étouffée par les relents de bois brûlé s'échappant de l'âtre. Une fois débarrassée de ses baskets qui patientaient dehors, sur le paillasson, tel un chien trop sale pour être accepté à l'intérieur, Sandrine se réchauffa en se tenant debout devant le feu.

— Mon article paraîtra demain, lança-t-elle en entendant des bruits de vaisselle provenant de la cuisine. Vous faites partie de nos abonnés ?

— Non. Et je n'ai guère le temps de me rendre au village.

— Je vous l'apporterai, dans ce cas, promit-elle. J'espère que mon papier déliera les langues.

— Vous le croyez vraiment ? ironisa Frank Wernst en apparaissant dans la pièce, les mains chargées d'assiettes, de verres, d'une boule de pain et de couteaux.

Non, bien sûr que non. Pas ici, pas dans cette région. Pas au milieu des ruines et des cadavres, s'avoua Sandrine.

— Asseyons-nous, tenez, c'est du bon, ce vin.

Elle s'installa à son tour et accepta le verre que lui tendait son vis-à-vis. Elle ressentait une étrange impression. Celle d'avoir déjà croisé cet homme. Ce qui était impossible, puisqu'elle ne se trouvait en Normandie que depuis quinze jours. *Peut-être à la boulangerie du village, ou… à la boucherie*, supposa-t-elle en observant l'assiette de saucisses, pâtés et rillettes placée devant elle.

— Il faut avoir l'estomac rempli pour que le cerveau fonctionne à plein régime, justifia-t-il en percevant son hésitation.

— Il est à peine 10 heures du matin…, fit remarquer Sandrine.

— Le temps est une notion instable. Pour vous, il n'est *que* 10 heures. Pour moi, qui suis dans les champs depuis 5 heures, j'ai atteint la moitié de ma journée de travail. Il est donc le moment de casser la croûte.

Sandrine obtempéra. Elle se confectionna une fine tartine de pâté et avala son vin sans masquer son plaisir. Frank, lui, mastiquait avec cérémonie. Il se servit un second verre, lui en proposa puis reposa la bouteille, l'air grave.

— Vous savez, la guerre, elle ne nous quitte jamais. Elle est toujours là, indiqua-t-il en pointant sa tempe droite de son index. Pas besoin que ces merdeux me la rappellent en peignant mes vaches. Elle dort avec moi chaque nuit. Il n'y a pas plus fidèle compagne que la guerre. Quand vous la rencontrez, c'est pour la vie…

— Je suis désolée, monsieur Wernst.

— Je sais, je sais. Nous sommes tous désolés.

— Comment… Comment êtes-vous arrivé ici ?

— C'est très simple, je suis arrivé en France pour la pire des raisons : la guerre. Et j'y suis resté pour la meilleure des raisons : l'amour.

— Vraiment ?

— Oui. Un an avant la Libération, je suis tombé sous le charme d'une Parisienne. Mais nous avons dû nous cacher. Ce n'était pas bien vu, un soldat allemand avec une Française… Nous avons vadrouillé, puis une fois que l'histoire s'est effacée des mémoires, nous sommes venus nous installer ici. C'était il y a une dizaine d'années.

— Vous vivez seul ?
— Oui, répondit-il sans autre précision.

Sandrine balaya la pièce du regard : un vieux canapé, des meubles en bois sombre, un tableau, un tapis élimé, d'anciennes photos encadrées. Pas de télévision ni de téléphone. Quelques livres de l'entre-deux-guerres posés dans une bibliothèque improvisée. Cette ferme paraissait figée dans un temps incertain. Tel le soldat dans l'expectative d'un cessez-le-feu, elle semblait immobile, craintive, n'osant avancer ni reculer, refusant de s'ouvrir à son époque, à la musique, aux feuilletons du dimanche soir, à la lecture d'une autre littérature, plus contemporaine, moins guerrière, redoutant une quelconque destruction prophétisée par ces croix sur les vaches.

Dix minutes plus tard, Sandrine remercia Frank et lui promit d'écrire un article éloquent, afin qu'aucun lecteur ne ressente pour cette affaire autre chose que de la compréhension. Elle aurait souhaité ajouter d'autres mots, plus personnels, sur le devoir de mémoire, sur l'horreur de la guerre, sur cet amour interdit entre un militaire et une civile, mais elle n'en eut pas le courage. D'une part, parce qu'elle ne se sentait pas légitime d'aborder ces sujets qu'elle ne connaissait que par les leçons d'histoire. Et d'autre part, parce que ce sentiment étrange d'avoir déjà vu ce paysan ne l'avait toujours pas abandonnée. Elle ignorait pourquoi, mais elle savait que ce léger malaise ne disparaîtrait que lorsqu'elle aurait quitté cette maison.

En refermant la porte de l'entrée derrière elle, Sandrine se baissa pour enfiler ses baskets. Son geste fut freiné quand elle s'aperçut que celles-ci avaient été nettoyées par le vieil homme, certainement lorsqu'il se trouvait dans la cuisine. Cette simple attention la fit sourire et lui donna envie de revenir sur ses pas pour le remercier.

Mais soudain, une autre sensation de déjà-vu éclata dans sa conscience, tel un grain de maïs à pop-corn sous la chaleur d'une huile frémissante. Et cette pensée, bien que stupide et infondée, la poussa à se réfugier à l'intérieur de sa Peugeot 104 sans plus se soucier d'attacher ses lacets.

3
Sandrine
Novembre 1986

Sandrine rejoignit la minuscule agence locale du journal, située au centre du village, non loin de la place du marché. La clochette de la porte d'entrée alerta Vincent de sa présence. Il releva la tête de sa machine à écrire, tira une bouffée de cigarette avant de l'écraser dans le cendrier et de se lever pour accueillir sa collègue.

— Alors, ce scoop ? sourit-il, conscient que se rendre en pleine campagne après un appel anonyme ressemblait plus à une blague qu'à la possibilité de décrocher l'article de l'année.

Sandrine avait tout de même pris soin de vérifier l'info auprès de la gendarmerie avant de partir sur place.

— Très drôle, soupira-t-elle en se débarrassant de sa veste, au moins j'ai eu droit à un petit déjeuner digne de ce nom ! Et à un nettoyage de chaussures !

Quand il l'avait vue franchir le seuil de l'agence, une quinzaine de jours auparavant, tenant une valise et une feuille sur laquelle était notée l'adresse de sa destination, Vincent avait ressenti une explosion au creux de son estomac. Un choc brutal, une secousse sismique dont les ondes se propagèrent jusqu'à son cœur venait de frapper sournoisement ce natif du village. Ses premières paroles ne furent que des ébauches de phrases en construction, des mots sans relation entre eux puisque les ondes à ce moment malmenaient également son cerveau. Il sourit (du moins il pensait sourire car, debout face à elle, le corps paralysé, il n'avait aucune certitude que ses muscles faciaux répondaient à la perfection) puis lui tendit une main et se présenta en se concentrant pour ne pas balbutier son propre prénom. Sandrine fut touchée par la maladresse et par le visage écarlate de Vincent.

À Paris, personne ne l'aurait accueillie avec autant d'enthousiasme...

Dès lors, Vincent ne cessa de multiplier les gestes discrets à son égard et de tenter d'attirer l'attention de cette Parisienne (une provenance exotique pour quiconque avait passé toute sa vie dans une bourgade reculée).

Il prit tout d'abord plaisir à lui expliquer le fonctionnement du journal (sujet vite épuisé puisqu'ils n'étaient que deux à y travailler, lui et Pierre, le responsable d'agence) et enchaîna avec la présentation du village et de ses habitants. Le jeune homme lui décrivit divers détails de la vie quotidienne : les personnes qu'il fallait écouter, celles qu'il fallait éviter, les bonnes adresses pour se restaurer, les endroits sympas où prendre un verre...

De soudains changements apparurent dans sa routine de célibataire. Le matin, il mit un peu plus de temps à se préparer. Face au miroir de sa salle de bains, le journaliste s'examinait d'un œil nouveau, avec davantage de soin. Le minuscule appartement qu'il louait au-dessus d'un magasin de laine observa la transformation physique de son propriétaire. Il vit un Vincent mieux rasé, mieux coiffé et libérant des effluves d'un parfum inconnu lorsqu'il partait au travail. Il l'entendit chantonner, le surprit à sourire sans aucune raison apparente.

Les vêtements abandonnés en tas depuis des jours retrouvèrent le chemin de la corbeille à linge sale. Les bouteilles de bière disséminées ici et là disparurent comme si elles n'avaient été, durant cette longue période d'un an pendant laquelle Vincent n'avait plus invité qui que ce fût dans son deux-pièces, qu'un simple mirage. Le fer à repasser reprit du service tout comme l'aspirateur fut poussé à sortir de son hibernation pour avaler les miettes de chips et de tabac à rouler oubliées jadis sur la moquette.

À l'agence, le nouveau Vincent observait continuellement Sandrine. Faisant mine de taper à la machine ou de réfléchir à la phrase d'accroche d'un article en cours, il contemplait en secret ce *deus ex machina* venu dénouer la tragédie de sa vie sentimentale. Ce matin, en la regardant partir pour la ferme de Wernst, il s'avoua qu'il ne connaissait toujours pas grand-chose de sa collègue. Des échanges polis, des futilités inoffensives… Il n'avait pas encore osé l'invitation, le « tu peux venir chez moi, on s'embrassera et on fera l'amour sur une moquette propre et confortable… » qu'il fantasmait si souvent, le soir, avant de s'endormir.

Le peu qu'il savait se résumait en quelques phrases : native de Paris, où il était difficile de trouver une place de journaliste. Fille unique. Elle aimait la solitude. Le bracelet de force qu'elle portait à son poignet gauche était un moyen de se souvenir (de quoi ? À cette question, elle ne répondait jamais réellement), et oui, peut-être, un soir, une fois bien installée, elle accepterait de boire un verre avec lui après le travail.

Le reste appartenait au fruit de ses observations attentives : assez grande, un mètre soixante-dix à peu près, les cheveux bruns et fins coupés au carré, un visage anguleux et harmonieux, des yeux d'un marron-vert hypnotique, des seins qu'il devinait, malgré les pulls épais qu'elle portait, aussi fermes et ronds que les plus belles pommes de Normandie. Il avait également remarqué autre chose : ses lèvres. De son bureau, il les voyait régulièrement bouger sans pourtant qu'aucun bruit ne s'en échappe. Sandrine passait son temps à prononcer des phrases muettes, comme si ses pensées ne pouvaient demeurer enfermées dans son esprit et devaient à tout prix s'enfuir par ces mouvements silencieux, à peine visibles. Et à chaque fois (c'est-à-dire assez souvent), cette simple danse charnelle réveillait en lui le désir de s'approcher d'elles et de les embrasser...

— Sinon ? se reprit-il en se rendant compte qu'il fixait la bouche de Sandrine comme un enfant devant une vitrine de sucreries.

— Sinon, des vaches broutant l'herbe d'un champ boueux avec des croix gammées peintes sur la peau. La police pense que ce sont des gamins.

— Regarde le bon côté des choses, tu n'aurais pas vu ça à Paris !

Cette phrase, « tu n'aurais pas vu ça à Paris », semblait être son leitmotiv préféré. Il la sortait dès qu'une occasion le permettait : pour la prochaine foire aux bestiaux, pour les chemins chaotiques qui parcouraient la campagne, pour l'aspect désuet et étroit de l'agence postale, pour les manières rustres des villageois… Son mantra n'avait pour but ultime que de convaincre sa nouvelle collègue de ne jamais quitter cette région, ou plutôt de ne jamais s'éloigner de lui.

— Non, certainement pas…, avoua-t-elle.
— Sandrine ?

Merde, pensa Sandrine, *il va le faire. Il va m'inviter à boire un verre et ce coup-ci je n'aurai plus assez d'excuses pour refuser. Pourquoi ne comprend-il pas que je souhaite rester seule ? Parce qu'il ne le peut pas, idiote. Il ne sait rien de moi. Du moins pas assez pour se douter*. De nouveau, son poignet la brûla. Comme plus tôt devant ces inscriptions nazies. Elle le frotta discrètement contre la poche de son jean, comme s'il s'agissait d'une simple piqûre de moustique qui la démangeait.

— Oui ?
— Pierre veut te voir, ça a l'air sérieux…, annonça Vincent.

Pierre, le patron. C'était lui qui l'avait contactée pour lui proposer la place. Un de ses amis qui travaillait dans la capitale lui avait parlé d'elle. Il n'avait pas hésité un instant, les vrais journalistes étant plutôt rares dans la région.

La jeune femme frappa fébrilement contre la porte du bureau.

Ce que tu écris est très bien, mais pas pour ici…
Voilà ce qu'elle s'attendait à entendre en s'asseyant face à Pierre qui, la cinquantaine, les cheveux bouclés et des lunettes cerclées de métal bleu vermeil, arborait la mine des mauvais jours. Elle s'imaginait déjà retourner à Paris, reprendre la tournée des journaux en espérant décrocher un contrat, même en tant que pigiste…

— Comment vas-tu Sandrine ? lui demanda-t-il sans préambule.

Une vague odeur de cannelle flottait dans le bureau, elle fut incapable d'en déterminer la provenance.

— Bien, merci.

— Tu te plais ici ? s'enquit-il en sortant une assiette de biscuits de son tiroir. Je sais que ce n'est pas Paris, mais nous sommes un journal sérieux et très apprécié dans la région. Les coutumes sont peut-être étranges pour toi, païennes presque, mais les gens sont faits de cette simplicité qui parfois réconforte, surtout quand on arrive d'une grande ville.

— Tout va bien, je me suis habituée aux foires à l'oignon et aux fêtes de la Saint-Jean, admit Sandrine, même si une partie d'elle-même savait que ce n'était pas réellement le cas. Pourtant, il me faudra encore quelques années avant que je me déguise en villageoise pour danser autour d'un feu sacré…

— N'en sois pas si sûre ! Tu as loupé la célébration de cette année, mais crois-moi, c'est assez envoûtant !

Sandrine imagina son patron abandonner sa veste en tweed et son col roulé pour se mêler, simplement habillé d'un pagne traditionnel, à une ribambelle de fausses vierges.

— Tiens, lui proposa-t-il en lui tendant l'assiette, goûte-moi ces biscuits, depuis deux mois ma femme pense que la pâtisserie est l'avenir de l'humanité. Tous les jours, une nouvelle recette. Mon taux de glycémie atteint des pics records, j'ai l'impression de pisser du sirop de glucose à chaque fois que je vais aux toilettes.

— C'est gentil, mais j'ai déjà eu droit aux spécialités de la région chez M. Wernst, peut-être plus tard.

Pierre reposa l'assiette, soupira pour se donner du courage et fixa la jeune femme.

— Sandrine, je... je ne sais pas comment aborder le sujet, c'est un peu délicat.

Le voilà, cet instant. Cette rupture temporelle où le présent s'effondre pour nous ramener dans le passé. Déménager, une fois de plus. Quitter un endroit pour se réfugier dans un autre. Fuir, encore, sous la voûte grise d'un ciel d'instabilité. Ressentir la brûlure des cicatrices sur son poignet. Se réciter un vieux poème pour oublier.

— Que se passe-t-il ? demanda Sandrine en devinant la suite puisqu'elle l'avait maintes fois rencontrée.

Tu es trop distante. Ce job n'est pas fait pour toi. Tu devrais t'ouvrir plus. Tes collègues s'inquiètent. Ton travail est bon, mais... C'était en partie pour cela qu'elle ne s'était jamais acclimatée à une grande ville. Trop souvent, ses connaissances lui avaient reproché de ne pas sortir avec eux le soir et de préférer rester seule. Certains avaient pris cela pour du dédain.

D'autres pour une inadaptation sociale voire de la misanthropie. Elle avait beau leur expliquer qu'elle se sentait mieux ainsi, blottie dans sa solitude, à lire un livre au lieu de courir les bars et les boîtes de nuit, peu d'entre eux comprenaient. Alors Sandrine finissait par s'avouer que s'isoler un peu plus, quitte à déménager, serait peut-être la meilleure solution.

— Bon, tant pis si je suis maladroit, articula Pierre avec prudence, voilà, j'ai reçu un coup de fil ce matin, d'un notaire.

— Un notaire ?

— Oui, un notaire qui t'a envoyé un courrier il y a quelques semaines et qui a vu sa lettre lui revenir, car le destinataire n'habitait plus à l'adresse indiquée. Il a finalement réussi à savoir que tu travaillais ici et l'a renvoyée. Il m'a aussi téléphoné ce matin, pour me prévenir que c'était urgent.

— Te prévenir de quoi ?

— Ta grand-mère.

Sandrine s'enfonça dans la chaise et resta silencieuse un instant.

Ta grand-mère. Voulait-il parler de « mémé Suzanne », cette grand-mère maternelle qu'elle n'avait jamais vue parce que cette folle, selon les dires de sa mère, vivait sur une île qu'elle ne quittait jamais ?

Pierre se leva, fit le tour de son bureau et se posta aux côtés de Sandrine en lui tendant un courrier.

— Tiens, voici la lettre. Je crains que ce ne soit une mauvaise nouvelle. Je vais te laisser seule, le temps que tu… enfin, tu sais. Je suis à côté si tu as besoin de quelque chose.

Sandrine attendit que la porte se referme, puis ouvrit l'enveloppe.

Madame Vaudrier Sandrine,

Je suis au regret de vous informer du décès de Mme Vaudrier Suzanne, née Suzanne Hurteau le 10 décembre 1912, épouse de Vaudrier Jean et mère de Mme Vaudrier Monique, à l'âge de soixante-treize ans. La déclaration de décès a été enregistrée le 27 octobre 1986, par le médecin et le gendarme présents sur les lieux. Il a été convenu à ce moment que je me charge de vous prévenir et que je vous fasse parvenir l'acte de décès à votre dernier lieu d'habitation connu par les services postaux, 56 rue des Halles, à Paris.
Suite au retour de mon précédent courrier et à une nouvelle recherche, je vous informe par cette seconde missive de l'existence d'un testament olographe rédigé par la défunte et déposé à mon office notarial le 25 octobre 1986.
Je vous invite donc à vous présenter à l'adresse indiquée en en-tête de ce courrier, afin d'accéder aux souhaits de votre grand-mère, Mme Vaudrier Suzanne.
Dans l'attente de votre visite, je vous réitère, madame, toutes mes condoléances,
Cordialement,

Maître Jean-Baptiste Béguenau

Sandrine lut la lettre une deuxième fois.
Elle ne ressentit pas davantage d'émotion.
Un incipit s'échappa de ses lèvres : « Aujourd'hui, maman est morte. Ou peut-être hier, je ne sais pas. » Ce roman d'Albert Camus était son préféré. Longtemps,

quand ses amis critiquaient sa solitude et son manque d'engouement pour la vie nocturne, elle s'était sentie proche de Meursault. C'était d'ailleurs très souvent en sa présence, seule dans son lit, à tourner les pages de *L'Étranger*, qu'elle réfutait tous ces reproches. Et maintenant, alors qu'on lui annonçait la mort d'un membre de sa famille, elle se retrouvait, tout comme lui, étrangère au chagrin qu'elle aurait dû éprouver. Cependant, une certaine culpabilité la poussa à chercher dans sa mémoire de quoi se raccrocher à cette parente. Mais il n'y avait rien à faire. Aucune image de cette Suzanne ne se fraya un chemin dans son cerveau. La seule fois où elle avait échangé avec sa mère sur le sujet, sa curiosité avait été balayée par de simples phrases, aussi étonnantes que définitives :

— Elle est folle. Elle a préféré rester sur son île plutôt que de te connaître, toi, son unique petite-fille. Tu ne l'as jamais vue et crois-moi, tu ne la verras jamais.

Fin de la discussion, fin de l'histoire.

L'existence de cette Suzanne avait été ainsi gommée de la mémoire collective, effacée de l'arbre généalogique, et son prénom supprimé du dictionnaire familial. En quelques mots, elle était devenue un sujet tabou que Sandrine avait jusque-là complètement oublié.

— Merde, souffla la journaliste.

Elle lut la lettre une troisième fois, comme pour se persuader que cette missive lui était bien adressée, qu'il n'y avait pas d'erreur sur la destinataire. Mais non, Monique était bien le prénom de sa mère.

Rien à foutre, décida-t-elle en sortant du bureau. Pierre l'attendait juste derrière la porte. Les doigts de

Vincent cessèrent de malmener la machine à écrire à l'instant même où elle apparut dans la pièce.

— Ce n'est pas important, prétexta-t-elle.

— Pourtant, le notaire semblait assez... préoccupé, rétorqua Pierre.

— Je... je ne l'ai jamais connue... On n'a pas le droit de débarquer ainsi dans la vie des gens, surtout une fois morte.

Sandrine ne s'en rendit pas compte, mais sa voix adopta une texture différente, presque enfantine. Ses mains tremblèrent légèrement quand elle leva la lettre pour appuyer sa contestation. Ses yeux se voilèrent également.

— Je pense que c'est nécessaire que tu ailles là-bas. Prends une semaine.

— Mais... un ou deux jours suffiront, balbutia-t-elle. Il ne s'agit que de ramasser les affaires d'une inconnue, rien de plus.

— À un certain moment, cette « inconnue » a permis que tu existes, Sandrine, précisa Pierre. Qu'importe le reste. J'ignore de quoi il retourne, mais ce que je sais, c'est qu'il y a un peu d'elle en toi, et cela, tu ne dois pas le nier. Certaines civilisations affirmaient que lorsqu'un ancêtre mourait, ses descendants perdaient une partie d'eux-mêmes. Pas seulement d'un point de vue généalogique ou mémoriel, mais également physique. Que les atomes provenant de nos parents et présents dans notre constitution cessaient de vivre à leur tour et que cela entraînait une tristesse organique. Elles prétendaient que c'était là la raison de la fatigue ressentie lors d'un deuil.

— Je ne pense pas que...

— Une semaine, insista son patron. Il ne se passera rien d'exceptionnel d'ici la foire agricole. Peut-être une vache ou un cochon tagué par des gamins… On s'en sortira sans toi. Rends-toi sur cette île, règle ce qu'il y a à régler et reviens-nous en pleine forme, c'est tout ce que je te demande.

4

Alors l'enfant se récita sa poésie.
Qui chevauche si tard à travers la nuit et le vent
Avec hésitation tout d'abord.
C'est le père avec son enfant
Puis persévérance.
Il porte l'enfant dans ses bras
Pour s'évader, pour s'enfuir.
Il le tient ferme, il le réchauffe…
Pour s'isoler très loin sur son île.

5
Suzanne
1949

— Le voilà, il arrive.

Suzanne vit le bateau s'approcher lentement du ponton. Il dansa encore un peu sur les vagues puis sa silhouette d'un vert intense s'amarra, titubant de droite à gauche comme un marin ivre. Son moteur bruyant toussa en éructant une épaisse fumée noire, avant de se taire complètement.

Quelqu'un lui serra la main : c'était Françoise, une gouvernante, comme elle.

Elle observa son visage empourpré par le vent glacial. Son capuchon en laine lui recouvrait le crâne, mais quelques mèches blondes s'échappaient et ondulaient le long de ses tempes. Elle s'était maquillée. C'était une journée spéciale. Le jardinier était présent également, droit comme un I, Maurice. Tout comme Claude, le médecin, toujours aussi énigmatique avec son monocle, et l'homme d'entretien, Simon. Le reste du personnel était déjà sur place, à vérifier les détails.

Ils étaient tous persuadés de participer au bien-être de l'Univers. C'était en ces termes que le directeur, qui se tenait au plus près du bateau, en costume malgré le froid, leur avait défini le travail, ici, sur cette île. *Veiller au bien-être de l'Univers*. Ils avaient tous souri en entendant cette phrase. Elle pouvait sembler exagérée, grandiloquente et prétentieuse. Mais elle portait tellement d'espoir en elle.

Des hommes attrapèrent les aussières et les enroulèrent autour des bollards. Une passerelle en bois fut posée délicatement par-dessus la mer et se cala sur le pont. Le directeur avança un peu plus sur le ponton, conscient que le moment approchait. Il attendait cet instant – ils l'attendaient tous – depuis plusieurs semaines. Il les connaissait déjà, il les avait tous rencontrés sur le continent, mais Suzanne pouvait ressentir sa nervosité à la manière dont il tirait sur sa cigarette. Il n'y avait pas à s'inquiéter. Le camp était prêt. Pendant trois mois, les enfants pourraient oublier les canons. Les privations. La peur. L'odeur des cadavres. Ils pourraient se reconstruire.

Le bien-être de l'Univers.

Il a raison, ça y ressemble.

Une première tête fit son apparition en sortant de la cale. Suivie d'une autre. Rapidement, une ribambelle d'enfants se forma et traversa le ponton.

Suzanne les compta.

Dix.

Il n'en manquait aucun.

Elle connaissait leurs noms même si elle ne les avait jamais rencontrés. Des fiches leur avaient été remises une semaine avant leur arrivée, histoire de ne pas perdre un temps précieux. Le directeur avait pensé à tout.

Le voilà qui étreignait le premier pensionnaire. Tous auraient droit à une accolade.

Les enfants foulaient l'île à présent. Ils avançaient vers Suzanne, le regard vers le sol. Son sourire ne trouva aucun reflet sur leur visage. Elle ne leur en voulut pas. La guerre leur avait appris à ne fixer que leurs pieds et à se méfier du sourire d'un adulte. Mais elle avait bon espoir.

Ils se mirent tous en route. Le personnel, les enfants, le directeur qui ouvrait la file indienne. Il parlait tout en marchant. Ses paroles étaient emplies d'assurance et de réconfort. Ils prirent le sentier qui s'éloignait du port et s'enfonçait dans la forêt. Les gamins étaient silencieux. Mais une phrase leur fit relever la tête.

— Il y aura du chocolat chaud dès que nous arriverons !

Suzanne vit de la surprise dans leurs yeux. Leurs lèvres se délièrent légèrement. Ils fixaient à présent le directeur pour en savoir plus. Certains d'entre eux n'avaient peut-être jamais bu de chocolat chaud. Mais ce simple mot leur procurait un sentiment de sécurité, surtout quand un des plus âgés, Fabien, demanda :

— Pour de vrai ?

— Oh oui, Fabien, pour de vrai. À condition que notre cher cuisinier ne l'ait pas tout avalé !

— Merci monsieur !

— Tu n'as pas à me remercier, aucun de vous n'a à le faire. Vous êtes ici mes invités. La guerre est terminée les enfants, et il est temps que vous cessiez de grandir trop vite.

À peine dix minutes de marche et ils quittèrent la minuscule forêt. Les murs de béton de l'ancien blockhaus se dessinèrent devant eux. Quelques enfants s'enthousiasmèrent en découvrant le terrain de sport établi par Simon. Il avait coupé le gazon très court, construit deux buts à l'aide de vieux piliers en bois du ponton. Il avait même réussi à fixer un panier de basket sur un mât récupéré sur le continent. Mais le plus bel ouvrage était sans aucun doute le jardin créé par Maurice. Il y avait planté de tout : des légumes, des arbres fruitiers, des plantes aromatiques… Largement de quoi satisfaire Victor, le cuisinier. Et de quoi agrémenter les poules et cochons tranquillement parqués plus loin. Le directeur avait tout prévu. Des vaches laitières, quelques ânes pour faire des balades autour de l'île. Suzanne sourit à l'idée que certains des enfants voyaient ces bêtes pour la première fois.

Tandis qu'ils s'approchaient du premier bâtiment, une odeur ouatée de chocolat chaud les accueillit dans ses bras.

Bientôt les pensionnaires découvriront leurs chambres, se réjouit la gouvernante, *et retrouveront un peu de leur enfance en soufflant sur leurs tasses brûlantes…*

Le bien-être de l'Univers.

6

Sandrine
Novembre 1986

Sandrine sortit de la gare à 14 h 30 et prit un taxi pour le centre-ville.

Elle avait longtemps hésité. Sa grand-mère ne s'était jamais donné la peine de prendre contact avec son unique petite-fille, de s'intéresser à elle, de lui envoyer une carte de vœux ou de l'appeler. Alors pourquoi se rendre là-bas ? Qu'espérait-elle trouver sur cette île ? Sa mère lui aurait interdit d'y aller, la jeune femme le savait. Elle aurait essayé de la convaincre, lui aurait martelé que le passé est à oublier. Mais elle-même n'avait pas été capable de suivre ce conseil. Elle n'avait jamais été assez forte pour s'affranchir de la colère et du dégoût qu'elle ressentait envers le père de Sandrine. Alors à quoi bon l'écouter ?

Sandrine comprit que ce voyage sur l'île serait la dernière occasion d'en savoir un peu plus, de poser d'autres mots que *folie* en guise d'épitaphe sur la tombe de Suzanne. Et puis Pierre avait insisté. Il refusait de la revoir avant une semaine…

Un ciel gris l'observa déambuler dans les rues d'un regard apathique tandis que des mouettes se moquaient de sa présence. L'océan grondait doucement en fond sonore, tapi derrière la cacophonie des voitures et des conversations. Le claquement des drisses contre les mâts résonnait selon le bon vouloir du vent qui, sporadiquement, s'époumonait à gonfler les voiles des bateaux de plaisance. Sandrine accueillit toute cette agitation avec délectation. Les bruits étaient ce qui lui manquait le plus depuis son arrivée au village. Pas les gens, non, les bruits. Habituée au tumulte de la capitale, elle ne s'était jamais retrouvée dans un lieu où l'écart entre le passage de deux voitures se comptait non pas en secondes, mais en dizaine de minutes. Lorsqu'elle se rendait à pied à l'agence du journal, elle pouvait marcher sans rencontrer personne, ni même entendre un autre son que celui de sa respiration. Ainsi, se promener dans le centre de Villers-sur-Mer lui prodigua un sentiment de bien-être, comme si les bruits la rassuraient.

Après dix minutes d'errance, Sandrine se résolut à demander son chemin. Une passante lui indiqua une rue située en front de mer, non loin du port de plaisance.

Un instant plus tard, la jeune femme poussait la porte du notaire.

— Mademoiselle Vaudrier !

Jean-Baptiste Béguenau était un homme court sur pattes, tout en rondeurs et aux cheveux rares. Il l'accueillit à l'intérieur de son étude, d'un air grave, comme si toutes les guerres passées et à venir étaient le fruit de ses responsabilités. Sandrine accepta ses condoléances, remarqua un léger strabisme qu'elle tenta – vainement – d'ignorer, puis le suivit dans son bureau. L'endroit sentait l'ordre et la térébenthine. Une large bibliothèque, remplie de dossiers soigneusement alignés, occupait un pan entier de mur et faisait face à une vitre donnant sur l'océan. Le bureau n'était encombré d'aucun élément. Pas de photos de famille, pas de tasse de café refroidi ni de documents éparpillés. La seule excentricité du lieu venait d'une énorme plante verte posée dans un coin, à même le sol, comme si la personne qui l'avait apportée n'avait su qu'en faire une fois dans la pièce. Sandrine eut la désagréable impression de visiter une maison témoin.

— Asseyez-vous, je vous en prie ! Je vous remercie d'avoir fait le trajet jusqu'ici, mademoiselle Vaudrier. Je ne vais pas vous retenir longtemps. Deux ou trois signatures à apposer, voilà tout, la rassura-t-il en sortant d'un tiroir un dossier marron.

Le fauteuil en cuir du notaire crissa sous l'effet de ses mouvements. Il posa les documents devant lui, examina une dernière fois leur contenu, ponctuant sa lecture de marmonnements d'approbation, puis les glissa vers Sandrine.

— Une signature ici et une autre à cet endroit suffiront. Prenez bien le temps de lire toutes les lignes. Elles sont toutes là ! plaisanta-t-il.

Son rire feutré retentit quelques secondes avant de disparaître complètement. *Raisonnablement dosé pour ne pas paraître déplacé en de telles circonstances*, songea Sandrine. *Sans aucun doute travaillé devant le miroir même si cela me fait plus penser à une fusée d'artifice qui retombe sans exploser qu'à un rire franc et réconfortant.*

Sandrine lut le testament rapidement et signa aux endroits indiqués. Elle n'avait pas envie de s'éterniser, et de plus, il n'y avait pas énormément à découvrir. Des affaires personnelles à récupérer dans la maison de la défunte, un peu d'argent mis de côté dans une banque sans que le montant soit précisé. Rien de plus.

— Et maintenant ? demanda-t-elle en repoussant les feuillets.

— Votre bateau part dans une trentaine de minutes, l'avertit le notaire. Ce papier vous sera utile.

— Qu'est-ce que c'est ?

— Une autorisation de passage. L'île sur laquelle vous vous rendez est une réserve naturelle pour oiseaux marins depuis 1971 et donc strictement interdite aux visiteurs.

— Vous voulez dire qu'elle est… déserte ? s'inquiéta Sandrine.

Errer sur un rocher avec pour simple compagnie la présence de volatiles ressemblait plus à un cauchemar hitchcockien qu'à une visite de recueillement familial. Elle se fit la réflexion qu'une vie solitaire avec pour seuls bruits de fond le rouleau des vagues et les claquements de bec de centaines d'oiseaux pouvait en partie expliquer la folie de sa grand-mère.

— Non, pas vraiment, la rassura-t-il. Une poignée d'habitants y vit encore. Votre grand-mère en faisait partie. Ils se sont installés quelques années après la guerre. Et le propriétaire de l'île n'a pas eu le cœur de les déloger. Ils ont le droit de rester, mais aucune autre venue n'est tolérée. Sauf en cas de… décès, le temps de récupérer les affaires du défunt et de lui porter un dernier hommage.

Sandrine perçut un léger trouble dans la voix de maître Béguenau. En détournant le regard pour ne pas croiser son strabisme, elle se rendit compte que la seule pendule présente dans la pièce ne fonctionnait plus. Ses aiguilles indiquaient 20 h 37 alors qu'il ne devait être qu'à peine 15 h 30. De plus, son balancier n'émettait plus aucun mouvement. Elle ne sut pourquoi, mais cette pendule figée dans le temps la dérangea plus que de raison. Elle s'étonna que le notaire, dont l'intérieur était ordonné avec une précision d'orfèvre, tolère cette anomalie. Elle songea à la remarque que le fermier lui avait faite la veille : *le temps est une notion instable*.

— Votre pendule est cassée, ne put-elle s'empêcher de souligner.

— Oh oui, c'est exact, je n'avais pas vu. J'oublie toujours de la remonter. Donc, reprit Béguenau sur un ton professionnel, vous devrez montrer cette autorisation de passage au propriétaire du bateau. Sans cela, vous ne pourrez pas monter à bord. Si jamais l'embarcation était contrôlée, le capitaine aurait de sérieux problèmes.

— Qu'est... que vais-je trouver là-bas, sur cette île ?

— Hélas, je ne peux vous préciser exactement ce que possédait votre aïeule, elle ne l'a pas vraiment décrit dans son testament. De plus, la maison ne lui appartenait pas, c'était une location. Je pense qu'il s'agira simplement d'affaires personnelles, des vieilles photos peut-être, des bijoux, que sais-je...

Le notaire étala une feuille sur laquelle un plan grossier avait été dessiné au feutre noir. L'île avait la forme d'une poire. À sa base inférieure, un ponton mordait l'océan. En remontant, une vingtaine de petits carrés, sans aucun doute des maisons, occupait l'espace. Le seul chemin existant partait du ponton et se scindait en deux, sa partie gauche déviant vers les maisons, tandis que sa partie droite se dirigeait vers une forêt puis disparaissait complètement. La location de sa grand-mère, marquée par une croix, et la dépendance symbolisée par un rectangle était la seule habitation de ce côté de l'île, juste avant que le chemin ne traverse la forêt.

— C'est assez succinct, je l'avoue, mais cela devrait suffire, avoua le notaire. L'île n'est pas très grande, elle ne fait qu'une trentaine d'hectares, mais son relief est assez escarpé, du moins dans sa partie nord. Faites attention si vous décidez de partir en promenade.

— C'est elle qui vous a fourni ce plan ? demanda Sandrine.

— Oui, je l'ai vue une fois, deux jours avant son décès, lorsqu'elle est venue déposer son testament.

— De quoi avait-elle l'air ?

— Comment cela ?

— Semblait-elle « normale », je veux dire saine d'esprit ?

— Mademoiselle, si j'avais un seul instant douté de ses facultés, je n'aurais pas accepté le dépôt. Je lui aurais tout d'abord demandé de revenir avec une attestation médicale prouvant son bon... fonctionnement. Il y a des règles dans notre métier. Une pendule indiquant une heure erronée peut avoir sa place dans mon bureau, mais une cliente démontrant un souci de « balancier » ne le pourrait nullement.

— Je ne voulais pas mettre en doute votre professionnalisme, je m'en excuse, c'est juste...

— Votre bateau vous attend, mademoiselle Vaudrier, coupa-t-il en se levant. Il n'y en aura pas d'autres aujourd'hui.

Le notaire la raccompagna jusqu'à la sortie de l'étude et lui montra le bateau sur lequel elle voyagerait, une embarcation longue d'une dizaine de mètres, peinte d'un vert émeraude depuis longtemps décoloré par le soleil et les intempéries.

— La traversée ne durera pas plus d'une heure, la rassura-t-il, la mer est calme. À bientôt, mademoiselle Vaudrier, n'hésitez pas à me rendre visite à votre retour !

7

Sandrine
Novembre 1986

En sortant de son entretien avec maître Béguenau, Sandrine eut l'impression inconfortable que plusieurs heures s'étaient écoulées sans qu'elle en ait eu conscience. Le ciel était devenu plus sombre et la lumière moribonde du soleil finissait d'imprégner en elle ce sentiment de fin de journée, alors qu'elle se souvenait d'avoir pénétré dans le bureau vers 15 heures.

Merde, le rendez-vous n'a duré qu'une heure pourtant…

C'était comme si un voile invisible venait de se poser sur chaque objet dans le but d'en ternir l'éclat naturel, comme si quelqu'un, quelque part, avait baissé le niveau lumineux de l'Univers.

Elle se dirigea vers l'extrémité du ponton et le bateau que venait de lui désigner le notaire. Déterminée à revenir le plus rapidement de cette île, elle imaginait déjà comment elle se débarrasserait des affaires appartenant à sa grand-mère : rien ne regagnerait le continent. Elle distribuerait ce qui pourrait l'être aux habitants toujours présents là-bas en organisant une visite durant laquelle chacun pourrait se servir. Sandrine ne douta pas un instant que cette idée aiderait à vider la maison dans un délai très court, lui permettant ainsi de reprendre le bateau le lendemain après-midi et de retrouver sa vie normale.

Elle aperçut deux hommes qui chargeaient des sacs et des cartons sur le pont. L'un d'eux, le plus jeune, se figea en la voyant approcher.

— Vous cherchez quelque chose ?

Ses yeux étaient sombres. Sandrine ne put s'empêcher de remarquer ses bras musclés. Il lui sembla croiser une étincelle de culpabilité dans son regard appuyé, comme si elle le prenait sur le fait d'un quelconque larcin.

— Vous vous rendez sur l'île, n'est-ce pas ? demanda-t-elle d'une voix mal assurée.

— Oui, en effet.

— Le notaire m'a dit de vous donner ceci, expliqua-t-elle en tendant le laissez-passer.

Le jeune homme posa la caisse en bois qu'il tenait dans les bras et lut le document. Soudain, son regard changea. Ses prunelles marron se firent plus douces, conciliantes. Sandrine crut tout d'abord qu'il y avait une erreur, que maître Béguenau s'était trompé et que ce bateau, le *Lazarus* comme le précisait le nom peint en blanc sur la coque, ne se dirigeait nullement vers la destination souhaitée. Mais le marin lui rendit la feuille et lui adressa un sourire gêné.

— Vous êtes la petite-fille de Suzanne ?

— Oui.

— Je suis désolé, toutes mes condoléances. J'aimais beaucoup Suzanne. C'était une dame bien. Vraiment…, prononça-t-il en baissant le regard.

— Je... je vous remercie, je ne l'ai pas connue... Je m'appelle Sandrine, annonça-t-elle en lui tendant la main.

— Oh, je suis Paul, je fais la navette avec Simon. Nous partirons dès que nous aurons tout chargé. Tenez, il est là-bas, lui dit-il en indiquant la proue du bateau, c'est à lui que vous devez montrer votre laissez-passer. Ne faites pas attention à son air de vieil ours, c'est un marin, un vrai. Allez-y, montez à bord et installez-vous, je n'en ai plus pour très longtemps.

Sandrine traversa la passerelle et se dirigea vers le minuscule poste de pilotage.

La manière avec laquelle Paul avait loué sa grand-mère lui avait paru étrange. *Peut-être un excès de politesse, sans doute ignorait-il sa folie et son désintérêt constant pour sa famille...*

— J'peux vous aider ?

Une silhouette épaisse affublée d'une casquette venait de surgir devant elle. L'homme, d'une soixantaine d'années, attendit sa réponse en fronçant ses sourcils broussailleux. Il dégageait des relents d'huile de moteur et de tabac fraîchement fumé. Sa carrure de géant obligea Sandrine à lever la tête pour le regarder. Elle mit quelques secondes à se remettre de sa frayeur, secondes durant lesquelles Simon ne bougea pas d'un millimètre, les lèvres serrées, les bras déjà prêts à la jeter par-dessus bord si les mots prononcés ne le satisfaisaient pas.

— Je... je..., balbutia Sandrine.

— C'est bon, Simon, rigola Paul en apparaissant sur le pont. C'est la petite-fille de Suzanne ! Tu peux te détendre.

Simon ouvrit la main sans se départir de son attitude de vieux loup de mer. Sandrine lui tendit le laissez-passer.

— Condoléances, grommela-t-il en rangeant le papier dans la poche arrière de sa salopette en jean. Vous n'avez que cette valise ? remarqua-t-il en arquant les sourcils.

— Oui, pourquoi voulez-vous que...

— Vous n'êtes pas une de ces foutues journalistes qui tiennent absolument à visiter l'île, n'est-ce pas ? demanda-t-il en s'approchant un peu plus. La dernière fois que l'une d'entre elles a tenté le coup, j'ai fait comme si de rien n'était et arrivé à mi-parcours, je l'ai jetée à la mer.

La fermeté de sa voix, jumelée à son regard inquisiteur, fit frissonner Sandrine. Savait-il qu'elle était réellement journaliste, même si son métier n'avait rien à voir avec la raison de sa présence sur ce bateau ? Devait-elle seulement le spécifier ?

— Ça va, je plaisante, jeune fille, admit-il en affichant un sourire satisfait et amputé d'une incisive, le notaire nous a prévenus, détendez-vous, nous allons bientôt partir. Paul ! Bouge-toi ! Je veux arriver avant la nuit ! Vous pouvez vous asseoir sur le pont, il y a des bancs en bois. La température est douce, vous n'aurez pas froid. Si vous vomissez, ne vous penchez pas trop par-dessus le plat-bord, ça m'emmerderait de stopper le moteur. D'ailleurs, pensez à mettre votre gilet de sauvetage, c'est obligatoire.

Sandrine s'installa à l'arrière et enfila son gilet.

De son côté, Paul déposa les dernières caisses, défit les nœuds d'amarrage puis tira la passerelle à l'intérieur du bateau avant de disparaître dans la cabine de pilotage pour lancer la manœuvre aux côtés de Simon.

Le *Lazarus* se mit en branle, mais sembla ne pas vouloir quitter sa position. Puis, après quelques jurons proférés par Simon, sa carcasse glissa lentement pour s'éloigner du ponton flottant, comme à regret, comme lesté par une peur irraisonnée.

8
Sandrine
Novembre 1986

— Ça va ?
Une houle légère animait la mer tandis que le *Lazarus* avançait à un bon rythme. Paul venait de sortir du poste du pilotage. Sandrine était assise à même le sol, le dos appuyé contre un gros sac dont elle ignorait le contenu. Son estomac tenait le coup, elle en fut la première surprise, mais elle évita cependant tout regard en direction de l'horizon tanguant.

— Ne vous fiez pas aux apparences, la prévint-il en haussant la voix pour couvrir le ronronnement du moteur, si vous tombiez à l'eau, Simon serait le premier à plonger pour vous récupérer.

— Ne me tentez pas, sourit-elle.

— Vous n'avez pas froid ?

— Non, c'est gentil, merci. Paul, je peux vous poser une question ?

— Oui, bien sûr.

— Tout à l'heure, quand je suis arrivée, pourquoi m'avez-vous précisé que ma grand-mère était quelqu'un de bien ? l'interrogea Sandrine.

Cette question la taraudait depuis qu'elle était montée sur le *Lazarus*. Elle ne doutait pas un instant de la sincérité de Paul. Et c'est ce qui la dérangeait le plus. Lorsqu'il lui avait dit cela, ce n'était pas simplement des phrases de politesse liées au récent décès de Suzanne. Sandrine était persuadée qu'elles venaient du cœur et qu'il aurait pu les dire également du vivant de sa grand-mère.

Quelqu'un de bien…

Cela ne collait pas à l'idée qu'elle se faisait d'une femme prête à renoncer à sa famille pour vivre sur une île.

— Parce qu'elle l'était, assura le jeune homme en s'asseyant à son tour. J'ai commencé à travailler sur l'île à l'âge de seize ans. J'en ai vingt-huit à présent. Dès mon arrivée, Suzanne m'a accueilli avec sympathie. Les autres demeuraient plus distants et ne me parlaient que pour me passer commande. Elle m'a même avoué qu'elle était heureuse de rencontrer une personne de « l'extérieur ».

— Vous passer commande ?

— Oui, Simon et moi sommes les intendants. Nous faisons régulièrement les allers et retours entre l'île et le continent pour approvisionner les habitants en médicaments, en denrées diverses… Nous sommes aussi chargés d'effectuer les quelques travaux nécessaires au bon fonctionnement de leur lieu de vie. Que ce soit la réparation d'une toiture ou un simple changement de fusible, nous intervenons à chaque fois. Nous sommes un peu les hommes à tout faire !

— Ça doit être un travail monstre !

— Beaucoup moins qu'au début, il n'y a que cinq personnes sur l'île… Pardon, quatre.

— Seulement quatre ? s'étonna Sandrine. Quatre personnes pour une île entière ?

— Oui. La plupart du temps, il n'y a que Maurice, Victor, Claude et Françoise. Vous savez, l'île n'est pas très grande. À pied, on en fait le tour en une journée. Une fois tous les deux mois, une équipe de scientifiques arrive pour mettre en place les processus de comptage et d'identification des oiseaux. Ça fait un peu d'animation et ça permet à Victor d'allumer les fourneaux de l'auberge. Mais sinon, le reste du temps, il n'y a qu'eux.

— Mais que font-ils sur cette île ?

— Ils attendent… de terminer leur vie, en quelque sorte. C'est ce que leur a promis le propriétaire de l'île lorsqu'il a décidé de l'utiliser comme réserve naturelle : patienter jusqu'à ce que le dernier d'entre eux s'éteigne, sans jamais leur imposer de partir. C'est un choix généreux, car l'île ne pourra pas être estampillée « réserve naturelle intégrale » tant qu'un homme vivra dessus. En attendant, les scientifiques se contentent de préparer les installations et de recenser la faune locale.

— Mais pourquoi veulent-ils rester ? protesta Sandrine d'une voix qu'elle n'aurait pas souhaitée si ferme.

Cette question ne s'adressait pas seulement à Paul, mais aussi à cette grand-mère qui n'avait jamais daigné se rendre auprès de sa petite-fille.

— Je l'ignore…

Paul marqua une pause et se pencha vers elle, intrigué.

— Sandrine, murmura-t-il, vous ne savez donc rien sur cette île ?

— Non, admit-elle.

Elle aurait voulu ajouter qu'elle n'en connaissait pas plus sur celle qu'elle venait visiter pour la première et dernière fois. Mais d'une certaine manière, elle se sentait honteuse de l'avouer.

— Bon, reprit-il en se redressant, dans ce cas, je vais vous faire un bref historique de l'endroit. Mais à une seule condition…

— Laquelle ?

— Que vous dîniez avec moi à l'auberge ce soir.

— Elle est ouverte ? s'étonna Sandrine.

— Imaginez une poignée d'habitants sur une île. Que faut-il pour que la solitude ne les rende pas fous ?

— Un endroit où se retrouver. Avec de l'alcool, répondit-elle, amusée par cette évidence.

— Exactement ! Et lorsque les scientifiques débarquent, croyez-moi, eux aussi sont heureux de se rassembler au chaud pour boire un verre ! Victor, le cuisinier, l'ouvre tous les jours. En général, il laisse les fourneaux éteints et se contente de servir quelques bières… Mais à chaque fois qu'on arrive, un plat tout juste cuisiné nous attend. Je pense que ça l'occupe, ça lui donne une raison de se lever le matin…

— Très bien, consentit-elle avec plaisir, de la chaleur, une bonne bière, pas trop de monde, je crois que je survivrai… Vous êtes officiellement devenu mon guide touristique ! Je vous écoute !

— OK, débuta Paul en s'installant un peu plus près de Sandrine. On remonte à la Seconde Guerre mondiale. Durant l'Occupation, l'endroit a servi d'avant-poste à la marine allemande. Ils y ont construit un blockhaus ainsi que des maisons pour le personnel en place. Seulement, à la Libération, l'île a été évacuée et totalement désertée. L'État français a alors décidé de la vendre, comme bon nombre des îlots utilisés par les Allemands, afin de récupérer de l'argent pour rebâtir le pays. C'est à ce moment que l'actuel propriétaire est intervenu. Il semble qu'il avait déjà en tête de redonner son aspect naturel à l'endroit. Cependant, il n'a pas fait détruire les constructions allemandes, car en arrivant sur le site, une autre idée lui est venue à l'esprit : un camp de vacances.

— Un camp de vacances ? s'étonna Sandrine en redressant le col de son manteau.

— Tout à fait, un camp de vacances pour les enfants de la guerre. Il a ouvert à la fin de l'été 1949. Pas trop éloigné de la côte et donc des familles, mais suffisamment à l'écart pour oublier les souffrances et les privations. Pour lancer ce projet, il a fallu recruter du personnel, un cuisinier, des médecins, des gouvernantes, un jardinier… C'est ainsi que les actuels habitants de l'île sont arrivés.

— Vous voulez dire que ma grand-mère travaillait dans ce camp ?

— En effet.

Sandrine effectua un rapide calcul mental. Sa grand-mère était née en 1912, comme le stipulait l'acte notarial, elle avait donc trente-sept ans à l'ouverture du camp. Quant à la mère de Sandrine, elle devait avoir vingt ans à l'époque où Suzanne avait mis pour la première fois les pieds sur ce morceau de terre.

— C'est donc pour cela qu'elle n'a pas pu quitter l'île durant toutes ces années, comprit Sandrine. Cela n'a rien à voir avec…

— Ce n'est pas aussi simple, intervint Paul en grimaçant.

— Comment cela ?

— Le camp n'est pas resté ouvert bien longtemps.

— Que s'est-il passé ?

— Il y a eu un terrible drame à la fin du mois d'octobre de cette année 49. Une sortie sur le continent avait été planifiée. Le personnel s'était inquiété de la tristesse soudaine des enfants et quand les médecins avaient conclu qu'il ne s'agissait nullement d'un problème physique, mais simplement d'un manque familial, le propriétaire avait compris qu'une journée sur le continent ferait le plus grand bien aux pensionnaires. Elle permettrait aux enfants de faire le plein d'affection, si importante à leur âge, et aux parents de juger de la santé physique de leur progéniture. Car ce qu'offrait le camp, ce n'était pas simplement une parenthèse loin des ruines et de la reconstruction chaotique du pays, c'était aussi des repas réguliers et variés, un environnement propice à soigner les plaies de la guerre. Les pensionnaires pouvaient faire du sport, se promener à dos de cheval, découvrir la faune et la flore de l'île, dormir dans de vrais lits, écouter la radio dans une pièce chauffée... Il y avait même une salle de classe. Bref, l'île donnait à chaque gamin la chance de pouvoir reprendre son enfance là où les Allemands l'avaient stoppée. Et ce séjour laissait l'occasion aux parents de reconstruire sereinement leur foyer en attendant la fin des trois mois que devaient durer les vacances sur l'île. Mais la sortie ne s'est pas déroulée comme prévu. À peine venait-il de quitter la côte que le bateau a eu une avarie : il a coulé dans les eaux glacées en emportant avec lui les enfants qui, pour la grande majorité, ne savaient pas nager.

— C'est horrible !

— Pas un seul n'a survécu. Les adultes réussirent à atteindre le rivage. Certains, dans un geste désespéré, sont aussitôt retournés à l'eau pour tenter de les sauver, mais peine perdue. Les courants avaient déjà trop éloigné les petits corps.

Sandrine garda le silence de longues minutes. Elle imaginait les enfants se débattre dans une mer impétueuse, celle-là même sur laquelle elle voguait. Trente-sept ans la séparaient de cette catastrophe, mais c'était comme si elle entendait des voix cristallines lui demander de l'aide. Elle songea également à la détresse qu'avait dû ressentir sa grand-mère. Une détresse susceptible de plonger n'importe qui dans la folie…

— Je pense que c'est pour honorer la mémoire de tous ces enfants que les habitants ne souhaitent pas quitter l'île. Ils en parlent rarement, mais il suffit de croiser leur regard pour comprendre qu'ils portent en eux le fardeau de cette tragédie.

— Que s'est-il passé ensuite ? articula difficilement Sandrine.

— Le propriétaire a décidé de fermer définitivement le centre. Il est retourné vivre sur le continent et on ne l'a plus revu. Il continue de verser une rente aux derniers habitants, et il nous paie chaque mois notre salaire, à Simon et à moi, afin que nous prenions soin des ultimes témoins de cette époque. Je n'ai toujours eu affaire qu'à son notaire, maître Béguenau, pour mon contrat et pour les diverses démarches administratives…

— Vous étiez là ? coupa Sandrine.
— Quand ?
— Quand ils l'ont trouvée, Suzanne ?
— Non. Je vis sur le continent. Je l'ai su en revenant.

— Qui l'a découverte ? demanda la jeune femme en baissant le regard.

— Sans doute l'un d'entre eux. Vous avez lu la déclaration de Claude, le médecin qui vit sur l'île ?

— Oui, arrêt cardiaque. Que font-ils des dépouilles ?

— Ils attendent que la famille, une fois mise au courant, leur donne des instructions. Certains veulent récupérer le corps, mais la majorité des défunts émettent le souhait d'être enterrés ici, dans le cimetière.

— Il y a même un cimetière ? s'étonna-t-elle.

— Oui, regretta le jeune homme, un endroit orné de trop nombreuses petites tombes symboliques...

— Paul, cesse de bavarder et prépare-toi à amarrer !

Le *Lazarus* avait ralenti sa cadence, mais ni Sandrine ni Paul, trop plongés dans leur discussion, ne l'avaient remarqué. Cependant, tous les deux se redressèrent lorsqu'ils entendirent la voix de Simon.

— Je vais à la proue pour guider la manœuvre, prévint Paul tandis que la jeune femme observait l'île s'approcher lentement.

Elle aperçut un ponton en bois et se souvint du plan que lui avait montré le notaire. Elle tourna alors la tête vers la gauche de l'île et entrevit les cottages, dont les toits perçaient au-delà des rochers et des pins marins. À l'opposé, sur sa droite, Sandrine découvrit la forêt épaisse qui, à en croire le dessin, jouxtait l'habitation de sa grand-mère. De cette distance, l'ensemble lui parut dérisoire et minuscule, comme une miniature de la réalité. Mais au fur et à mesure de l'approche, l'île afficha ses dimensions véritables. Ses falaises rocheuses sombres et luisantes s'élevèrent un peu plus, comme mues par un mouvement silencieux des plaques tectoniques. Les arbres de la forêt semblèrent eux aussi gagner en épaisseur et s'étirer davantage vers les nuages menaçants. La mer à son tour se réveilla. Elle qui, jusqu'ici, avait revêtu l'aspect serein et réconfortant de la bonace, parut subitement tourmentée par des remous intérieurs, rendant les manœuvres de Simon plus incertaines et obligeant Sandrine à se cramponner au bastingage.

— Les courants autour de l'île sont forts et capricieux, hurla le capitaine du *Lazarus*, mais ne vous inquiétez pas, ce sera bientôt terminé !

La jeune femme songea alors à quel point les corps des enfants avaient dû être malmenés et combien il leur avait été difficile d'éviter les nombreux rochers qui pointaient hors de l'eau.

Dix minutes plus tard, le bateau s'amarrait. Sandrine fut soulagée de fouler le ponton de l'île. Elle resta quelques instants immobile, respirant à pleins poumons l'air iodé, tentant de faire disparaître ce léger tangage qui persistait à l'intérieur de son estomac. Une fine grève, que les marins surnomment « cimetière des vagues », s'étirait devant elle. Son sable était gris, très loin de la couleur claire et accueillante d'une plage du Pacifique. Des guirlandes d'algues hachuraient sa surface, tels les oripeaux marins d'un monstre lovecraftien.

Bon sang, grand-mère, tu ne pouvais donc pas mourir aux Seychelles…

Paul eut un sourire railleur lorsqu'il s'approcha d'elle. Lui ne semblait souffrir d'aucune séquelle et, au contraire de Sandrine, sa démarche paraissait moins précise sur terre que sur mer.

— On se retrouve à l'auberge, lança-t-il en chargeant sur une charrette la caisse en bois qu'il venait de débarquer.

— Je… OK, mais je dois d'abord me rendre chez Suzanne pour poser mes affaires.

— Pas ce soir Sandrine, il va bientôt faire nuit et croyez-moi, dormir près de la forêt n'est pas une bonne idée lorsqu'on arrive sur l'île. Profitez dès ce soir de votre semaine ici pour faire connaissance avec les habitants ! Ils seront heureux de vous rencontrer et de vous parler de Suzanne. Il y aura une chambre pour vous à l'auberge, à moins que vous ne préfériez vous retrouver seule dans une maison inconnue, à deux pas d'une forêt hantée…

— Hantée ? Je n'ai plus dix ans, et… Attendez, quoi ? Comment ça, une semaine ? Qu'est-ce que vous…

— Ben oui, c'est notre cycle de travail. On reste une semaine, on répare ce qu'il y a à réparer puis on repart sept jours sur le continent.

— Pardon ? Vous voulez dire que je suis coincée sur cette île pour une semaine ?

— Exactement. Ce notaire ne sert à rien s'il n'explique pas les choses correctement…, marmonna Paul.

— Mais je ne peux pas rester ici aussi longtemps ! Merde !

— Écoutez, je dois descendre toutes les fournitures, je risque d'en avoir pour une heure ou deux. Retrouvez-moi là-bas et ne vous inquiétez pas, le temps passe rapidement ici.

Paul repartit en direction du bateau. Sandrine n'en croyait pas ses oreilles. Une semaine isolée sur ce caillou ! D'accord, c'était la durée que lui avait imposée Pierre, mais jamais elle n'aurait songé être coincée autant de temps sur cette île. Elle fit un bref inventaire mental de sa valise : elle aurait de quoi tenir, mais n'arrivait pas à s'y résoudre pour autant. *Demain ou dans deux jours maximum, je demanderai à Simon qu'il fasse l'aller-retour, je paierai le déplacement s'il le faut, mais je ne peux pas rester sur cette île, je vais devenir folle !*

Sa silhouette remonta le chemin de terre, ignorant les premières gouttes qui s'échappaient du ciel.

9
Suzanne
1949

Si quelqu'un avait demandé à Suzanne un synonyme de l'enfance, voici le mot qu'elle aurait prononcé : émerveillement.

Car c'est ce qu'elle lisait dans les regards des enfants.

Quand la ribambelle s'approcha de l'ancien blockhaus, elle craignit cependant que tout s'évapore. Que les pensionnaires prennent peur face à cet édifice de béton, véritable épouvantail de l'insouciance et de l'enfance. Elle redouta qu'ils oublient l'odeur de chocolat chaud de plus en plus présente, que chacun se mette à douter comme durant ces nuits où, dans la pénombre d'immeubles fragiles, ils pouvaient deviner la frayeur dans les yeux de leurs parents. Et, d'une certaine manière, c'est ce qui se produisit. D'une manière difficilement perceptible, certes, mais pourtant réelle.

Tout d'abord, les enfants ralentirent en apercevant le bâtiment principal du camp. Ils n'en avaient certainement jamais vu, mais sans aucun doute entendu parler. Toute comme *camps de la mort, camps de concentration, Dachau, Auschwitz*, ces nouveaux termes qui fleurissaient dans les discussions des adultes depuis la Libération. Des mots que leurs parents prononçaient avec un masque funeste sur le visage, bien loin des demi-sourires affichés quand ils évoquaient un arc-en-ciel ou Noël.

Puis, par réflexe, leurs regards quittèrent le sol pour fouiller les alentours. Ils cherchèrent des raisons de douter, de justifier la présence de ces murs de béton, debout, intacts, comme étrangers à la guerre qui venait de s'achever ou comme prêts à en affronter une nouvelle.

Enfin, et Suzanne mit quelques secondes avant de s'en apercevoir, la file indienne se resserra. Les enfants se rapprochèrent les uns des autres, comme pour se protéger mutuellement d'un danger qu'ils n'avaient pas encore identifié.

Devinant leur trouble, le directeur prit la parole en se postant entre eux et le blockhaus.

— Vous avez raison, intervint-il d'une voix calme et assurée, c'est une construction allemande. Très moche, en plus ! Mais croyez-moi, s'ils savaient ce que l'on en a fait, ils ne seraient pas contents ! Suivez-moi, vous allez voir…

Aussi simplement. Par quelques mots.

La file indienne reprit son avancée et s'étira jusqu'à l'entrée principale. Une jeune fille, Louise, serra un peu plus la main de Suzanne alors que l'ensemble de la troupe pénétrait à l'intérieur de l'édifice dont les murs mêmes semblaient imprégnés de l'odeur du chocolat. Le grand couloir humide déboucha sur une salle aux proportions insoupçonnées. Françoise, la gouvernante, se dit que ces salauds de boches s'y connaissaient en construction. Elle eut d'ailleurs envie de cracher sur le sol pour les maudire, mais se rétracta au dernier moment en songeant que cela serait un mauvais exemple pour les enfants.

Mais ce qui fut n'était plus.

À la place du matériel militaire, des murs gris et des plans de tir se trouvait une longue table de cantine, auréolée d'un plafond sur lequel un ciel ensoleillé avait été peint. Sur les quatre pans de mur de l'immense pièce, la pâleur du ciment et d'un monde voué à la destruction avait été remplacée par des peintures aux couleurs joyeuses. Une prairie fleurie, un arc-en-ciel géant, une mer où les poissons vous saluaient et une montagne remplie d'animaux de toutes sortes. Les enfants laissèrent échapper des petits cris d'émerveillement. Ils s'approchèrent des cloisons pour les toucher, pour s'assurer que tout cela n'était pas un doux rêve émanant d'une trompeuse réalité. C'est à ce moment précis que Victor, le cuisinier, tel un magicien entrant en scène, fit son apparition. Il affichait un grand sourire – que l'on aurait pu croire peint lui aussi tellement il irradiait son visage – et poussait un chariot rempli de tasses de chocolat chaud.

— Chose promise, chose duë ! lança le directeur en encourageant les enfants à aller se servir.

La troupe se desserra sans aucune crainte et chacune des mains autrefois tremblotantes se saisit d'une tasse. S'ensuivit un silence religieux. Puis, lentement, les lèvres mouchetées d'écume cacaotée s'arrondirent pour finalement sourire.

Une fois leurs boissons terminées, le directeur les dirigea dans un autre couloir, rempli de nombreuses portes, toutes entrouvertes.

— Voici vos chambres. Vos prénoms sont inscrits sur les portes. Nous allons vous laisser vous installer tranquillement, puis, lorsque ce sera fait, nous nous retrouverons dans la salle que nous venons de quitter pour vous présenter le programme de vos vacances. Ces chambres sont les vôtres à présent, libre à vous de bouger les meubles si l'agencement ne vous convient pas. Prenez votre temps, faites connaissance. Pour ceux qui le souhaitent, une prochaine tournée de chocolat chaud aura lieu dans une heure, mais rien d'obligatoire. Il y a une pendule, là-bas, au fond du couloir. À plus tard.

Les uns après les autres, les pensionnaires disparurent dans leurs chambres respectives. Depuis le couloir, on pouvait entendre leurs rires et leurs exclamations. Car, à la place du ciment fatigué, ici aussi des nuances joyeuses les attendaient. Des clowns peinturlurés, des prairies verdoyantes, des ribambelles d'enfants se tenant par la main, leurs prénoms peints en grosses lettres multicolores...

Suzanne sentit une larme couler le long de sa joue. *Heureusement que je ne me suis pas maquillée comme Françoise*, se dit-elle en souriant.

Puis elle se retourna et laissa les enfants seuls avec leur émerveillement.

10

Sandrine
Novembre 1986

Sandrine atteignit rapidement le village. Elle fut surprise de dénombrer une vingtaine de maisons. Elle pensait en trouver moins, mais elle se souvint de l'histoire racontée par Paul, de la présence des nazis, des anciens employés, et de l'équipe de scientifiques qui se rendait régulièrement sur l'île. Construits en dur à l'aide de pierres solides, de profil identique, rectilignes et austères, ces foyers ressemblaient plus à des stèles qu'à des habitations chaleureuses.

Elle se dirigea vers la plus imposante, la seule s'élevant sur deux étages, sertie de nombreuses fenêtres éclairées, qu'elle devinait être l'auberge. Une odeur agréable de viande mijotée s'en échappait et une fumée épaisse s'évacuait lestement vers le ciel par le conduit de cheminée. Elle poussa la porte et fut accueillie par une vague de chaleur bienvenue qui évapora les frissons que la fine pluie venait de déposer sur sa silhouette.

Un feu de bois crépitait dans l'âtre, solitaire face à la dizaine de tables et de chaises vides. Au fond de la salle, un long escalier disparaissait à l'étage supérieur. À sa base, un *desk* de petite taille signalait la frontière entre les locaux professionnels et le territoire réservé à la clientèle. Sandrine tira sa valise et foula les nombreux tapis disposés sur le sol jusqu'à cet ersatz de réception. Elle remarqua le bar et ses pompes à bière, ainsi qu'un juke-box allumé, mais silencieux.

— Mince alors, je comprends que cet endroit soit le lieu central du village ! souffla-t-elle en s'imaginant déjà siroter une boisson bien fraîche, assise près du feu, bercée par un classique de jazz.

Elle secoua la clochette posée sur le bureau et guetta une réponse. Celle-ci ne se fit pas attendre. Une voix masculine résonna derrière une porte et, quelques secondes plus tard, elle se trouva face à face avec Victor. Elle l'apprécia immédiatement. De taille moyenne, ses grands yeux lui donnaient l'allure d'un homme en constant émerveillement. Il avança jusqu'à elle – Sandrine remarqua alors qu'il boitait légèrement.

— Sandrine, je suis heureux de vous rencontrer enfin ! Malheureusement, j'aurais préféré que ce soit dans d'autres conditions, mais Suzanne n'a pas souffert, Claude nous l'a assuré, expliqua-t-il en s'essuyant les mains sur son long tablier.

À la grande surprise de Sandrine, le cuisinier fit le tour du *desk* pour la prendre dans ses bras.

— Toutes mes condoléances. Je ne peux que partager votre douleur, votre grand-mère était très appréciée, lui glissa-t-il dans l'oreille.

La jeune femme attendit que Victor la libère pour lui sourire à son tour. Elle ne sut que répondre à ses paroles, aussi se contenta-t-elle d'un « merci » pudique.

— J'ai une chambre pour vous, enchaîna Victor. Le notaire m'a prévenu de votre arrivée. Mais avant toute chose, installez-vous à une table, la traversée donne toujours soif. Une bière ?

— Avec plaisir ! se réjouit Sandrine.

— Vous avez fait la connaissance de Simon et de Paul ?

— Oui, nous avons un peu bavardé, du moins avec Paul, précisa-t-elle.

— Ah… Simon… Le vieux bougre n'est pas ce que l'on pourrait décrire comme une personne amicale, s'amusa l'aubergiste en se glissant derrière le zinc, mais c'est quelqu'un de bien.

Victor actionna la pompe à bière, remplit deux larges chopes et observa son hôte déambuler dans la pièce.

— Des souvenirs du passé, grimaça-t-il en la voyant se pencher vers les cadres en bois accrochés sur le mur voisin de la cheminée.

La petite-fille de Suzanne s'émerveilla devant les clichés. La plupart, en noir et blanc, témoignaient de ce qu'avait dû être la vie sur l'île durant les premières années. Sur l'un d'entre eux, une dizaine de personnes posait fièrement, telle une équipe de football, tournant le dos à un énorme blockhaus. Elle reconnut Victor à sa tenue de cuisinier mais eut un doute sur la présence de Simon. La grande taille correspondait, mais le sourire affiché du jeune homme d'alors tranchait rigoureusement avec le marin qu'elle avait rencontré plus tôt.

Sandrine chercha sa grand-mère, mais n'ayant aucune référence à laquelle s'accrocher, elle hésita entre les deux femmes présentes, une assez petite, au visage maquillé, et une autre, plus menue et au regard fuyant l'objectif. De plus, la qualité moyenne des images ne lui facilitait pas la tâche…

Plusieurs photos montraient ces mêmes personnes dans différentes situations : en train de jardiner, attablées dans une pièce aux murs colorés, jouant au basket, fumant sur un rocher avec la mer comme horizon… *Même l'île rayonne*, se dit-elle en observant les quelques clichés en couleur qu'elle devinait avoir été pris au Kodachrome. Elle eut l'impression qu'au fil des ans, la tragédie du camp de vacances avait terni la nature de l'île. À l'époque, les pavillons des habitants étaient agrémentés de jardinières fleuries, la mer semblait plus bleue également, et le ciel bien loin du gris menaçant qui pesait à présent sur la silhouette de l'île.

Mais ce ne fut pas cette dichotomie chromatique qui la mit le plus mal à l'aise.

En se décalant vers la droite, elle découvrit une autre collection de clichés : ceux des enfants. L'histoire racontée par Paul résonna soudain en elle, comme un conte mystérieux soufflé par le vent. Les pensionnaires eux aussi posaient devant le blockhaus. Ils semblaient avoir tous dans les mêmes âges et une joie timide se dessinait sur chacun des visages. Ils étaient photographiés en train de pratiquer diverses activités. Certains à cheval, d'autres ramassant des fruits ou se lançant une balle. Sans s'en apercevoir, Sandrine atteignit la dernière image. Les enfants étaient assis face à un tableau sur lequel des exercices mathématiques avaient été écrits, tournant le dos à l'objectif. Une carte de France était suspendue sur l'un des murs, ainsi qu'une pendule ronde et des portemanteaux.

La salle de classe.

Après ce cliché, plus aucune trace de vie des enfants. Plus aucune photo. La brutalité de ce vide soudain correspondait à la brutalité de leur mort. Sandrine eut subitement froid, comme si elle se trouvait toujours dehors, sous la bruine glacée.

— Tenez, ça va vous faire du bien, intervint Victor en lui présentant une bière.

L'aubergiste lui posa une main amicale sur l'épaule.

— À voir votre tristesse devant ces photos, vous semblez connaître l'histoire de ces enfants.

— En effet, Paul me l'a racontée durant le voyage. C'est horrible.

— Oui, ce fut une perte immense, aux répercussions multiples. Mais assez parlé de tout ça. Asseyez-vous, réchauffez-vous, les autres ne devraient pas tarder.

Elle s'installa à la table la plus proche du feu, juste en dessous des cadres.

— Les autres ?

— Oui, je connais au moins une personne qui a hâte de vous embrasser : Françoise ! Elle et votre grand-mère étaient inséparables ! C'est celle avec le maquillage...

— Donc l'autre est ma grand-mère ?

— Oui... Suzanne.

— Je ne l'imaginais pas aussi belle...

— Belle, intelligente et d'une gentillesse remarquable. Elle nous manque beaucoup, souffla Victor, immobile devant la photo.

— Pourquoi restez-vous tous sur l'île ? Pourquoi ne retournez-vous pas sur le continent ? demanda Sandrine en avalant une gorgée de bière.

— Parce que nous sommes prisonniers, jeune fille. Tout simplement, répondit Victor en posant son regard sur les photos.

Elle attendit une suite à ces paroles énigmatiques, mais aucun mot supplémentaire ne fut prononcé. Pour la première fois depuis leur rencontre, l'aubergiste perdit son sourire et parut absent, comme si son attention venait de s'évader de son corps pour se réfugier dans un autre lieu, à une époque différente.

— Comment cela… prisonniers ? osa toutefois Sandrine.

— Oh… excusez-moi, je divague…, articula-t-il en reprenant vie, vous voir ici me rappelle Suzanne et… pardonnez-moi, ma vieille cervelle dérape parfois… Reposez-vous, je vais préparer le dîner. Paul mange comme quatre et vous, il faut vous remplumer un peu. Excusez-moi, à plus tard.

Puis il disparut d'un pas feutré, claudiquant légèrement, en direction de la cuisine.

Sandrine termina sa bière en silence. À travers les fenêtres de la salle de restaurant, elle observa le crépuscule décliner. Le vent marin malmenait les branches des pins et, en tendant l'oreille, elle pouvait percevoir son souffle spectral entonner sa lugubre litanie. L'obscurité s'amplifia et noya le paysage. Les rochers luisants se changèrent en ombres menaçantes, tels des soldats immobiles en attente de l'assaut. Paul lui avait donné un précieux conseil. Elle s'imagina dans la maison austère de sa grand-mère, seule au milieu de cette nature sombre et angoissante, assise parmi les meubles et les souvenirs d'un fantôme. *Sans oublier la forêt hantée*, ironisa-t-elle en repensant aux paroles du jeune intendant.

À cet instant, la porte de l'auberge s'ouvrit et une vieille femme fit son apparition, le corps voûté en avant pour se protéger du vent. Une bourrasque en profita pour pénétrer à l'intérieur et d'infimes gouttes de pluie mitraillèrent le tapis situé à l'entrée.

En déposant son parapluie, elle jeta une œillade discrète en direction de Sandrine puis l'ignora pour se diriger vers le juke-box. Elle fouilla dans la poche de sa veste, tapota sur les touches de sélection, se pencha et introduisit une pièce dans la machine. Aussitôt, des notes de piano s'élevèrent et les premières paroles d'une chanson de l'entre-deux-guerres colorèrent l'atmosphère du restaurant.

Parlez-moi d'amour,
Redites-moi des choses tendres,
Votre beau discours,
Mon cœur n'est pas las de l'entendre.

Sandrine sentit son cœur se serrer.
Cette chanson…
Une impression étrange s'empara de ses sens.

Un sentiment de danger qu'elle ne sut interpréter, mais qui raviva un malaise déjà ressenti sans qu'elle ne parvienne à se rappeler où et quand. Elle fixa l'inconnue qui s'approchait de sa table tandis que des picotements inconfortables dansaient le long de son corps. Au moment où la vieille femme ouvrit la bouche – une bouche généreusement recouverte d'un rouge à lèvres luisant –, Sandrine se souvint à quel moment elle avait éprouvé cette même sensation : c'était lors de son départ de la ferme aux vaches marquées de croix gammées, quand elle avait aperçu ses baskets soigneusement nettoyées sur le perron…

> *Votre voix aux sons caressants,*
> *Qui le murmure en frémissant,*
> *Me berce de sa belle histoire,*
> *Et malgré moi je veux y croire.*
> *Parlez-moi d'amour,*
> *Redites-moi des choses tendres…*

— Bonjour, mon enfant, dit Françoise en repoussant une mèche de cheveux grisâtre sur le côté de son crâne, je suis heureuse de faire ta connaissance… J'ai tellement de choses à te raconter…

11
Suzanne
1949

Françoise !
— Je ne fais que goûter la sauce !
— Tu as les mains propres au moins ? fit remarquer Victor, en fouettant le contenu d'une casserole.

Françoise lança un clin d'œil complice à Suzanne. Celle-ci se tenait au-dessus du plan de travail et épluchait les carottes en souriant, prenant bien soin de ne pas salir sa blouse.

— Mon très cher Victor, minauda Françoise en s'approchant du cuisinier, des mains si habiles devraient s'occuper d'autre chose que de vider des volailles ou de préparer du chocolat chaud… La guerre est terminée, l'unique membre au « garde-à-vous » toléré est…

— Françoise ! s'offusqua faussement Suzanne en pouffant comme une ingénue.

— Quoi ? S'il ne veut pas m'embrasser, qu'il embrasse au moins mon rouge à lèvres, je m'en contenterai pour commencer…

— Allez, laissez-moi travailler tranquillement, les enfants vont bientôt sortir de la classe du directeur, le repas ne va pas se faire tout seul…

— À bientôt, ajouta Françoise en tenant sa collègue par le bras.

— Je crois que je lui plais, murmura-t-elle en quittant la cuisine.

Une semaine s'était écoulée depuis l'arrivée des pensionnaires. Les employés avaient eux aussi pris leurs marques dans l'organisation minutieuse mise en place par le directeur. En qualité de première gouvernante (un titre plus honorifique que réel), Suzanne habitait le plus près du camp, dans une maison construite juste à la sortie de la forêt qui menait au blockhaus. Le reste de l'équipe se partageait les bâtisses situées un peu plus loin, dans l'ouest de l'île. L'auberge qui avait été créée pendant la guerre pour accueillir le surplus de soldats était utilisée en tant que telle par les employés. Ainsi, le soir, après leur service, ils pouvaient boire un verre en toute liberté. La nuit, une seconde équipe se mettait en place, principalement des médecins et une nurse qui veillaient à soigner les cauchemars comme les fièvres ou les maux de tête impromptus. Ces employés ne se mêlaient que rarement aux autres, sauf durant les réunions, à l'heure où les deux équipes permutaient leur ronde.

Les deux femmes se dirigèrent vers les chambres et vérifièrent que dans chacune d'entre elles le lit était fait et la pièce rangée. Cela faisait partie des directives : faire en sorte que les enfants gèrent correctement leur lieu de vie. « Longtemps, ils n'ont pu le faire, car la plupart vivaient dans des taudis. Notre but est que leur comportement corresponde à celui d'enfants de leurs parents et non pas d'enfants de la guerre.

Ils doivent réapprendre la discipline, se lever à des heures précises, suivre des cours, se laver les mains avant de passer à table… Tout comme ils doivent se réapproprier la liberté de réagir en tant qu'enfants libres et insouciants. Pour cela, le sport sera le meilleur compagnon, tout comme les activités manuelles telles que le jardinage, la construction de cabanes où simplement le droit à l'inactivité. Nous leur laissons le choix d'occuper leur temps comme ils le souhaitent. Un luxe qu'ils ont oublié », avait précisé le directeur.

— Tu as des enfants, Suzanne ?

— Oui, une fille. Elle s'est mariée et a décidé de fuir la région. Je n'ai plus eu de nouvelles depuis. N'en parle à personne s'il te plaît, sinon je serais obligée de quitter l'île. Et toi ?

— Moi ? Pff… Je serais incapable d'en élever un correctement…

— Tu t'occupes pourtant très bien des pensionnaires.

— Peut-être un jour… Quand Victor se décidera, plaisanta-t-elle.

— Et durant la guerre ?

Françoise savait ce que l'on disait d'elle en ville. C'était pour cela qu'elle avait choisi de quitter le continent pour se retrancher sur cette île. Elle voyait dans ce travail le meilleur moyen pour fuir les rumeurs. Ainsi, elle fut tentée de ne rien répondre. Mais, même si elle ne la connaissait que depuis une dizaine de jours, elle avait deviné dès le départ qu'elle pouvait faire confiance à Suzanne. Peut-être parce que, durant le conflit, Françoise n'avait jamais pu avoir confiance en quiconque. Chaque parole, chaque geste devaient être étudiés afin de ne pas attirer les soupçons. *La confiance, c'est comme l'amour*, se dit-elle, *nul ne peut vivre sans indéfiniment*.

— J'ai couché avec des Allemands, admit-elle en ressentant un grand soulagement.

Que les autres le murmurent derrière son dos la faisait se sentir encore plus coupable. Mais l'avouer ainsi sans crainte, avec ses propres mots, la libéra d'une douleur qu'elle aurait crue éternelle. Suzanne se figea et fixa sa collègue.

— Combien ?

— Quatre ou cinq, éluda Françoise en baissant le regard.

— Mon Dieu… Tu sais ce que l'on fait à ces femmes…

— Oui. J'ai déménagé bien avant la Libération. Si j'étais restée dans mon quartier, moi aussi j'aurais eu les cheveux tondus… Tous n'étaient pas des démons, se justifia-t-elle. Et il fallait bien survivre.

— Je sais… Je sais.

— Tu n'as jamais…

— Non, souffla Suzanne, jamais. Mon mari est mort la première année du conflit. Je me suis sentie seule, du moins, tu comprends, sans une épaule solide sur laquelle m'appuyer. Mais j'avais ma fille, alors…

— Moi, j'étais seule, Suzie, pas d'enfants, précisa Françoise. Personne…

Son maquillage et sa mélancolie subite la faisaient ressembler à un clown triste.

— Tout cela est derrière nous, affirma son amie en lui adressant un sourire empli de douleurs étouffées. Loin derrière nous.

Une à une, les chambres furent vérifiées. Les deux gouvernantes ne remarquèrent rien de spécial, si ce n'était des couvertures plus souvent posées à la hâte que disposées avec soin sur les lits.

Seulement, dans la dernière chambre, Suzanne découvrit un changement.

Elle n'en fit pas mention à sa collègue, mais cet infime détail lui occupa l'esprit toute la journée. Dans la chambre de Fabien, un garçon âgé de huit ans, un dessin avait été fait sur le mur, juste en dessous de l'arc-en-ciel radieux de la paroi principale. Un homme (Suzanne supposa qu'il s'agissait d'un homme puisque aucun cheveu n'avait été ajouté sur la tête dessinée à la craie marron) se dressait sur ses deux longues jambes en forme de bâtons. Le ventre et les bras eux aussi n'étaient que des traits sans reliefs, uniformes et semblables au squelette utilisé dans le jeu du pendu. Ce qui attira son attention furent les deux mots apposés à côté du dessin : *Der Erlkönig*.

Suzanne reconnut la langue, mais fut incapable de comprendre sa signification. Les quelques mots qu'elle connaissait de l'allemand étaient ceux nécessaires à son quotidien durant l'Occupation, rien de plus.

Elle quitta la chambre en laissant derrière elle ce dessin qui, après tout, ne signifiait peut-être rien de plus qu'un gribouillage d'enfant. Comme l'avait expliqué le directeur une semaine auparavant, les petits pouvaient s'approprier leur environnement comme bon leur semblait, dans la limite du raisonnable, bien entendu. Alors un dessin ne représentait nullement une entrave au règlement plutôt souple du camp de vacances…

Le reste de la journée se déroula sans fait notable.

Après le déjeuner, les membres du personnel partagèrent les activités physiques avec les pensionnaires. Simon, l'homme d'entretien au sourire éternel, emmena un groupe constitué de quatre enfants faire le tour de l'île à cheval. La balade dura un peu plus de deux heures.

Claude, en sa qualité de médecin, examina l'ensemble de la troupe comme il devait le faire chaque fin de semaine. Il s'entretint avec eux, réalisa les observations classiques et soigna quelques bobos sans gravité tels que des coupures ou des éraflures aux genoux. Il se félicita que chaque enfant semble en bonne santé, tant sur l'aspect physique que moral. Beaucoup avaient pris quelques kilos loin d'être superflus, et tous se sentaient heureux et en sécurité sur l'île.

Vers 17 heures, Victor prépara une tournée de chocolat chaud qui fit lâcher ballons, mitraillettes en bois et bicyclettes aussi subitement que si ces objets avaient pris feu. Ensuite des animations furent mises en place par les deux gouvernantes, jeux de cartes, jeu de l'oie, coloriage… Suzanne et Françoise se réjouirent de l'atmosphère familiale qui s'était rapidement installée dans l'ancien blockhaus. L'arrivée des enfants ainsi que leurs doutes semblaient si loin à présent.

— Le temps est une notion instable, murmura Suzanne en observant les petits qui ne craignaient plus de courir et de rigoler dans cette fondation allemande où tant de crimes avaient dû être planifiés.

Elle se plongea alors un instant dans son propre blockhaus, celui de sa douloureuse histoire. Cette semaine passée sur l'île avait effacé les souvenirs de la guerre pour les remplacer par des couleurs oubliées. Ce *refuge* brouilla sa mémoire et lui suggéra une autre réalité, parallèle à l'horreur que son cerveau avait enregistrée durant les années de l'Occupation. Dans ce refuge, les chars allemands s'évanouissaient pour laisser place à des silhouettes courant après un ballon. Les alarmes antiaériennes se taisaient et laissaient les voix cristallines et joyeuses s'emparer du silence. Les regards appuyés des soldats soupçonneux se chargeaient d'arcs-en-ciel colorés.

Dans ce lieu terriblement ancré dans le réel, mais aussi comme échappé d'un rêve, elle se demanda si le camp pouvait également la soigner, elle. Faisait-elle partie du bien-être de l'Univers ou tout cela n'était-il qu'une illusion ?

Suzanne songea à sa fille, son autre réalité.

Elle avait découvert l'amour dans les bras d'un soldat, quelques mois avant l'arrêt officiel de la guerre. Ce que Suzanne n'avait pas osé avouer à Françoise était que ce soldat était un membre de la Wehrmacht, tout comme les anciens amants de son amie. La nouvelle avait été très difficile à accepter. Sa fille lui avait juré qu'il n'était pas de ceux-là, de ceux qui profitaient de la situation, de la population, qu'il était différent. Mais Suzanne n'y croyait pas. La séparation avait été brutale et silencieuse. Une lettre déposée sur la table de la cuisine en résonance d'une chambre vidée de toute présence.

Un amour délaissé pour un amour utopique.

Parfois, un courrier arrivait du sud de la France. Sa fille, Monique, lui décrivait son bien-être et ses projets. Son écriture était devenue celle d'une jeune femme décidée. Son mari (*elle s'est donc mariée sans m'avertir*) souhaitait avoir un enfant. Monique espérait ce bonheur pour l'été suivant.

Suzanne lui répondait maladroitement. Elle pensait que le ton ferme d'un parent pourrait faire plier les illusions d'une enfant. Elle finit par écrire à Monique que son bien-être était trop douloureux pour qu'elle puisse continuer à le lire, qu'elle l'aimait mais qu'il lui serait difficile d'embrasser un homme qui aurait pu, s'il en avait reçu l'ordre, être celui qui aurait exécuté son mari. *C'est-à-dire ton père, celui qui te faisait sauter sur ses genoux en t'expliquant que les étoiles existaient simplement pour éclairer ton sourire.*

Elle laissa passer les mois en espérant un revirement, et parfois elle s'avoua, sans jamais le prononcer ni l'écrire, que peut-être elle était allée trop loin…

Mais les ruptures se nourrissent du temps et du silence.

Elles dévorent nos remords et les digèrent jusqu'à les rendre inaudibles.

Ainsi, aucune autre lettre ne fut plus jamais envoyée.

Avec quelques années de retard, la guerre venait de faire deux nouvelles victimes.

12

Sandrine
Novembre 1986

Parlez-moi d'amour,
Redites-moi des choses tendres…

Sandrine écouta avec attention Françoise lui décrire sa grand-mère.

La vieille femme lui parla de sa gentillesse, de son attention constante, de ses paroles toujours bienveillantes, aussi bien pour les enfants que pour les adultes. Elle se souvint de ce premier jour où, debout sur le ponton, elles attendaient l'arrivée des pensionnaires. Les anecdotes affluèrent : les fous rires, les soirées passées ici, après leur journée au camp, à boire des verres de schnaps pour ensuite les lancer, en guise d'ultime affront, contre les murs de l'ancienne utopie allemande.

— C'était sa chanson préférée, expliqua Françoise en hochant la tête en direction du juke-box.

— Vraiment ?

— Oui. Il y avait un gramophone dans sa maison, et tous les matins, quand je passais la chercher pour aller au blockhaus, je pouvais entendre la voix de Lucienne Boyer dès que je franchissais le portillon.

— Elle avait un amoureux ici ? s'enquit Sandrine.

— Non, pas que je sache. Ton grand-père est le seul homme dont elle m'ait parlé.

— Et vous ?

— J'en pinçais pour Victor… Tu le crois, que cet énergumène n'a jamais daigné m'embrasser ? Du coup, je me suis retranchée sur Simon ! avoua-t-elle en haussant les épaules.

— Simon ? L'intendant ? s'étonna Sandrine en repensant à sa rencontre avec le vieux loup de mer.

— À l'époque, il était homme d'entretien. Un travailleur habile de ses mains, souligna-t-elle en lançant un clin d'œil.

— Vous saviez qu'elle avait une fille ?

— Bien sûr, ce n'était pas un secret.

— Vous a-t-elle parlé de moi ? hasarda la jeune femme.

— Comment en aurait-il pu être autrement, ma petite ? Elle te devinait très belle et intelligente. Elle aurait voulu te connaître… Mais parfois, la vie est compliquée, et l'on ne prend pas toujours les bonnes décisions.

— Elle aurait pu m'écrire, rétorqua Sandrine.

— Je sais que c'est difficile à admettre… Mais elle t'aimait, n'en doute pas. Elle ne pouvait simplement pas quitter l'île… ni communiquer avec toi.

— Bon sang, pourquoi ?

— Parce qu'elle avait peur, murmura Françoise comme on évoque un tabou.

— Peur ?

— Oui. Une peur que tu ne pourras jamais ressentir, affirma-t-elle d'un ton soudainement grave. Et cette peur, elle me l'a avoué plus tard, s'est manifestée pour la première fois lorsque nous vérifiions les chambres des enfants. Tu sais, ta grand-mère n'était pas une bavarde, sans doute à cause de la guerre. Elle ne parlait jamais pour ne rien dire, c'est pour cela que j'ai tout de suite eu confiance en elle.

— Mais peur de quoi ?

— Du Roi des Aulnes.

En entendant ces mots, Sandrine se mit à douter de la santé mentale de Françoise. Elle remarqua que celle-ci ne cessait de jeter des coups d'œil autour d'elle, comme si elle craignait d'être entendue sans avoir pleinement conscience de la réalité – pourtant facilement assimilable : les deux femmes se trouvaient seules dans la salle de restaurant. De plus, son visage entier semblait bloqué dans une perpétuelle mimique d'émerveillement. Le sourire étiré, les sourcils élargis et les pommettes hautes faisaient penser à un faciès de clown figé pour l'éternité.

— Nous sommes comme enchaînés ici, continua Françoise. Chacun de nous a peur même si personne n'ose l'admettre. Car sur cette île se trouve une créature que l'on ne rencontre que dans les cauchemars. Sauf qu'elle est réelle. Elle nous surveille nuit et jour. Elle nous empêche de partir.

OK, là, la discussion vire complètement, se dit Sandrine en faisant mine de se concentrer sur ces paroles.

— Je ne suis pas certaine de comprendre, articula-t-elle, mal à l'aise, en se rappelant le terme « prisonnier » utilisé plus tôt par Victor.

— Les gens se réfugient derrière le mot *folie* quand ils ne peuvent ou ne veulent envisager une étrange réalité. Ne fais pas cette erreur. Ta grand-mère n'a jamais été folle, mon enfant, elle a juste compris les choses avant tout le monde et c'est pour cela qu'*il* l'a tuée. Ne reste pas sur cette île, ma petite. Sinon, tu ne pourras plus jamais en partir...

— Que voulez-vous dire ?

Alors que l'ancienne collègue de Suzanne se penchait pour s'expliquer, la porte de l'auberge s'ouvrit violemment. Paul apparut dans l'embrasure, les bras chargés de sacs de provisions.

— Victor, j'ai besoin d'aide ! héla-t-il d'une voix puissante.

L'ancien cuisinier du camp apparut immédiatement, comme s'il était tapi dans un recoin de la pièce depuis toujours, tel un comédien guettant la réplique qui lui indiquera son entrée en scène.

— J'arrive, j'arrive... Salut, Françoise ! lança-t-il en passant près de la table des deux femmes.

— Salut beau gosse, répondit-elle sans même lui adresser un regard. Je dois partir, Sandrine, ce fut un plaisir de faire ta connaissance.

Visiblement, l'irruption de Paul avait contrarié son humeur. Elle se leva, le visage fermé, et soupira en se mordant les lèvres (ce qui déposa un léger trait de rouge à lèvres sur ses dents supérieures).

— Attendez, l'arrêta Sandrine, vous allez m'expliquer...

— Je ne peux pas le faire ici, viens me voir demain, dans l'après-midi. Ma maison est celle située le plus près de la côte. Nous pourrons parler sereinement.

— Mais...

— Tu ne devrais pas être ici, sur cette île, Sandrine.

Puis elle se retourna, se dirigea vers le juke-box et quitta le restaurant sans ajouter un mot. Quelques secondes après que la porte se fut fermée, les paroles de la chanson prirent une nouvelle fois possession du silence.

Parlez-moi d'amour,
Redites-moi des choses tendres...

Mon Dieu, qu'est-ce que c'est que cet endroit? se demanda Sandrine en réfléchissant à cette improbable discussion. *Que voulait dire cette femme?* Elle éprouva soudain l'envie de fuir. Elle ignorait pourquoi, mais une alarme intérieure sonnait au plus profond de son âme depuis qu'elle avait posé le pied sur le *Lazarus*. Un sentiment étrange et confus qui s'était intensifié au fil de ses rencontres.

Simon. Victor. Françoise.

À cet instant, pas un de ces insulaires ne lui semblait digne de confiance. Chacun à sa manière avait distillé en elle de quoi alimenter cette sensation d'étrangeté. La seule personne qui échappait à ce jugement était Paul. Mais que savait-elle de lui exactement? Il habitait sur le continent, faisait le trajet une fois tous les quinze jours pour ravitailler les habitants et répondre à leurs besoins. Plutôt beau garçon, d'accord, mais sinon quoi?

— Je peux?

Paul apparut, comme une matérialisation soudaine des pensées de Sandrine. Elle lui sourit maladroitement, remarqua qu'il tenait deux verres de bière et masqua son trouble en repoussant une mèche de cheveux derrière son oreille.

— Oui... oui, bien sûr!
— Vous allez bien? Vous avez l'air tracassée.
— Non, tout... tout va bien, balbutia-t-elle tandis qu'il glissait un des deux verres devant elle.
— Pardon, c'est vrai que vous retrouver ici après le décès de Suzanne..., s'excusa le garçon.
— Ce n'est pas cela, avoua Sandrine.
— Qu'y a-t-il alors?
— J'ai eu une petite discussion avec Françoise...
— Je vois... J'aurais dû vous prévenir, admit Paul.
— Me prévenir?
— Oui. Françoise est un peu... Disons qu'elle n'a pas toute sa tête. L'isolement peut-être... Et puis, Claude pense qu'elle souffre plus qu'elle n'ose l'avouer de la perte de votre grand-mère. Elles étaient très liées.
— Oui, elle me l'a dit... et elle m'a invitée à venir chez elle demain après-midi pour discuter.
— Oh, c'est une bonne idée! Cela lui fera sans doute du bien de se confier. Vous voyez, je vous avais dit que vous seriez occupée! De plus, demain matin, je vous accompagnerai chez Suzanne. J'ai le double des clefs de tous les cottages.
— Merci, Paul.
— Je vous en prie!
— Par pitié, nous sommes les deux seuls jeunes sur cette île, on pourrait peut-être se tutoyer, non?
— Très bien, Sandrine, alors j'espère que tu as faim!
— Oui, pourquoi?

Il fit un geste de la tête en direction de la porte des cuisines et elle vit arriver Victor, les bras chargés d'une marmite pleine de ragoût.

— Allez la jeunesse ! Et qu'il n'en reste pas une miette !

Ce soir-là, ils furent les deux uniques clients de l'auberge. La présence de Paul était agréable. Ils discutèrent de tout et de rien, et Sandrine oublia jusqu'à la raison de sa venue sur l'île. Il lui parla de sa vie sur le continent, de cette impression de ne pas être à sa place, lui expliqua qu'il pensait travailler encore une ou deux années (il n'osa préciser jusqu'à ce que ceux qui vivaient sur l'île ne se lassent de survivre au passé) et qu'ensuite il comptait ouvrir son agence touristique.

— Des promenades en mer, indiqua-t-il en souriant, tout le long de la côte. L'été, les touristes sont nombreux et prennent tous les mêmes gros bateaux pour faire un tour sans vraiment profiter des coins les plus merveilleux. Je connais bien la région. Il y a réellement de jolis endroits à faire découvrir.

La normalité de ce dialogue revigora Sandrine, mais la fatigue et l'alcool eurent raison de son attention. Elle s'excusa auprès de Paul, le remercia pour cette agréable soirée puis s'avança vers Victor qui, un chiffon à la main, essuyait quelques verres derrière le bar.

— Merci beaucoup pour ce repas, j'ai l'impression de ne pas avoir aussi bien mangé depuis des années !

— De rien ! Venez, suivez-moi.

L'aubergiste se dirigea vers la réception et saisit une clef qu'il lui tendit :

— Voici, c'est une chambre confortable, elle donne sur l'océan.

— Encore merci. Demain, il faudrait que je contacte mon patron pour lui dire que je suis bien arrivée. Je pourrai utiliser votre téléphone ?

— Vous savez, je n'ai plus de téléphone depuis longtemps, ce n'est pas comme si des touristes pouvaient réserver pour un séjour. Il y a une cabine à pièces, juste après le ponton. C'est notre seul lien avec l'extérieur.

— Oh... dans ce cas, je m'y rendrai dans la matinée. Bonne nuit à vous, Victor.

En montant les escaliers avec son bagage, Sandrine entendit du mouvement dans le restaurant. Sans doute Paul partait-il se coucher à son tour. Mais à peine introduisit-elle la clef dans la serrure de sa chambre que les paroles granuleuses d'un disque vinyle s'élevèrent jusqu'à elle...

Parlez-moi d'amour,
Redites-moi des choses tendres...

13
Suzanne
1949

Ce ne fut que trois jours après avoir découvert le dessin énigmatique que Suzanne en remarqua deux autres, dans des chambres différentes, avec la même inscription apposée en dessous. Elle décida qu'il était temps de percer ce mystère et de parler à Fabien, ce gamin qui ne s'exprimait que très rarement. Elle profita du fait que tous les enfants se trouvaient dans la salle principale pour la tournée de chocolat chaud pour le prendre à part.

— Fabien ?

— Oui, madame ?

— Peux-tu m'expliquer ce que tu as dessiné dans ta chambre, en dessous de l'arc-en-ciel ?

Le garçon baissa les yeux en se mordant les lèvres. Cette posture tant croisée dans les rues de l'ancienne guerre, lorsque les soldats intimaient aux passants de leur montrer leurs papiers et que les enfants attendaient que leurs parents s'exécutent, la troubla profondément. Elle prit conscience du ton trop ferme qu'elle venait d'employer. Elle comprit que des blessures invisibles se rouvriraient à la moindre maladresse. Elle s'accroupit face à Fabien et lui sourit.

— Ce n'est pas grave. Tu peux dessiner sur les murs de ta chambre, je ne vais pas te gronder. Simplement, j'ai trouvé deux autres caricatures dans celles de Julie et de Pierre. C'est toi qui les as faites aussi ?

— Oui, madame Suzie.

— C'est un jeu ?

— Non.

— Qu'est-ce que cela signifie, *Erlkönig* ?

— *Erlkeunig*, répéta Fabien pour corriger sa prononciation. Le Roi des Aulnes.

— Et qui est ce Roi des Aulnes ? demanda-t-elle avec douceur.

— Un méchant. Mon père me racontait souvent ce conte. Tous les enfants ici le connaissent.

— Une sorte de croque-mitaine ?

— Hum hum, acquiesça Fabien.

— Vous n'avez plus à avoir peur, assura-t-elle. Les monstres sont partis, ils sont retournés en Allemagne et je suis persuadée que ce « Er-machin » les a suivis. Qu'est-ce qu'il faisait de mal, ce croque-mitaine ? Tu sais, souvent, parler de ses frayeurs les fait disparaître. Moi aussi, quand j'étais petite, j'avais peur le soir. Alors je fermais les yeux et pouf, il n'y avait plus de monstres !

— Non ! souffla soudain le garçon en la fixant. Il ne faut pas fermer les yeux ! Surtout pas !

— Ah bon ? Et pourquoi cela ? le questionna Suzanne, subitement troublée par son comportement.

— Parce que si on ferme les yeux il vient nous chercher. C'est ce qu'il a fait avec Julie, Pierre et moi. Il nous force à fermer les yeux et il nous prend.

— Voyons, Fabien, ce n'est que ton imagination...

Elle espérait que ces mots réconforteraient l'enfant, qui commençait à montrer une certaine agitation. Il se frottait les mains comme sujet à un froid glacial alors que jusqu'ici il s'était contenté de rester immobile, le regard un peu perdu. Ce fut au moment où il releva la tête qu'elle découvrit ses cernes. Elle garda pour elle l'envie de le questionner davantage. Elle ne devait pas le brusquer. Lui faire comprendre qu'il était en sécurité à présent, que plus aucun soldat ou monstre ne risquait de débarquer dans sa chambre en hurlant des ordres assourdissants.

Pourtant, Fabien reprit :

— Non, madame Suzie, il vient tous les soirs, c'est pour cela que j'ai dessiné sur les murs des chambres, pour lui rappeler qu'il est déjà passé, qu'il doit nous laisser tranquilles à présent.

Ces dernières paroles avaient été prononcées d'une voix tremblotante. Suzanne y décela une crainte réelle, profonde, qui la surprit au point de ne pouvoir ajouter quoi que ce soit. Elle observa le garçon marcher d'un pas fatigué vers la grande table. À quelques chaises de lui étaient assis ses deux compagnons qui, selon ses propos, subissaient également les cauchemars provoqués par cet *Erlkönig* dont Suzanne ignorait jusqu'ici l'existence.

Sans doute les soldats ont-ils sciemment propagé cette histoire durant la guerre afin d'effrayer les plus jeunes, se dit-elle. *Après tout, quelle plus belle promesse de supériorité éternelle que celle de traumatiser une population dès ses plus tendres années ?*

Car Suzanne, comme tout adulte, le savait très bien : les peurs ne disparaissent pas en grandissant. Elles deviennent plus subtiles. Elles se font oublier. Elles ferment juste les yeux.

— Comment allez-vous Suzanne ?

Claude, le médecin, venait d'apparaître devant elle. Trop occupée à fixer Fabien, elle ne prit conscience de sa présence que lorsqu'il se mit à parler. Comme tous les jours, il était vêtu d'un élégant costume et portait un monocle qui lui donnait un air aristocratique. Sa légère calvitie, loin de l'enlaidir, lui procurait un air supérieur. Son crâne symétrique seyait parfaitement à cette absence capillaire et cela lui rajoutait même un certain charme auquel Suzanne n'était pas complètement insensible.

— Oh, Claude, vous m'avez fait peur !

— Je ne sais pas comment je dois le prendre, dit celui-ci en riant.

— Non… Ce n'est pas… Enfin bref, bien et vous ?

— On ne peut mieux ! Le directeur est ravi de la santé des enfants, donc ravi de notre travail à tous ! Vous savez, leur organisme a été privé de la nourriture nécessaire à un développement convenable, encore deux ou trois ans dans ces conditions et la plupart d'entre eux auraient montré des retards physiques et psychologiques irréversibles… Les différentes carences n'ont pas pu toutes être rattrapées après la Libération. La vie était encore brinquebalante, si je peux m'exprimer ainsi, il n'était pas facile de se nourrir correctement.

— En effet.

Elle doutait que le médecin ait rencontré beaucoup de difficultés à remplir son réfrigérateur. Du moins, pas autant que Suzanne. D'après ce qu'elle savait, il avait été directeur d'un hôpital de guerre. Une place enviée, puisque nécessaire et approuvée par les différents gouvernements. Il avait dû guérir des militaires des deux camps. Une neutralité salvatrice en cette période trouble.

— Mais grâce à notre travail à tous, enchaîna-t-il, ces enfants reprennent du poids et de l'énergie ! Bon, on distribue un peu trop de chocolat chaud à mon avis, mais après tout, pour eux, cette boisson a sans doute le goût du bien-être de l'Univers !

— Docteur ?

— Oui, Suzanne ?

— J'ai pourtant l'impression que certains d'entre eux sont fatigués.

— Vraiment ?

— Oui. Dorment-ils bien ?

— Selon les comptes rendus de l'équipe de nuit, il n'y a aucun souci de ce côté-là, assura le médecin. De quels enfants parlez-vous exactement ?

— De Julie, Fabien et Pierre. Je trouve qu'ils ont grise mine.

Leurs épaules étaient en effet un peu plus voûtées que celles des autres pensionnaires, leur tête trop lourde pour se maintenir droite et surtout, leur teint semblait beaucoup plus terne que d'habitude, aussi froid que les murs vierges et bétonnés situés à l'extérieur du blockhaus.

— Sans doute un excès d'activité physique, conclut le médecin. À cet âge, on court souvent jusqu'à l'épuisement. Ils ne connaissent pas encore leurs limites. C'est une fatigue saine. Mais, lors du prochain examen, je vérifierai tout cela, ne vous inquiétez pas.

— Merci, Claude.

— Je vous en prie. Une bière à l'auberge ce soir ? proposa-t-il en s'éloignant.

— Comment pourrais-je laisser Françoise seule dans un endroit où se trouvent des hommes et de l'alcool ? Ce serait irresponsable de ma part, ironisa Suzanne en souriant.

14

Sandrine
Novembre 1986

Sandrine fit sa valise et descendit à la réception. La veille, Paul lui avait donné rendez-vous à 10 heures devant la maison de sa grand-mère. Il était à peine 9 heures. Cela lui laissait le temps de se rendre tranquillement chez Suzanne. Il n'y avait aucun signe de vie dans l'auberge. Les lumières du restaurant étaient éteintes, abandonnant à la faible clarté matinale qui perçait à travers les rideaux le soin d'accompagner les visiteurs. La jeune femme passa devant le juke-box et observa d'un mauvais regard son silence.

Parlez-moi d'amour…

— Quelle connerie ! pesta-t-elle.

Sandrine fit tinter la cloche du *desk* mais aucune présence ne se manifesta. Peut-être Victor dormait-il encore…

Elle laissa un mot bien en vue sur le comptoir puis sortit.

La pluie avait cessé. C'est ce qu'elle remarqua tout d'abord en levant le nez vers le ciel nauséeux. Puis l'île lui parut changée. Pas dans sa constitution ni dans ses dimensions, mais simplement… plus terne. Les différentes teintes de la nature, d'habitude attrayantes, étaient comme endormies. Elles paraissaient plongées dans un sommeil éternel, ou comme fanées par le ciel bas et gris qui semblait vouloir peser sur l'île jusqu'à l'enfoncer un peu plus. Sandrine songea aux photos exposées sur le mur de l'auberge. Elle eut le sentiment que le paysage inversait sa temporalité, qu'il se retournait sur lui-même et que les clichés des dernières années, aux couleurs vulgaires et limitées, intimaient à l'île de s'éteindre pour revenir au noir et blanc des premiers temps. La mer et les vagues ourlées d'écume qui grondaient au loin ressemblaient à une étendue d'encre impénétrable. Les quelques arbres qu'elle croisa se présentèrent nus ; leurs branches austères, semblables aux bras levés d'un corps carbonisé, s'étiraient douloureusement vers le ciel. Sandrine frissonna devant ce tableau. Ce paysage de fin du monde la mit mal à l'aise. Ne manquaient plus que les explosions d'obus, les rafales de mitrailleuses, les sillons de sang et les brouillards de gaz pour se croire dans un décor de film de guerre. Ou dans le cauchemar d'un vétéran.

Elle ressentit à nouveau l'envie de fuir l'île au plus vite.

Sandrine se dirigea d'un pas décidé vers la maison de sa grand-mère. Elle suivit la seule route qui plongeait au loin dans la forêt. D'après le plan que lui avait fourni le notaire, elle n'aurait pas beaucoup à marcher.

Au fur et à mesure de son trajet, ses nerfs se détendirent, comme anesthésiés par le vent marin et le silence qui l'entourait. Elle leva les yeux vers les nuages, à la recherche d'un des nombreux oiseaux qui devaient peupler cette île, mais n'en remarqua aucun. Le ciel était aussi désert que la lande. Après dix minutes d'errance, elle arriva devant une maison identique à celles du village.

Paul l'attendait, assis sur le perron, et se leva pour ouvrir le portail et l'accueillir.

— Comment vas-tu, Sandrine ? Bien dormi ?

— Comme un bébé, mentit-elle.

La nuit avait été difficile. Outre la qualité douteuse du matelas, la jeune femme avait été plusieurs fois réveillée par un bruit étrange venant du dehors. Elle avait tout d'abord attribué sa provenance au gémissement chaotique du vent qui soufflait à travers les dunes rocailleuses. Puis, à force de concentration, elle avait fini par comprendre qu'il s'agissait du feulement d'un animal apeuré.

— Il y a des chats sur cette île ? demanda-t-elle.

— Ah, ces fameux chats sauvages, soupira Paul... Il y en a eu. D'après ce que je sais, des animaux ont été apportés mais se sont rapidement multipliés. Il a fallu les chasser, car ils menaçaient les différents groupes d'oiseaux marins tels que les goélands argentés ou les eiders à duvet. Ils s'attaquaient aux nids. Les habitants disent qu'ils en entendent encore, surtout la nuit, mais je n'en ai jamais aperçu. Sans doute un animal solitaire qui aurait échappé à l'extermination.

— C'est donc ici que Suzanne vivait ?

— Oui.

— C'est bizarre, remarqua Sandrine en se dirigeant vers la droite de la propriété et en découvrant une mare en partie asséchée, le notaire m'a décrit une dépendance, de ce côté-ci de la maison…

— Une dépendance ? Il n'y en a jamais eu, pas depuis que je viens sur l'île.

La jeune femme observa une dernière fois le plan avant de le replier et de le glisser dans la poche arrière de son jean. Paul se saisit de son trousseau de clefs, hésita entre plusieurs puis déclencha le pêne de la serrure. Une fois à l'intérieur, sans se concerter, ils décidèrent d'ouvrir toutes les fenêtres pour laisser entrer l'air frais. Sandrine ne sut si cela aiderait à exorciser les nombreux fantômes que cette maison avait accueillis, mais au moins l'odeur de renfermé disparut rapidement.

La bâtisse était constituée d'une pièce principale, d'une petite cuisine, d'une salle de bains/W-C et de deux chambres aux dimensions ridicules. Dans l'une d'entre elles, on pouvait encore distinguer sur les murs les anciennes marques d'emplacement de lits superposés, certainement utilisés par les soldats du Troisième Reich. Ils firent le tour des pièces, tous les deux gênés de pénétrer de cette manière dans l'intimité de la défunte. Paul s'effaça ensuite en allant fumer une cigarette devant le porche, permettant ainsi à Sandrine de se recueillir tranquillement. Mais la jeune femme avait beau fouiller les tiroirs, ouvrir les armoires ou examiner les placards, rien ne la ramenait vers Suzanne. Elle eut la sensation de visiter une maison témoin, froide et sans âme, semblable au bureau de maître Béguenau.

— Mais qu'est-ce que je fous ici ! pesta-t-elle en rejoignant l'intendant.

— Tout va bien ?

— Oui... enfin, non. Je n'ai rien à faire dans cet endroit, déclara-t-elle, au bord des larmes. Je ne connaissais pas cette Suzanne dont tout le monde me vante la gentillesse et le sourire. Je pensais que pénétrer dans cette maison effacerait cette distance affective, mais... je ne ressens rien. Il vaut mieux que je retourne rapidement sur le continent, à ma vie d'avant.

— Je comprends, avoua Paul en soufflant sa fumée. Il ne faut pas t'en vouloir, parfois la vie est juste... inapte.

— Inapte ?

— Oui, inapte aux vivants.

Sandrine s'assit sur les marches en réfléchissant à ces paroles. Elle pensa à ses années à Paris, durant lesquelles elle avait si souvent douté de son utilité sur cette terre. Elle n'avait jamais songé à inverser les rôles. Elle n'avait jamais jugé la capitale ou sa propre vie inaptes à sa personne.

Elle s'était toujours attribué le rôle de l'anomalie.

— C'est amusant, tu as le don pour m'apaiser, sourit-elle en observant l'horizon.

— Vraiment ?

— Oui, chaque fois que j'ai l'impression de couler, il te suffit de quelques mots pour me remonter le moral. Je comprends mieux pourquoi ma grand-mère t'appréciait. Mais je crains de ne pas profiter de ta présence plus longtemps. J'ai l'intention de repartir aujourd'hui.

— Dans ce cas, je crois que tu ne vas pas apprécier ce que je vais te dire...

— Pourquoi ?

— Simon est reparti hier soir, expliqua Paul. Comme il n'y avait pas de travaux importants nécessitant sa présence, il est rentré sur le continent et le *Lazarus* ne reviendra que la semaine prochaine.

— Non…

— C'est mon tour de garde cette fois-ci, donc c'est moi qui veille jusqu'à son retour.

— Pitié ! Dis-moi qu'il s'agit d'une blague !

— Désolé. C'est ainsi qu'on fonctionne quand l'île est calme.

— Il me faudra beaucoup de bières pour tenir, prévint Sandrine, et promets-moi de ne pas me laisser seule.

— Promis ! Allez, viens, je vais te faire visiter un endroit. Pour ce qui est de la boisson, je n'ai que du vin et des sandwichs que Victor m'a préparés très tôt ce matin. Au moins pour ce midi, on ne mourra pas de soif !

— Et où allons-nous ?

— Au camp de vacances, de l'autre côté de la forêt.

15

Sandrine
Novembre 1986

Paul et Sandrine longèrent la route escarpée qui s'enfonçait vers l'est de l'île. À quelques mètres, en contrebas des falaises, le rugissement de la mer s'écrasait avec détermination contre les parois rocheuses, forçant les deux promeneurs à élever la voix pour se faire entendre. Devant eux, les silhouettes des arbres se rapprochaient, tels des soldats avançant prudemment au milieu d'un champ piégé de mines.

— Tu ne trouves pas que le paysage est différent ? remarqua la jeune femme.

— Comment ça ?

— J'ai l'impression que toutes les couleurs primaires ont disparu pour laisser place à un camaïeu de gris. C'est comme si un dieu avait colorié cette terre avec les mauvais crayons…

— Tu sais, par ici, le soleil perce rarement les nuages. Cependant l'herbe est verte et le ciel sans aucun doute bleu. Je pense que c'est l'absence de luminosité qui te donne cette impression. Tu n'es pas habituée, tout simplement.

Sandrine comprit que Paul avait raison lorsqu'ils pénétrèrent dans la forêt. Tout devint encore plus terne. Les faibles rayons du soleil ayant traversé la couche nuageuse perdirent un peu plus de leur vigueur, absorbés par les nombreuses branches de bois sombre. Elle avait beau se répéter que c'était le matin, le paysage et la pénombre lui renvoyaient le mirage d'une fin de journée et d'un crépuscule déclinant.

— Tu vas souvent là-bas, dans le camp ?

— Ce n'est pas la première fois que je m'y rends, mais je n'y suis jamais entré. Pourtant je possède les clefs, au cas où cet endroit nécessiterait une intervention quelconque.

— Pourquoi maintenant, dans ce cas ?

— Pour toi, Sandrine. Pour te remonter le moral et pour te montrer le lieu où travaillait Suzanne. Pour te prouver que ta grand-mère n'était ni folle ni inutile.

Après un bon quart d'heure de marche à travers la forêt, Sandrine fut soulagée de déboucher sur une large prairie vierge de tout arbre. Elle remarqua aussitôt le toit bétonné du blockhaus et fut étonnée par ses dimensions. Elle s'était imaginé une structure de taille réduite, comme ces constructions que l'on voyait dans les livres d'histoire. La journaliste savait qu'il en existait des plus imposantes, comme celle inachevée d'Éperlecques, dans le Pas-de-Calais, mais elle ne s'attendait pas à en découvrir une de cette taille sur une si petite île.

— Ça alors ! s'extasia-t-elle.

— Impressionnant, hein ? D'après ce que j'ai entendu, ce blockhaus était voué à lancer des missiles sur les côtes. Les Allemands n'ont guère eu le temps de l'utiliser, la fin de la guerre a précipité son abandon.

Ils dépassèrent ce qui avait dû être une aire de jeu. Un panier de basket rouillé par les années servait de perchoir à des oiseaux immobiles. Ce vestige d'installation sportive lui fit plus penser à une potence qu'à une construction ludique. Le cercle métallique penchait vers le sol, comme un endeuillé fixerait la terre en pleurant la tombe sous ses pieds. Des herbes folles jonchaient le terrain et envahissaient ce parterre où jadis le ballon pouvait rebondir sans crainte d'être dévié.
Paul attira son attention vers un autre endroit. Sandrine crut tout d'abord se trouver face à un cimetière improvisé. Des bâtons de bois épais s'élevaient vers le ciel, tantôt droits, tantôt de travers, telles des croix faites de branches. Mais elle comprit rapidement qu'il s'agissait d'un ancien potager. Des racines sèches sortaient de terre et se distordaient comme des serpents figés pour l'éternité. Les tuteurs ne soutenaient plus aucune tomate, mais à voir les nombreux carrés de planches disposés à la surface, on pouvait deviner ce qui avait été un jardin fertile et imposant.

— C'est Maurice qui a créé ce potager, précisa Paul. À l'entendre, il pouvait nourrir le camp entier. Il se vante encore d'avoir cultivé les meilleurs fruits et légumes de toute la Normandie. S'il n'était pas trop vieux pour s'agenouiller et creuser, je suis certain qu'il viendrait tous les matins pour entretenir ce lopin de terre !

— Tout a été abandonné après le naufrage du bateau ?

— Oui. Ils ont tous fui cet endroit comme la peste. Le lendemain de la tragédie, cette porte métallique s'est définitivement refermée et aucun des habitants de l'île n'a jamais émis le souhait de la rouvrir.

— Ce lieu me donne la chair de poule, confia Sandrine.

— Il faut l'imaginer à la grande époque. Les rires des enfants, les couleurs du verger, le bruit des ballons rebondissant sur le sol. Il y avait aussi des animaux, une vraie petite ferme ! Tu as vu les photos, à l'auberge ?

— Oui, toutes.

— Alors tu as une idée de ce qu'était ce camp. Ce sont ces images qu'il faut garder en tête. Allez viens, allons voir l'intérieur maintenant.

Devant eux se dressait la façade en béton du blockhaus. Une porte en tôle, de taille importante, leur barrait l'entrée. Paul sortit le trousseau de son sac et introduisit la plus grande des clefs dans la serrure. Le claquement de son mécanisme surprit l'intendant, qui s'attendait à ce qu'elle ne soit plus en état de fonctionner. Ils entendirent le bruit du pêne résonner de l'autre côté de la porte puis le son s'éteignit lentement tandis qu'ils tentaient de la repousser vers l'intérieur. Ils essayèrent à plusieurs reprises, pesant de tout leur poids, prenant de l'élan pour frapper du plat du pied… Finalement, la tôle céda et s'ouvrit en partie, libérant un interstice suffisant pour que les deux « archéologues » se faufilent dans le bâtiment.

Ils ne perçurent d'abord que l'obscurité et l'humidité. Les murs de béton, trop longtemps livrés aux températures glacées, leur renvoyèrent un froid sec et coupant. Paul sortit deux lampes torches de son sac et en tendit une à Sandrine. Ils longèrent le couloir à pas feutrés, balayant le moindre espace de leurs arcs lumineux.

— Ce couloir est immense ! s'étonna Sandrine.

— J'imagine qu'il a été conçu pour pouvoir accueillir des troupes de soldats et leur matériel.

— Je pourrais écrire un article sur cet endroit ! s'exclama Sandrine, excitée par l'aspect mystérieux et secret de la construction.

— Pardon ?

— Ah oui, c'est vrai… Je suis journaliste, enfin… Ce n'est pour cela que je suis ici, mais c'est mon métier, là-bas, sur la terre ferme.

— Journaliste ? Et tu penses pouvoir écrire un article sur l'île et le camp ?

— Oui, pourquoi pas ? Je suis coincée ici pour une semaine, autant en profiter !

— C'est impossible.

— Ah oui ? Et pourquoi ça ?

— Parce que personne ne te croira…

Ils avancèrent encore de quelques mètres dans l'obscurité avant de déboucher sur une immense pièce éclairée de manière naturelle par les nombreuses embrasures militaires creusées dans les murs.

— On dirait… On dirait que les enfants viennent juste de partir…

C'est ce que murmura Sandrine en découvrant la longue table positionnée au centre de la pièce. Elle s'en approcha, n'osant toucher les verres, couverts et assiettes toujours disposés dessus, tous recouverts de poussière et de toiles d'araignées sophistiquées, complètement absorbée par ces objets dont la présence soulignait douloureusement l'absence de ceux qui les avaient utilisés. Elle se remémora les visages juvéniles observés sur les photos de l'auberge. Elle les transposa ici, autour de cette table. Elle imagina leurs rires et leurs sourires. Elle les devina boire, manger, se parler, leurs existences fragilisées auréolées de la présence bienveillante du personnel. Un bruit sourd sortit Sandrine de sa torpeur. Paul se trouvait un peu plus loin, dans une pièce adjacente.

— Ce n'est rien ! Juste une vieille casserole et ma maladresse ! la rassura-t-il. La vache, cette cuisine est immense !

La jeune femme lança un dernier coup d'œil à la grande table puis se dirigea vers un autre couloir, à l'opposé de celui par lequel ils étaient arrivés. Elle ralluma sa lampe torche et éclaira cette gorge bétonnée. Sur les deux flans, de nombreuses portes se présentaient à elle, toutes ouvertes. Sandrine en compta une dizaine. En passant la première, elle comprit à quoi servait cette partie du blockhaus : il s'agissait du dortoir. Elle fut émue de découvrir les petits lits. Elle sourit tristement en apercevant sur certains d'entre eux une peluche qui attendait toujours son propriétaire. Les chambres étaient toutes identiques : un lit, une armoire, une embrasure fine et vitrée, des murs remplis de fresques colorées, tels les vestiges d'un sanctuaire oublié. Contrairement aux teintes fades et sans reliefs de l'île, les arcs-en-ciel et autres dessins avaient gardé un aspect lumineux, comme si les couleurs de ces murs avaient aspiré l'essence de la nature pour s'en nourrir. Elle visita l'ensemble du dortoir, et à chaque fois qu'elle ressortait d'une pièce, un sentiment de tristesse étreignait son cœur. Elle atteignit rapidement le fond du couloir, se retrouva face à une porte métallique dont elle tourna la poignée. Mais le mécanisme ne répondit pas.

— Maintenant, cet endroit me file aussi la chair de poule, déclara Paul en s'approchant de Sandrine. Je n'ai pas la clef de cette porte. Ce n'est pas la même serrure.

— Les enfants dormaient ici, murmura Sandrine, c'est l'endroit le plus triste que je connaisse.

— Je pensais te remonter le moral, s'excusa l'intendant. J'aurais dû réfléchir un peu plus...

— Non, au contraire. Je suis persuadée que Suzanne a fait tout son possible pour embellir le quotidien de ses protégés. Tu as vu les croquis sur les murs ?

— Oui.

— Les enfants s'endormaient sous des arcs-en-ciel, précisa-t-elle avec un léger sourire. Et tu as remarqué le petit personnage dessiné dans chacune des chambres ? C'était peut-être une sorte d'attrape-rêve. Je suis certaine qu'ils devaient bien dormir...

— Je le crois aussi, avoua Paul en souriant à son tour.

Sans rien ajouter, ils se dirigèrent vers la grande salle. Avant d'abandonner le couloir, Sandrine se retourna une dernière fois, comme un ultime hommage aux disparus.

C'est alors qu'elle l'aperçut.

Là-bas, tout au fond.

Accrochée au-dessus de la porte scellée.
Une vieille pendule.
La jeune femme la visa avec le faisceau de sa lampe.
Le verre de protection était brisé.
Ses aiguilles immobilisées.
La pendule indiquait 20 h 37.

16
Suzanne
1949

Ce fut durant l'atelier de jardinage, trois jours après avoir signalé ses doutes au médecin, que Suzanne eut la conviction que les enfants souffraient d'un mal inconnu. L'air était frais, une brise légère à l'odeur salée se faufilait à travers les arbres fruitiers et les tuteurs lourdement chargés. Pendant que Maurice s'évertuait à leur expliquer l'importance de respecter les distances entre les plants ou à décrire les bienfaits des plantes aromatiques, la gouvernante étudiait discrètement le comportement des jeunes filles et garçons.

Julie, Fabien et Pierre retiraient les mauvaises herbes d'une parcelle destinée à accueillir des laitues. Ils n'avaient pas échangé un mot de la matinée, se contentant de nettoyer le sol avec des griffes en fer, la tête baissée. La lenteur de leurs mouvements et leur visage blafard confortèrent le sentiment de Suzanne. Elle détourna son attention sur le reste de la troupe et s'arrêta sur Marie qui, elle aussi, lui parut épuisée. La petite fille retirait les gourmands des plants de tomates. Ses traits étaient tirés et sa peau d'une blancheur surprenante. Un peu plus loin, Jules picorait en secret les framboises qu'il était censé simplement ramasser. Si le plaisir de la dégustation – et de son interdit – faisait briller ses prunelles, Suzanne ne put ignorer les cernes sous ses yeux et le battement continuel de ses paupières. Il donnait l'impression d'avoir été brusquement sorti de son sommeil.

— Maurice ?
— Oui ?
— Je vous laisse un instant, je dois aller vérifier que tout est prêt pour le déjeuner.
— Pas de problème, vous pouvez y aller, je m'occupe d'eux. Hé ! Jules ! Arrête de manger toutes les framboises !

Suzanne se releva, secoua son tablier pour en extraire les résidus de terre et rentra dans le blockhaus. Elle dépassa la grande salle (où une odeur de poulet rôti et de légumes confits réveilla son appétit) et se dirigea vers le dortoir. Elle pénétra d'abord dans la chambre de Marie. Il ne lui fallut que quelques secondes pour trouver le dessin qu'elle cherchait : celui-ci se tenait sur la surface d'une mer turquoise, marchant sur l'eau comme le Messie. L'inscription, elle, était placée juste en dessous des flots, cachée entre deux poissons aux formes grossières.

Der Erlkönig.

Elle se rendit ensuite dans la chambre de Jules. Des arbres touffus recouvraient une partie de la pièce, tous dessinés de manière arrondie qui les faisait plus ressembler à des champignons géants qu'aux pins et autres cyprès tordus de la forêt au-dehors. Dans l'un d'entre eux, accroché à une branche, elle découvrit le Roi des Aulnes, tracé à la craie sombre.

— Que se passe-t-il ? murmura-t-elle dans le silence du dortoir, comme si cette question était adressée aux murs épais du blockhaus.

Tout le long du repas, elle observa les enfants. Elle ne nota aucune fatigue visible chez les cinq autres membres du groupe et se demanda combien de temps cela durerait. Le Roi des Aulnes les visiterait-il cette nuit, dans leurs cauchemars ? Lequel d'entre eux arriverait demain les traits tirés, les gestes hésitants ?

Au milieu de l'après-midi, Suzanne décida de faire part de ses interrogations au directeur. Celui-ci encourageait son équipe à le consulter en cas de besoin. Il s'était aménagé un bureau dans une pièce proche de la cuisine, une salle dans laquelle, selon lui, beaucoup de Français avaient été torturés par les soldats allemands. Sa porte était toujours ouverte et Victor prétendait, non sans fierté, que la bonne odeur de ses plats en était la principale raison.

Suzanne toqua contre la porte métallique. Le directeur l'invita à entrer et à s'asseoir face à lui. Il l'écouta avec attention, les genoux croisés, un cigare aux lèvres. La gouvernante avait eu confiance en cet homme dès leur première rencontre, lorsque, petite annonce à la main, elle lui avait proposé ses services. Sa fille s'était évanouie avec son soldat allemand six mois plus tôt. Les séquelles de cette séparation se lisaient encore sur son visage. Des nuits à pleurer. Des jours à espérer. Puis la résignation et l'envie d'un ailleurs. Une île, un emploi stable et correctement rémunéré.

Cette offre ressemblait à une trêve dans sa guerre intime.

— Ce camp de vacances aura pour but de réparer l'horreur de la guerre, lui avait-il expliqué. Nous commencerons par une dizaine d'enfants. Si l'expérience est concluante, nous continuerons en augmentant notre nombre de lits. J'ai rencontré beaucoup de familles. Toutes ont été séduites par notre projet.

— Pourquoi des enfants ?

— Parce que les enfants sont ce qu'il y a de plus précieux, lui expliqua-t-il avec enthousiasme, ils sont à la fois notre futur et notre propre passé. Tout l'équilibre et le bien-être de l'Univers proviennent de leur bonheur, ce bonheur que les nazis ont essayé de détruire. Ces filles et garçons sont des rescapés, leurs parents aussi et ils ne peuvent pour l'instant s'occuper d'eux correctement. Nous sommes une solution de transition.

Puis le directeur lui avait souri et Suzanne avait paraphé son contrat.

— Fatigués ? s'étonna-t-il en soufflant la fumée en direction du plafond.

— Oui, la moitié du groupe semble souffrir d'une fatigue chronique.

— C'est Claude qui l'a diagnostiquée ?

— Non, ce n'est que le fruit de mes observations, avoua Suzanne.

— Vous pensez que c'est à cause des activités ? De la nourriture ?

— Je l'ignore.

Le directeur resta un long moment songeur, le front plissé.

— Peut-être... Peut-être avons-nous voulu être trop rapides et n'avons-nous pas pris en compte l'aspect psychologique de la séparation avec les familles.

— Vous croyez que...

— Je pense que vous avez bien fait de venir m'en parler, Suzanne. Je me félicite chaque jour de vous avoir engagée, les petits vous apprécient énormément, ils vous appellent tante Suzie !

— Merci, monsieur le directeur. Que comptez-vous faire ?

— Deux choses, affirma-t-il en se levant de sa chaise. Tout d'abord, demander à Claude de vérifier l'état de santé de chaque enfant. Ensuite, nous tirerons les conclusions nécessaires. Nous diminuerons s'il le faut les activités physiques et nous proposerons à Victor d'élaborer des menus plus chargés en vitamines. Ensuite, et je pense sincèrement que le problème vient de là, je réserve une surprise aux enfants afin de pallier leur manque d'affection. Mais désolé, je préfère garder le secret pour l'instant. Croyez-moi, vous allez voir les sourires rayonner !

L'enthousiasme du directeur rassura Suzanne. Elle se persuada que le Roi des Aulnes n'était rien d'autre qu'un personnage sorti d'un conte pour enfants, un simple monstre errant dans les cauchemars des pensionnaires pour troubler leur sommeil. Elle n'avait pas fait mention des dessins sur les murs des chambres, de peur que cela ne lui déplaise. De plus, ce détail lui semblait à ce moment complètement dénué d'intérêt.

Deux jours plus tard, la mystérieuse surprise arriva de la mer, ramenée du continent par Simon, l'intendant.

Le directeur demanda à tous de se réunir dans la salle principale. Les enfants et le personnel s'assirent, impatients de découvrir ce que Simon cachait dans le grand carton posé devant lui.

— Bonjour, les enfants.

— Bonjour, monsieur le directeur, entonnèrent-ils à l'unisson.

— Cela fait maintenant quinze jours que nous sommes sur cette île. C'est à la fois court, mais également très long lorsque l'on est séparé de ses proches. Vos parents vous ont envoyé ici pour une seule raison : parce qu'ils vous aiment. Vos familles préparent votre retour avec impatience, mais cette séparation était nécessaire pour eux, d'un point de vue pratique, le temps de réparer ce qui devait l'être, le temps de restructurer un foyer parfait. Mon équipe m'a informé que certains d'entre vous souffraient de fatigue et de lassitude. Il n'y a pas de quoi s'alarmer, j'aurais éprouvé le même mal si j'avais dû être éloigné de ceux que j'aime. J'ai donc décidé, et c'est la première surprise du jour, que dans deux semaines, nous partirions tous pour le continent, afin que chacun d'entre vous passe un moment avec sa famille.

Immédiatement, des exclamations de joie envahirent la grande salle. Les sourires chassèrent la fatigue. Les enfants se regardèrent pour avoir une confirmation de ce qu'ils venaient d'entendre. Et chaque visage renvoyait le même bonheur à son voisin, comme le reflet parfait d'un miroir invisible.

Suzanne sentit l'émotion la gagner. Cet homme venait de trouver la solution parfaite au bien-être des enfants.

— Il y a donc une seconde surprise, reprit le directeur d'une manière théâtrale. Je vais inviter chacun d'entre vous à s'approcher afin que je la lui remette. Par la suite, si vous avez des questions, posez-les à Simon. Ce grand gaillard renferme bien des mystères, il est à l'origine de cette formidable idée, expliqua le directeur en lançant un clin d'œil à l'intendant. Dernière précision, ce cadeau vous appartient, vous l'emporterez avec vous lorsque vous quitterez l'île dans deux mois. Donc la première personne à se présenter sera… Marie !

La petite fille écarquilla les yeux de surprise. Elle se leva, à la fois hésitante et excitée, et se posta devant le directeur.

— Simon, je t'en prie.

Simon se pencha au-dessus du carton et l'ouvrit avec délicatesse. Il plongea ses bras solides à l'intérieur et en retira un chaton endormi.

— Tiens, Marie, c'est pour toi. Donne-lui le nom que tu veux. Il dort parce que le vétérinaire lui a injecté un somnifère pour qu'il ne soit pas effrayé durant le trajet. Mais il va bientôt se réveiller, et quand il ouvrira les paupières, il aura besoin de caresses et de réconfort.

Marie déposa l'animal contre sa poitrine. Plus rien d'autre n'existait à ce moment-là.

Ni les hommes en uniformes avec leurs croix tordues.

Ni l'inquiétude sur le visage de sa mère quand elle l'accompagnait jusqu'au magasin de rationnement.

Ni les bruits étranges qui tombaient du ciel et secouaient la terre durant la nuit.

Ni *Der Erlkönig*.

Seuls le ronronnement et la douceur d'un pelage noir et blanc animaient l'Univers.
— Pierre.
— Fabien.
— Julie.
— Sandra.
…
Tour à tour, les pensionnaires se présentèrent devant Simon, le visage radieux. Leur bonheur devint rapidement contagieux. Les membres de l'équipe se rapprochèrent des enfants, partageant leur joie lorsque les chatons s'éveillèrent en poussant des miaulements d'incompréhension. Les nouveaux habitants de l'île furent baptisés des noms les plus incongrus, Grelot, Pendule, Miaou, Saucisse, Chaussette… puis le directeur les invita à se rendre dans leurs chambres pour faire tranquillement connaissance avec leurs chatons.

— Ça va en faire de la pisse à nettoyer tout ça, plaisanta Françoise.

— Chaque enfant est responsable de son animal, rétorqua Victor. Ça marche aussi pour les crottes. Le directeur a été clair là-dessus. Ce sera un apprentissage pour les mômes.

— Mon doux Victor, n'as-tu pas une petite surprise pour moi cachée quelque part ? suggéra Françoise en se trémoussant.

— Pas le temps, j'ai déjà la cheminée de l'auberge à ramoner, prétexta celui-ci, sourire en coin, en quittant la grande salle, son carton vide sous le bras.

— Françoise, cesse de martyriser les hommes de cette île ! s'amusa Suzanne en faisant les gros yeux à son amie.

— Mais moi aussi, je veux un animal de compagnie !

— Tu sais à quoi je pense ?

— Non. Au médecin ?

— Pff…, pesta Suzanne en rougissant malgré elle. Pas du tout !

— À quoi alors ?

— Je pense à la tête que va faire l'équipe de nuit en arrivant ce soir.

17

Sandrine
Novembre 1986

Paul et Sandrine se tenaient silencieux, assis sur un rocher, face à la mer.

Ils s'étaient installés là pour pique-niquer et pour laisser s'atténuer le mal-être ressenti quelques instants plus tôt à l'intérieur du blockhaus.

— Ça va ? demanda le jeune homme en tendant un verre de vin à Sandrine.

— Oui, c'est juste que… je n'arrête pas de penser à ces enfants. Je les imagine se débattre dans l'océan glacé. Je devine leurs regards apeurés. J'entends leurs souffles s'éteindre…

— Je n'aurais pas dû…

— Cesse de t'excuser, Paul. Tu ne pouvais pas savoir ce que l'on trouverait à l'intérieur.

De longs nuages bas, en forme de zeppelins sombres et menaçants, se profilèrent au-dessus de l'eau. La jeune femme les observa progresser avec lenteur, comme s'ils hésitaient à s'approcher de l'île.

— C'est… une sorte de bijou ? demanda Paul en avalant la dernière bouchée de son sandwich, plus pour changer de sujet que par réelle curiosité.

Sandrine ne saisit pas immédiatement à quoi il faisait référence. Elle le fixa en fronçant les sourcils d'incompréhension.

— À ton poignet, le bracelet de force. Je n'ai jamais vu une fille en porter un.

— Euh, oui, en quelque sorte, éluda-t-elle.

La brûlure se réveilla. Longiligne. Métallique. Incandescente.

Elle sentit la chaleur lui lacérer la peau.

Pense à autre chose, détourne-toi de ta souffrance, noie-la…

— Un souvenir de ma mère, mentit-elle en tirant sur la manche de sa veste pour le faire disparaître.

— Vous êtes proches ?

— Étions.

— Décidément, je suis le roi des gaffes…

— Ce n'est rien. Bon, assez de mauvais karma pour aujourd'hui ! Allons voir Françoise, je suis persuadée que son maquillage ne nous pardonnerait pas de le faire plus attendre !

Ils rangèrent le reste des provisions dans le sac à dos, rigolèrent en s'apercevant qu'ils avaient terminé la bouteille de vin et repartirent en direction du village. Alors qu'ils arrivaient à l'orée de la forêt aux bois tordus, une douce torpeur, sans doute causée par l'alcool, envahit Sandrine. La lumière s'amenuisa, tout comme les sons, au point de l'obliger à lutter contre sa somnolence pour se concentrer sur ses pas et éviter de chuter à cause d'une racine dissimulée par la pénombre.

Elle crut entendre des pleurs d'enfant.

Elle crut entendre le miaulement d'un chat.

Elle crut entendre une voix féminine lui intimer de parler d'amour, de lui répéter des choses tendres.

Elle eut l'impression fugace d'être seule, non plus au milieu d'arbres rachitiques, mais dans une pièce grise et bétonnée, à l'unique porte scellée.

Perdait-elle la tête ?

Souffrait-elle du même mal que sa grand-mère, un mal que Françoise lui avait déconseillé de nommer *folie* ?

Les couleurs disparaissaient-elles vraiment autour d'elle ?

— Je crois que j'ai trop abusé du vin, prononça-t-elle alors que les arbres s'espaçaient pour laisser place à une prairie d'herbes et de rochers.

La maison de Suzanne apparut sur leur droite.

— Où se trouve la cabine téléphonique ? s'enquit la jeune femme quand ils dépassèrent le ponton orphelin du *Lazarus*.

— Un peu plus haut, derrière une des maisons. Elle n'est pas évidente à trouver.

— J'irai appeler mon employeur tout à l'heure, le prévint-elle, pour le rassurer. Et lui proposer un article, peut-être, comme un carnet de voyage…

— Tu es certaine de vouloir écrire sur cet endroit ?

— Il y a suffisamment de mystère ici pour intéresser n'importe quel lecteur. Ça me changera des articles sur les vaches…

— Là-bas, c'est la maison de Françoise, indiqua Paul avant de s'arrêter net, comme paralysé.

— Que se passe-t-il ? lui demanda Sandrine.

Paul l'ignorait. Mais il avait aperçu Claude, le médecin de l'île, entrer précipitamment à l'intérieur de l'habitation. La porte était restée ouverte et Maurice en sortit, le dos voûté par tant d'années à travailler la terre. Lorsque l'ancien jardinier vit les deux promeneurs, il trottina à leur rencontre.

— Qu'y a-t-il, Maurice ? Tu ne devrais pas courir, ce n'est pas bon pour...

Le vieux n'était qu'à quelques mètres, mais déjà Sandrine pouvait entendre son souffle court et épuisé. Elle pouvait également lire la frayeur sur son visage.

— Vite ! Il est arrivé quelque chose !

Françoise était allongée sur le sol, morte. Son maquillage soulignait de manière vulgaire la blancheur de sa peau, comme si ces couleurs criardes se moquaient du cadavre qu'elles recouvraient. Claude était agenouillé, son stéthoscope autour du cou. D'une main tremblante, il ferma à jamais les paupières de Françoise, puis se signa, immédiatement imité par Paul, Victor et Maurice qui se tenaient debout derrière lui.

— Arrêt cardiaque, déclara-t-il.

S'ensuivit un long silence où chacun se retrancha dans ses propres souvenirs. Sandrine observa leur recueillement sans oser le moindre geste. Elle devina la question que chacun des habitants de l'île devait se poser à ce moment-là : quand leur tour viendrait-il ? À quel moment la vieillesse les emporterait-elle pour retrouver Suzanne et Françoise ?

Elle se détourna pour fixer le cadavre de Françoise. Les dernières phrases échangées avec l'ancienne amie de sa grand-mère lui revinrent en mémoire. *Nous sommes comme enchaînés ici. Chacun de nous a peur, même si personne n'ose l'admettre. Car sur cette île se trouve une créature que l'on ne rencontre que dans les cauchemars. Sauf qu'elle est réelle. Elle nous surveille nuit et jour. Elle nous empêche de partir.*

Sandrine remarqua un détail qui ne l'avait pas frappée immédiatement : le cou de Françoise formait un angle étrange, comme si sa tête avait cherché à se désolidariser du reste de son corps en s'étirant le plus possible.

— Claude, hasarda-t-elle, son cou…

— Oui, acquiesça-t-il en s'approchant d'elle. Elle a dû se briser la nuque en tombant. Je pense qu'elle se trouvait à cet endroit, sur ses jambes, quand la crise a frappé. Il y a d'ailleurs un peu de sang et de cheveux sur le coin de la table. Elle n'a pas pu éviter la chute et s'est cognée. Le coup du lapin.

— Que faisons-nous à présent ? s'enquit Sandrine.

— Il faut appeler le continent. Prévenir Simon pour qu'il revienne avec un gendarme.

— Je vais le faire, proposa Victor, au bord des larmes. Je vais le faire.

Puis il sortit de chez Françoise la tête basse, ne pouvant retenir davantage ses sanglots.

— Ne restons pas ici, déclara Claude en recouvrant la dépouille de sa veste en tweed. On ne peut plus rien pour elle à présent, qu'elle repose en paix.

— Je ne serais pas contre un verre, intervint Maurice, les yeux humides.

Des rides de douleur creusaient son visage déjà marqué par les années de labeur. Sa main épaisse chassa une larme comme on chasse un moustique opiniâtre, d'un geste où se mêlaient colère et exaspération.

Sandrine sentit que ce vieil homme avait besoin de bien plus qu'un verre.

— Viens, allons à l'auberge, lui murmura Paul en le tirant par le bras.

Personne n'osa parler pendant le trajet. Sandrine, malgré le vent et la fraîcheur qui lui cinglaient le visage – et une légère migraine due au vin –, contempla le paysage avec une attention accrue. Elle remarqua les murets en pierre, les arbres penchés vers le sol comme pour s'y réfugier et retourner à l'état de graine originelle, les herbes hautes qui dansaient maladroitement selon les bourrasques... Elle occulta les couleurs oubliées et reconnut que cet endroit possédait un certain charme, loin des lumières obséquieuses et du grouillement de la capitale. Un charme austère qui lui rappela une ancienne lecture, *Les Hauts de Hurlevent*. Elle se souvint également d'avoir lu que parfois le vent pouvait rendre fou. Que les gens le comparaient à des voix d'outre-tombe, et que cette idée faisait son chemin jusqu'à se muer en certitude, au point de pousser ces convaincus à parcourir la lande pour réconforter les âmes errantes. Était-ce une de ces voix qu'elle avait perçue hier dans sa chambre ? S'agissait-il du chat sauvage que personne ne parvenait à attraper, ou tout simplement du vent ? Françoise lui soufflerait-elle sa folie, ce soir, à travers les arbres de la forêt ? Viendrait-elle lui expliquer sa peur ?

Idiote, se raisonna-t-elle, *ne vois-tu pas que cette île essaye de te séduire à ton tour ? Ne comprends-tu pas qu'elle souhaite te retenir ? As-tu oublié les paroles de Françoise ?*

Tu ne devrais pas être ici, sur cette île…

Le cortège funèbre atteignit l'auberge. Ils s'assirent à une table. Paul servit à tous un verre de whisky, laissa la bouteille pour que chacun puisse se resservir et s'installa.

— Pauvre Françoise…, souffla Claude en desserrant sa cravate.

— Paix à son âme, ajouta Maurice en vidant son verre.

— A-t-elle de la famille à prévenir ? demanda Sandrine.

— Non, répondit le jardinier, aucun de nous n'a de famille à prévenir. La seule qui en avait une était ta grand-mère. Mais elle l'avait cachée au directeur.

— Pourquoi ?

— C'était une des conditions pour venir travailler sur l'île. Le directeur voulait des employés qui ne risquaient pas de craquer au bout de quelques semaines car ils ne voyaient plus leurs proches. Suzanne a dit qu'elle n'avait que son mari, et que celui-ci était mort au début de la guerre.

Sandrine réfléchit aux mots qui venaient d'être prononcés. Était-ce là la raison de son silence pendant toutes ces années ? Craignait-elle que le directeur ne découvre son secret ? La jeune femme était persuadée qu'on lui cachait des choses, et ce depuis sa montée sur le *Lazarus*. Chacun des habitants s'exprimait avec parcimonie, avec des phrases constituées de mots aussi ternes et édulcorés que les couleurs du dehors. Elle décida de secouer la fourmilière. Tant pis si ces vieillards n'y voyaient que de l'impolitesse et de l'irrespect, Sandrine en avait assez des sous-entendus, de cette idolâtrie pour l'île et ses secrets. Elle voulait des réponses aux déclarations alambiquées de Françoise et de Victor. Elle exigeait de comprendre pourquoi les habitants avaient peur.

Au moment où elle s'apprêtait à poser ses questions, la porte de l'auberge s'ouvrit avec fracas, laissant apparaître un Victor aussi blanc qu'un fantôme :

— La... la... la cabine téléphonique, balbutia-t-il, elle... elle a été vandalisée !

— Comment ça, vandalisée ? s'étonna Paul.

— Détruite, complètement détruite. Nous n'avons plus aucun lien avec l'extérieur...

Alors, Sandrine lut sur les visages des habitants la peur primitive et infantile de ceux qui se savent condamnés...

18
Suzanne
1949

Dès lors, il régna dans le camp une atmosphère presque monacale.

Les enfants restaient la plupart du temps dans leur chambre ou dans la grande salle à prendre soin de leurs chatons, ignorant les jeux de ballon, les promenades à cheval… Claude nota des améliorations mais recommanda malgré tout une marche quotidienne le long des côtes, histoire d'aérer les esprits ne fût-ce qu'une heure.

De son côté, Suzanne ne décela plus aucun signe de fatigue supplémentaire durant les jours qui suivirent l'arrivée des animaux. Elle fut tout aussi soulagée de ne pas découvrir de nouveau *Erlkönig* dessiné dans les chambres. Elle finit par penser qu'il s'agissait simplement d'une période difficile et que celle-ci était due, comme l'avait parfaitement compris le directeur, au besoin d'affection et à la séparation trop longue d'avec les familles.

Ainsi, le *bien-être de l'Univers* reprit sa marche en avant, avec un peu moins d'activités physiques, et les sourires se remirent à briller comme lors des premiers jours. Les chatons eux aussi semblaient s'accommoder de la situation et de leur nouvel habitat. Il n'était pas rare de les voir investir les lieux avec une curiosité touchante, provoquant parfois des injures étouffées quand Victor découvrait l'un d'eux à essayer de franchir la porte de la cuisine. Il se laissa pourtant attendrir, comme tous les membres de l'équipe. Des petits bols de chocolat furent alors déposés devant l'entrée interdite. Cela sembla satisfaire Grelot, Crotte, Boule de Neige et les autres puisque tous se contentèrent par la suite de miauler pour réclamer leur dû et oublièrent l'idée de se rendre eux-mêmes dans la cuisine pour se servir.

L'incident arriva un mercredi, trois jours avant l'excursion sur le continent.

Un cri aigu retentit dans le couloir du dortoir.

Une douleur solitaire.

Un anachronisme dans la torpeur du *bien-être de l'Univers*.

Comme un claquement de porte dans une maison abandonnée.

Aussitôt, Françoise et Suzanne, qui nettoyaient la grande salle, se précipitèrent pour comprendre d'où provenait ce souffle glacial. Elles trouvèrent Émilie, une petite fille de neuf ans, debout devant sa chambre, les mains rassemblées sur son visage pour couvrir ses sanglots.

— Émilie, c'est toi qui as crié ? Que se passe-t-il ?
— C'est Fabien... il... il a tué Fou Rire...
— Il a quoi ?

Suzanne pénétra à l'intérieur de la chambre et découvrit Fabien, assis sur le lit d'Émilie, les pieds dans le vide. Sur le sol gisait le corps inerte du chaton.

— Françoise, emmène Émilie à la cuisine. Sers-lui un chocolat chaud le temps que je discute avec Fabien.

La jeune femme acquiesça et prit l'enfant dans ses bras en essayant de la consoler :

— Viens, ma princesse, ça va aller…

Le garçon demeurait silencieux et fixait un point invisible sur le mur. Suzanne s'assit à côté de lui et observa le corps sans vie avec tristesse.

— Fabien, c'est vrai que tu as tué le chat d'Émilie ? Pourquoi ? murmura-t-elle.

Elle ne s'attendait à aucune réponse. Fabien devait avoir conscience de ce qu'il venait de faire, sûrement le regrettait-il et avait-il trop honte pour s'exprimer. Mais, à sa grande surprise, le garçon dirigea son index vers les dessins de la chambre. Suzanne suivit son doigt et observa la prairie au vert étincelant. Des fleurs multicolores recouvraient l'herbe. Des marguerites, des jacinthes, des azalées, tout un kaléidoscope de couleurs primaires et joyeuses. Au sommet de la prairie, droit et repoussant comme un épouvantail, elle découvrit le Roi des Aulnes. Il ne se trouvait pas là la veille lorsqu'elle avait inspecté l'ensemble du dortoir, elle en était certaine.

— C'est le seul moyen de lui échapper…, énonça Fabien. Il faut tuer les chats…

— Échapper… aux cauchemars ? Tu dis qu'il faut tuer les chatons pour éviter les cauchemars ?

— Ce ne sont pas des cauchemars, *il* est réel. J'ai tué Croquette il y a deux jours et *il* n'est pas revenu me visiter. Le coup du lapin. Mon chat n'a pas souffert. C'est mon père qui m'avait montré comment faire lorsqu'il braconnait.

— Tu as tué ton chaton ? Mais Fabien...

— Je ne voulais pas qu'*il* fasse du mal à Émilie, affirma le garçon en se levant pour se tenir face à l'adulte.

Son regard était fiévreux, les veinules de ses yeux gonflés semblaient prêtes à exploser. *Mon Dieu, depuis combien de temps ce gosse ne s'est pas reposé*, pensa Suzanne avec effroi.

— Je l'aime beaucoup, Émilie, continua-t-il en ignorant les larmes qui couraient le long de ses joues, et quand je l'ai vue ce matin, j'ai compris qu'elle n'avait pas dormi... Alors je l'ai dessiné là-haut, sur la colline, pour qu'*il* le remarque et qu'*il* la laisse tranquille.

— Mais...

— Je sais que vous ne me croyez pas, dit Fabien. Il n'y a que ceux qui l'ont vu qui peuvent comprendre.

— Pourquoi Fou Rire et Croquette ?

Le garçon attrapa les mains de la gouvernante et la fixa comme s'il cherchait à sonder le fond de son âme.

— Il faut tuer les chats, articula-t-il avec précaution, c'est le seul moyen pour que le *Erlkönig* nous laisse en paix.

— Ressers-moi s'il te plaît.
— Suzie, tu es certaine que..., protesta Victor.
— Oui, j'en suis certaine, affirma-t-elle.

Le cuisinier remplit de nouveau le verre d'eau-de-vie puis rangea la bouteille. Ils étaient tous les deux appuyés sur un plan de travail. Derrière eux, un four garni de pâtons de pain ronronnait en libérant une odeur rassurante. Dix minutes plus tôt, Suzanne avait fait irruption dans la cuisine et avait demandé un remontant. Et en croisant le regard trouble de sa collègue, Victor avait immédiatement sorti la vieille poire.

— Que se passe-t-il? Tu es blanche comme un linge.

— Deux chatons sont morts, lui apprit-elle.

— Quoi?

— Fou Rire et Croquette. C'est Fabien qui les a tués.

— Tués? Mais pourquoi aurait-il fait cela? s'étonna le cuisinier.

— Parce que selon lui, un monstre vient la nuit pour leur faire du mal.

— Je ne comprends pas tout, admit-il, tu devrais peut-être en parler à Claude… ou au directeur.

— Claude est au courant, Fabien est dans son cabinet, il lui a injecté un sédatif pour qu'il se repose. Tu n'as rien remarqué de spécial chez les enfants ces derniers temps?

Victor jaugea Suzanne un instant. Les changements d'humeur qu'il avait cru déceler chez les mômes et qu'il avait balayés comme une fantaisie de sa part étaient-ils réels au point d'alerter d'autres membres de l'équipe?

— Pas depuis que les animaux sont là, répondit-il, à moitié persuadé par ses propres paroles.

— Et avant?

Avant…, se répéta Victor. *Avant quoi? Avant que je ne remarque que les petits se jettent avec moins de détermination sur les tournées de chocolat chaud ? Avant que leurs sourires ne se fanent comme des fleurs en manque de lumière ? Avant que je ne me persuade que tout cela n'était que le fruit de mon imagination ?*

— Eh bien, consentit le cuisinier, c'est vrai qu'ils semblaient un peu plus « éteints ». J'ai trouvé que certains d'entre eux étaient un peu pâlichons. Ils mangeaient moins aussi, je le remarquais quand je débarrassais les plats après les repas.

Suzanne réfléchit longuement avant de reprendre la parole. Elle se remémora l'arrivée des enfants. Leurs mines sombres, leurs regards fuyants, leur peur perceptible quand ils avaient traversé la forêt pour se rendre dans un endroit dont ils ignoraient tout. Puis les sourires. À présent, ces gamins semblaient faire le chemin inverse. Comme si le temps se recroquevillait sur lui-même. Comme si le Roi des Aulnes les entraînait vers lui sans qu'ils puissent lutter.

— Victor, tu connais le Roi des Aulnes ?
— Jamais entendu parler !

Suzanne décida d'interroger discrètement l'ensemble des enfants dont la chambre était ornée d'un *Erlkönig*. Elle ne souhaitait pas alerter le directeur avant d'en savoir un peu plus. La gouvernante prétexta plusieurs motifs pour se retrouver quelques minutes avec les pensionnaires. Un à un, ils lui relatèrent les mêmes faits : les cauchemars, la fatigue, les dessins. Ce qui étonna le plus Suzanne fut que tous les enfants connaissaient la légende du Roi des Aulnes. Ils lui affirmaient qu'il s'agissait bien de cette créature qui leur rendait visite durant leur sommeil. Un autre détail fit son apparition quand elle leur demanda de raconter leurs songes. Ils décrivirent, de manière confuse, la présence d'une horloge flottant dans les airs, tel un cerf-volant malmené par le vent.

Lorsque Suzanne alla retrouver Françoise pour prendre des nouvelles d'Émilie, son amie était assise dehors, sur un muret en pierre, à observer les enfants s'amuser avec leurs animaux dans le parc à chatons spécialement créé par Maurice. Il s'agissait ni plus ni moins d'un poulailler géant et grillagé au centre duquel trônait un arbre robuste que les chatons tentaient d'escalader sous les encouragements de leurs propriétaires.

— Comment va-t-elle?

— Moyen. Je lui ai promis que Simon lui ramènerait un chat. Pourquoi a-t-il fait cela? l'interrogea Françoise.

— Je l'ignore, mentit Suzanne en acceptant la cigarette que lui tendit sa collègue.

— Suzanne?

— Oui?

— Que se passe-t-il?

— Comment cela?

— Je ne sais pas, j'ai juste le sentiment que… tout ne fonctionne pas comme cela le devrait. Les enfants deviennent différents, je l'ai remarqué aussi. Alors oui, peut-être que c'est à cause de l'isolement. Mais je sens qu'il y a autre chose.

— Tu te souviens de ton contrat de travail?

— Bien sûr, Suzie.

— Tu l'as lu avant de le signer?

— Absolument ! s'exclama Françoise. L'offre était trop belle pour ne pas paraître douteuse.

— Tu n'as rien trouvé de... bizarre ?

— Hormis le fait que nous ne devions pas avoir de famille pour venir ici ?

— Ça et puis...

— Et puis la promesse de ne pas quitter l'île sans l'autorisation du directeur, même en cas de fermeture du camp ?

— C'est beaucoup de promesses pour un simple emploi, non ? suggéra Suzanne.

— Un emploi très bien rémunéré, souligna son amie, une maison sans loyer, une auberge constamment ravitaillée en alcool, une vie débarrassée des rumeurs du passé... Mais oui, c'est beaucoup de promesses...

— Et l'équipe de nuit ?

— Quoi ?

— On ne la voit jamais, à part quand elle prend son tour de garde, mais sinon on ne sait rien d'eux, remarqua Suzanne.

— Et pour cause ! Nous travaillons, ils sont au repos. Ils travaillent, nous sommes au repos. Délicat de boire un verre ensemble et d'engager la conversation..., souligna sa collègue.

— Deux médecins, réfléchit Suzie à voix haute. Deux médecins pour une période de temps où les enfants dorment alors que le jour, seul Claude est présent.

— Mouais, pas faux. Le directeur couche sur place, peut-être souffre-t-il d'une maladie nécessitant une veille constante.

— Tu connais *Le Roi des aulnes*? la coupa sa collègue en soufflant sa fumée.

— Le poème de Goethe? Bien sûr! J'ai… Hum… J'ai connu un Allemand, un musicien… Il adorait ce poème.

— De quoi ça parle?

— En gros, d'un être malfaisant qui habite dans une forêt et qui tue les enfants qui la traversent. Pourquoi, tu l'as croisé dans le bois en venant ce matin? plaisanta Françoise en écrasant son mégot contre une pierre.

Mais le visage grave de son amie annihila son trait d'esprit.

— Suzanne, que se passe-t-il? Tu peux tout me dire, tu le sais.

— Je l'ignore, Françoise, mais j'ai peur.

19

Sandrine
Novembre 1986

— Alors, nous n'avons plus le choix…

Tous acquiescèrent en silence.

Sandrine les observait sans comprendre. Comment pouvaient-ils rester aussi calmes ? Et que signifiait cette phrase ?

Victor se leva, marcha jusqu'au bar où il se mit à préparer des boissons comme si quelqu'un lui avait passé commande. Sandrine tenta de trouver une réponse dans les yeux de Paul, mais celui-ci fixait obstinément la table.

— Ça veut dire quoi, nous n'avons plus le choix ? finit-elle par demander à Claude.

— Beaucoup de choses, très chère.

— Que se passe-t-il à la fin ? Il faut trouver un moyen d'alerter le continent ! Merde, imaginez qu'une crise cardiaque frappe Victor ou l'un d'entre vous ! Vous devez quitter cette île, on doit tous quitter cette île et tant pis si les fantômes des enfants ne vous le pardonnent pas. Nous devons partir !

Sandrine n'en pouvait plus, elle était à bout de nerfs. Elle jugea qu'il était temps d'évoquer sa discussion de la veille avec Françoise.

— De quoi avez-vous tous peur ? Hier, Françoise m'a appris que vous aviez peur d'une... d'une créature... Le Roi des Aulnes... oui, c'est ça. Elle m'a aussi dit qu'*il* avait tué Suzanne. Et si... et s'il y avait un assassin sur cette île ? Et s'il s'agissait de meurtres !

Tous la regardaient comme une démente, avec au fond des yeux un mélange de curiosité malsaine et de crainte.

— Ce sont des suicides, affirma Maurice qui jusque-là était resté silencieux.

— Oui, des suicides, simplement... des suicides, confirma le médecin.

Les trois hommes opinèrent de la tête comme un jury approuverait une sentence. Avec la même certitude, avec le même soulagement.

— Je... je ne comprends pas...

— Voyez-vous, reprit-il avec une voix douce, cette île est spéciale. Elle est notre refuge, notre gage de sécurité. Comme tout refuge, si trop de monde s'y cache, elle devient caduque et inutile. C'est un équilibre précaire, je l'admets, mais c'est ainsi. Et nous devons le protéger.

— Vous voulez dire que vous les avez tués pour... rester en sécurité ?

— Non, ce n'est pas cela. Nous n'avons tué personne. Françoise et Suzanne se sont suicidées... pour que tu restes en sécurité, pour que tu quittes cette île et que tu retrouves ta liberté.

— Quoi ? Vous êtes cinglé ! Pour que je retrouve *ma* liberté ? Mais de quoi parlez-vous ?

Un sifflement puissant provenant de la machine à café fit sursauter Sandrine. Elle jeta un regard empli de colère à Victor qui, derrière le comptoir, continua cependant à réchauffer le contenu d'un pot en inox à l'aide de la buse à lait. Claude attendit patiemment que le sifflement s'épuise, puis enchaîna :

— N'avez-vous rien remarqué de particulier, depuis votre arrivée à la gare jusqu'à aujourd'hui ?

— C'est une blague ? Quelque chose de bizarre ? *Vous* êtes bizarre ! Paul est bizarre ! Bordel ! Tout est bizarre ici ! Même les couleurs du paysage se sont enfuies ! cria-t-elle.

— Calmez-vous, c'est le seul moyen de vous en sortir. Chez maître Béguenau…, l'encouragea Claude d'une voix apaisante.

— Chez le notaire ? Son strabisme ? L'aspect immaculé de son bureau ? L'horloge qui ne fonctionnait pas ?

— Quelle heure indiquait-elle ?

— Pardon ?

— L'horloge, précisa Claude, les aiguilles…

Sandrine se remémora sa rencontre avec le notaire. Devoir remonter le temps pour songer à ces détails sans importance l'enrageait. *Si c'est une blague, espèces de dégénérés, je vous le ferai payer très cher ! L'article que j'écrirai vous vaudra un aller sans retour vers l'hôpital psychiatrique le plus proche…*

— C'était 8 h 37 ! se souvint-elle, et alors ?

— Non, 20 h 37, rectifia le médecin. Cet horaire ne vous rappelle rien ?

La jeune femme réfléchit malgré elle à la question et fut effrayée de trouver une corrélation avec un autre de ses souvenirs récents.

— Dans le blockhaus, murmura-t-elle, l'horloge au-dessus de la porte verrouillée... Elle aussi indique 20 h 37... Qu'est-ce que ça...

Soudain, Sandrine se figea.

Un détail venait d'exploser dans sa mémoire.

Une autre horloge...

Elle se leva de sa chaise sans en avoir réellement conscience, comme si des fils invisibles guidaient ses mouvements, comme si elle était devenue le jouet d'un destin auquel elle ne pouvait plus échapper. Claude, Maurice et Paul l'observèrent sans esquisser le moindre geste. Ils la virent s'approcher de la cheminée et fouiller du regard les cadres accrochés sur le mur.

Là.

La photo de classe.

Les enfants de dos.

La carte de France sur le mur...

... et l'horloge...

20 h 37.

Elle se mit à trembler. Ses nerfs commencèrent à lâcher. Elle serra les poings jusqu'à s'enfoncer les ongles dans la paume et ferma les yeux à s'en brûler les paupières. Les cicatrices enfouies sous son bracelet de force s'enflammèrent.

Victor rejoignit les autres, chargé d'un plateau rempli de tasses de chocolat chaud. Il s'assit, tendit un récipient à chacun et resservit un whisky à Sandrine.

— Que se passe-t-il à 20 h 37 ? demanda-t-elle en se tournant vers les quatre hommes.

— Revenez mon enfant, nous allons tout vous expliquer.

20
Suzanne
1949

Les évènements s'accélérèrent deux jours plus tard.

Suzanne ne parvenait plus à dormir. Chaque fois qu'elle tentait de trouver le sommeil, il lui semblait entendre un son lugubre et guttural provenant de la forêt, à quelques pas de sa maison. Le plus souvent, elle se relevait, s'asseyait dans la pièce principale et allumait le gramophone. Elle y déposait son disque préféré et chantait en compagnie de Lucienne Boyer tout en soulevant les rideaux pour surveiller les alentours.

Parlez-moi d'amour…

Mais les larmes se mêlaient toujours à ses vocalises.

Des larmes de regret et de peur.

Pourquoi avait-elle accepté cet emploi ? Pourquoi avait-elle abandonné l'espoir de revoir sa fille ? Elle était maintenant certaine que rien ne l'attendait sur cette île, hormis la folie.

La folie serait la finalité de son isolement.

Aussi inévitable que l'orage qui gronde au loin et qui s'approche avec détermination.

Aussi imperturbable et décidée que les bombardiers allemands dans le ciel couleur d'encre des nuits parisiennes.

Mais Suzanne était une survivante. Elle avait traversé et survécu à trop d'épreuves pour se laisser sombrer maintenant.

Depuis qu'elle avait discuté avec les enfants, la gouvernante avait longuement réfléchi. Elle était persuadée que l'horloge à laquelle les pensionnaires faisaient référence était celle située au fond du couloir de leur dortoir. D'ailleurs, la seule autre horloge du blockhaus se trouvait dans la cuisine.

De plus, personne dans l'équipe de jour ne savait ce qui se cachait derrière la porte scellée. Le directeur avait interdit à tout membre du personnel de s'y rendre, prétextant que cette partie de la construction n'avait pas encore été sécurisée.

Suzanne ignorait ce qu'elle découvrirait là-bas.

Mais elle était certaine que passer cette porte répondrait à bon nombre de ses interrogations.

Qu'elle trouverait de quoi rassurer les enfants quant à la présence du Roi des Aulnes et d'une horloge volante.

Alors elle élabora un plan.

Et pour réussir, elle aurait besoin de Françoise.

— Tu veux que je fasse quoi ?

Françoise aurait voulu ne pas crier, mais ce que venait de lui demander son amie la surprit tant qu'elle ne put réprimer son étonnement. Les deux femmes marchaient le long de la falaise en fumant une cigarette, profitant de la pause du matin.

— Juste quelques minutes, le temps que je me rende dans son bureau et que je prenne la clef.

— Mais, Suzanne, tu ne penses pas que c'est… dangereux ? Tu pourrais perdre ta place, simplement pour des cauchemars d'enfants !

Une vague puissante gifla la roche et projeta de l'écume à quelques mètres des deux femmes qui ignorèrent les fines gouttelettes sur leur peau.

— Écoute-moi, je sais que c'est difficile à comprendre, mais Victor, tout comme nous, a remarqué des changements chez eux. Et ce qu'a fait Fabien indique qu'ils ne sont pas dans leur état normal, et puis…

— Quoi, qu'y a-t-il encore ? s'inquiéta Françoise en tirant sur sa cigarette.

— Les dessins. J'ai vérifié ce matin. Il y en a dans toutes les chambres maintenant. Les enfants ont tous été « visités ».

— Et si tout cela n'était qu'un malentendu ? Je ne sais pas… Peut-être qu'il s'agit simplement d'un membre de l'équipe de nuit qui rentre dans les chambres pour surveiller leur sommeil ou éteindre les lumières oubliées…

— Peut-être ! Mais je dois vérifier. Cela ne prendra qu'une dizaine de minutes. J'emprunte la clef, j'ouvre la porte, je jette un coup d'œil et je la repose à sa place. Dix minutes, lui assura Suzanne.

— Durant lesquelles je dois occuper le directeur…

— Exactement.

— Tu ne me demandes quand même pas de…

— Non, grand Dieu, non ! Occupe-le autrement, je ne sais pas, dis-lui de… Un intrus ! Dis-lui que tu as vu une silhouette dans la forêt, un homme qui t'observait pendant que tu fumais. C'est assez grave pour qu'il se déplace.

— Mais Suzie…

— S'il te plaît ! Après je te laisse tranquille avec mes histoires de cauchemars.

— Pourquoi n'attends-tu pas qu'il fasse la classe aux enfants, tu aurais plus d'une heure…, proposa Françoise sans grande conviction tant la détermination de son amie submergeait toute autre possibilité.

— Il ferme toujours sa porte quand il quitte son bureau trop longtemps. Il faut qu'il parte précipitamment, sans réfléchir, argumenta Suzanne.

— Je te préviens, si on perd notre place, tu rentres à la nage !

Les deux femmes s'accordèrent pour mettre leur plan à exécution après le déjeuner. Jusque-là, elles n'en parlèrent plus, se contentant d'effectuer les tâches quotidiennes qui leur incombaient dans un silence lourd de craintes et de questionnements.

Vers 14 h 30, le directeur fumait tranquillement un cigare, assis dans son bureau tout en réglant les derniers détails de la sortie sur le continent. Soudain, un cri provenant de la cuisine le fit lever de sa chaise. Il n'eut pas le temps de sortir de la pièce que Françoise fit irruption et se figea face à lui.

— Il y a quelqu'un sur l'île ! Je l'ai vu ! Il avait un fusil !

— Quoi !

— Venez, vite !

— Vous en êtes certaine ? Personne n'a le droit d'accoster ici…

— Je l'ai vu ! Mon Dieu, j'ai eu tellement peur…

Françoise avait sans aucun doute raté sa vocation. Ses talents d'actrice ne permirent pas le doute un seul instant. Le directeur ne prit pas le temps de fermer sa porte ni même d'emporter son cigare qui gisait, telle la ruine encore fumante d'une position ennemie fraîchement détruite, dans le cendrier. À peine venaient-ils de quitter la pièce que Suzanne se faufila derrière le bureau pour saisir la clef.

Elle longea le couloir du dortoir d'un pas leste. Les enfants passèrent la tête hors de leur chambre et la regardèrent avec curiosité, mais aussi, Suzanne en était persuadée, avec reconnaissance. Puis quand elle atteignit la porte, tous sortirent dans le couloir et se postèrent derrière elle, comme pour l'encourager, comme pour lui adresser un dernier message.

Suzanne introduisit l'énorme clef dans la serrure.

Elle pénétra dans le lieu interdit, cherchant à tâtons un interrupteur, luttant contre les haut-le-cœur provoqués par la puissante odeur de détergent qui suintait de la pièce. Sa main droite rencontra une poignée qu'elle leva. Aussitôt, des néons disposés le long d'un couloir crépitèrent de mécontentement pour finalement inonder l'obscurité d'une lumière blafarde. Elle marcha jusqu'à l'extrémité du tunnel et déboucha dans une pièce aussi large et profonde que la grande salle. Mais ici, aucune fresque joyeuse ne recouvrait le gris des murs. Et aucune table accueillante en son centre. Juste trois lits sur roulettes.

— Des lits d'hôpital, prononça Suzanne.

Elle fit le tour de la pièce, examina les ustensiles médicaux soigneusement rangés dans les armoires métalliques. Des seringues, du matériel de perfusion, des bocaux de sang stockés dans un épais réfrigérateur, des paquets de gaze, diverses poudres et pilules, un stérilisateur, de la morphine, un électrocardiogramme…

La gouvernante s'approcha d'un appareil électrique étrange d'où dépassaient, tels les tentacules d'une méduse, de nombreux câbles. Elle lut la plaquette en métal figée dans la façade : *électroencéphalogramme*.

Mon Dieu, qu'est-ce que c'est que ça ? Mais que font-ils aux enfants ?

Suzanne frissonna. Elle recula, consciente qu'il était temps pour elle de quitter cet endroit.

Sortir d'ici.

Reposer la clef.

Demander des explications.

Elle abaissa la lourde poignée qui commandait le courant et les rideaux blancs suspendus entre les lits d'hôpital disparurent dans l'obscurité pour se changer en voiles spectraux. Suzanne referma la porte en acier derrière elle, verrouilla la serrure puis se retourna.

C'est alors qu'elle le vit, immobile à l'extrémité du couloir.

Le directeur.

Ou plutôt, elle le devinait à présent, *Der Erlkönig*.

— Suivez-moi, Suzanne, nous avons tous les deux besoin d'explications.

21

Sandrine
Novembre 1986

— Pourquoi ma grand-mère m'a-t-elle fait venir sur cette île ?

— Pour que tu puisses t'échapper.

— Cela n'a pas de sens…, pesta la jeune femme.

— Pour l'instant, non. Mais bientôt, tu comprendras.

— Quand ? À 20 h 37 ? Aujourd'hui ? Demain ? Dans un an ?

— Le temps est une notion instable, Sandrine.

— Je sais, on me l'a déjà sortie celle-là. Le Roi des Aulnes existe, alors ?

— Oui, affirma Claude.

— Les enfants du camp de vacances l'avaient vu, tout comme vous, n'est-ce pas ?

— C'est exact. C'est la raison pour laquelle ils sont morts, précisa Maurice.

— Vous vous rendez compte que l'on parle d'une créature provenant d'un poème qui serait devenue réalité ? Vous êtes docteur, la logique est censée vous guider…

— Appelle-le *Erlkönig*, croque-mitaine, diable ou soldat SS, qu'importe la forme revêtue. *Il* est celui que les enfants voulaient fuir, et à présent, *il* est celui auquel tu dois échapper.

Sandrine se sentait nauséeuse. La migraine apparue quelques instants plus tôt n'avait cessé de croître, tel un monstre se nourrissant de son incompréhension. Elle avait beau se dire que toute cette histoire n'était que folie, la mise en garde de Françoise résonnait sans discontinuer dans son esprit : *les gens se réfugient derrière le mot folie quand ils ne peuvent ou veulent envisager une étrange réalité. Ne fais pas cette erreur.*

— Bon… très bien, admettons, consentit-elle pour essayer de gagner du temps. Donc, comment je m'échappe ? Le *Lazarus* n'est pas là et Simon doit sans doute se saouler au rhum en dansant sur des chansons de marins !

— Simon est mort. Il ne reste plus que nous, l'informa Claude.

— Mort ? Comment ?

— Il ne te reste que peu de temps, Sandrine. Regarde l'horloge, lui intima Victor.

Elle obtempéra sans en avoir réellement conscience. Leurs paroles, pourtant insensées, étaient étrangement réconfortantes. Une partie d'elle les réfutait et une autre les acceptait. Sandrine lut à voix haute l'heure donnée par les aiguilles :

— 19 h 35.

— Un peu plus d'une heure, précisa Maurice.

— Mais comment puis-je quitter l'île si Simon est mort ?

— Tu dois nous laisser, Sandrine, nous oublier, prononça faiblement Paul. Tout comme tu as oublié Suzanne. Garde juste un peu de nos voix en toi.

Comme un écho à son conseil, le juke-box se mit en marche sans que quiconque ne s'en soit approché.
Parlez-moi d'amour, entonna sa douce litanie.
Suzanne.
C'était son disque préféré.
Pourquoi ai-je l'impression d'avoir écouté ce disque à ses côtés ?
Aucune image ne remonte à la surface. Mais plutôt, des odeurs, des sensations.
Celle d'une tarte aux pommes tout juste cuite…
Les caresses d'une main rugueuse sur ma joue…
Une silhouette qui se déplace pour relancer le bras du gramophone…
Serait-ce possible ?

Lorsque Sandrine rouvrit les yeux, une clef en métal était posée sur la table. Elle fut incapable de savoir lequel d'entre eux l'avait fait glisser devant elle. Mais ce qui la frappa à ce moment-là fut le teint blême des quatre hommes assis en face.
— Qu'avez-vous ? Que se passe-t-il ?
Maurice fut le premier à tomber au sol. Sa chaise émit un bruit sourd en touchant le tapis de la salle de restaurant.
Redites-moi des choses tendres…
Puis Claude s'effondra à son tour. Avant que sa tête ne heurte violemment la table, elle crut le voir lui adresser un sourire.

Victor eut le temps de prononcer un ultime conseil avant de cesser de respirer :

— Hâte-toi.

— C'est bien, Sandrine, tu nous laisses partir. C'est l'unique solution…, murmura difficilement Paul.

— Je ne comprends pas…

— Cet isolement n'est pas ton refuge, il est ta souffrance. Enfuis-toi, vite… Oublie-nous…

— Paul… Je suis désolée…

— Si tu croises le chat errant, tue-le, Sandrine, c'est le seul moyen d'échapper pour toujours au Roi des Aulnes…

La tête de Paul partit vers la table, emportée par son propre poids. Sandrine eut juste le temps d'intercepter sa chute pour l'accompagner de ses mains et déposer tendrement son front contre le plateau en bois.

Elle resta là quelques minutes, à pleurer en observant une dernière fois les corps des anciens habitants. Du chocolat chaud empoisonné s'étalait sur la table et imbibait le tapis, comme le sang s'écoulant d'une blessure béante.

Puis, lorsque le juke-box eut terminé de chanter, Sandrine saisit la clef et courut en direction du blockhaus.

22
Suzanne
1949

— Des expériences.

Le directeur lança ce mot ainsi, sans préambule, aussi simplement que s'il s'agissait de soins bénins. Il raviva son cigare en attendant la réaction de son employée.

— Des expériences ? Sur les enfants ?

— C'est exact. Nous ne sommes pas les premiers à le faire, ni les derniers. Les Allemands avaient leur programme, le Lebensborn, et on soupçonne les Américains de vouloir s'engager dans la partie.

— Vous insinuez que c'est l'État français qui vous demande…

— Non, non, ne nous emballons pas ! Même si je suis persuadé que l'intérêt de nos résultats attirera les politiques.

— Mais, c'est horrible !

— Voyons, voyons, la rassura le directeur, il ne s'agit pas d'expériences douloureuses, je ne suis pas un monstre ! J'étudie simplement leur comportement. Je collecte des données, je vérifie leur rythme cardiaque face à certains stimuli, j'utilise le matériel le plus sophistiqué qui existe. Vous avez vu l'électro-encéphalogramme ?

— Oui.

— Cet appareil permet de mesurer les ondes cérébrales ! De quantifier la peur, la joie, le stress, la fatigue ! Grâce à ce petit bijou, nous pouvons rendre les émotions concrètes, les matérialiser sous forme de courbes et les étudier !

— Mais, ce n'est pas dangereux pour eux ? s'inquiéta Suzanne.

— Pas le moins du monde. La plupart du temps, ils dorment. Si nous avons besoin de leur coopération, nous les réveillons calmement et leur expliquons ce que nous attendons d'eux. Tous se prêtent au jeu sans la moindre opposition.

— Les parents sont-ils au courant ?

— Bien sûr ! Ils ont tous signé un accord, signala le directeur. Vos questions sont légitimes, mais vous auriez dû venir m'en parler directement, cela aurait évité un quiproquo quelque peu gênant.

— Pourquoi les enfants ne se souviennent-ils de rien ?

Il la fixa un instant avant de répondre. *Cette femme ne lâchera rien*, se dit-il en tirant une volute de tabac. *Aucune de mes réponses ne la satisfera... J'ai bien fait de prendre quelques précautions...*

— Comme je vous l'ai dit, ils dorment, sourit-il en masquant son exaspération.

— Ils devraient se réveiller quand vous les sortez du lit.

— Ah, vous êtes maligne, je l'ai toujours su et c'est aussi pour cela que je vous ai embauchée. Par respect pour votre travail, je vais vous donner mon secret : le bien-être de l'Univers.

— Le bien-être de l'Univers ?

— Oui, vous ne vous souvenez pas de cette publicité ? *Chocolat Menier, le bien-être de l'Univers !*

— Non, je ne vois pas, affirma Suzanne.

— Vous connaissez la Pervitine ? C'est une drogue. La drogue du soldat. Durant la guerre, l'État allemand en fournissait à ses combattants. Et devinez par quel biais il leur faisait ingérer ? Par du chocolat. Malin, non ? Je me suis permis de reprendre le concept : juste avant le coucher, nous préparons une tournée de chocolat chaud. Les enfants adorent ça, vous l'avez remarqué. Les médecins ajoutent un sédatif dans le lait et ensuite distribuent les boissons.

— Vous... les droguez ?

— Suzanne, vous y allez fort quand même ! Les enfants vont bien, je vous l'assure, je parle d'expérience, mais il s'agit plus de simples relevés de santé que tout autre chose.

— C'est donc vous *Der Erlkönig*.

— Ils m'appellent ainsi, vraiment ? Je suis à la fois honoré et choqué. Je n'ai rien d'un monstre, vous le savez bien. Mais bon, Goethe était un génie...

— Je ne vous crois pas.

Cette fois-ci, le directeur ne put masquer son agacement. Il écrasa son cigare dans le cendrier avec lenteur, pesant l'importance de ses prochaines paroles.

— Vous vous souvenez du contrat que vous avez signé ? lâcha-t-il d'une voix ferme.

— Oui.

— Outre le fait de vous engager à ne jamais quitter l'île sans mon consentement, vous vous engagez également à ne rien révéler sur le fonctionnement du camp.

— Je pensais que cette mesure visait à lutter contre d'éventuels concurrents, pas à garder sous silence des expériences que je juge dangereuses pour la santé des enfants, lança-t-elle, déterminée à ne pas sortir de ce bureau sans la promesse de l'arrêt immédiat de toutes ces « expériences ».

— Votre fille vous a-t-elle prévenue qu'elle venait d'accoucher d'une petite fille ?

Suzanne ouvrit la bouche, mais aucun son ne s'échappa de sa gorge. Elle fixa le directeur, partagée entre le dégoût et la colère.

— Co... Comment...

— Je suis un homme méticuleux. Des personnes ont enquêté sur vous tous afin de m'assurer d'avoir une monnaie d'échange en cas de... contrariété.

— Vous êtes un monstre !

— De plus, selon vous, continua le directeur, imperturbable, que dirait la police en découvrant qu'une ancienne collabo se promène sur cette île en toute impunité ? Je parle bien sûr de collaboration... horizontale, si vous voyez ce que je veux dire.

— Françoise n'a rien à voir avec ça ! s'offusqua la gouvernante.

— C'est vrai, mais c'est tout de même étrange qu'elle soit la seule à avoir soi-disant vu un intrus exactement au moment où vous vous glissiez dans le laboratoire...

Suzanne peinait à respirer. Les questions se bousculaient dans sa tête. Venait-il vraiment de les menacer ?

Sa fille avait-elle réellement accouché sans l'avertir ? Une sensation intense d'isolement l'envahit alors. Pas seulement géographique ou physique, mais aussi affectif.

Parlez-moi d'amour.

Elle eut envie de se réfugier dans sa maison et de détruire le gramophone pour ne plus jamais entendre cette incantation enchanteresse. Et de fuir. Loin. Très loin du monstre assis face à elle.

— Pourquoi les enfants ? demanda-t-elle cependant, s'enfonçant un peu plus dans l'horreur de la situation.

— Vous n'avez pas compris ? Le fait qu'ils utilisent un terme allemand pour me désigner ne vous a pas mis la puce à l'oreille ? Ce sont des enfants nés de soldats SS et de femmes françaises. Des sang-mêlé. Il est de mon devoir d'étudier ces rejetons et de découvrir si oui ou non le gène de la destruction hérité de leurs pères peut se révéler un problème pour la reconstruction de notre nation. Je vous propose un marché.

— Un marché ?

— Je m'engage à cesser les expériences, et de votre côté, vous me promettez le silence. Nous avons collecté assez de données pour passer à la phase d'étude.

— Et ma fille ?

— Elle n'aurait, dans ce cas, aucune raison d'avoir vent de quoi que ce soit. Les expériences cessent, vous reprenez votre travail, Françoise garde ses cheveux et sa fierté. Le bien-être de l'Univers.

— Vous ne me laisserez jamais quitter cet endroit ?

— Son prénom est Sandrine, c'est un beau bébé qui se porte bien. Libre à vous que cela continue.

Le directeur attendit que Suzanne soit sortie de son bureau pour allumer un nouveau cigare. Bien sûr, il lui avait menti. Il avait occulté certains aspects des expériences que cette curieuse n'aurait jamais acceptés. Mais malgré la menace latente de ses derniers propos, il ne fut pas certain que son employée pût garder pour elle le contenu de la discussion. Que se passerait-il si Suzanne décidait de parler ? Les larmes qui s'étaient mises à couler sur ses joues avant de sortir étaient-elles des larmes de révolte ou de soumission ? Le doute grandit en lui. Pouvait-il se permettre de courir un tel risque ?

Cette femme n'était pas le seul problème.

Les enfants.

Ils avaient donné l'alerte.

Par leur fatigue.

Par leurs cauchemars.

Par leurs souvenirs.

Ils pourraient tout répéter à leurs parents.

— Les cobayes sont corrompus, souffla le directeur à travers une fumée épaisse.

Inutiles.

Dangereux.

— Je dois trouver une solution.

23

Sandrine
Novembre 1986

Sandrine traversa la forêt à vive allure tandis que le couvercle de nuages sombres s'abaissait lentement et touchait la cime des arbres les plus hauts.

La pluie la dardait de ses épines glacées mais elle ne ralentit la cadence que lorsqu'elle atteignit les derniers arbres. Elle s'immobilisa pour reprendre son souffle, montra son visage tourmenté au ciel insatisfait. Elle avança d'un pas rapide et aperçut finalement le toit bétonné du blockhaus.

Alors qu'elle dépassait l'ancien terrain de jeux, Sandrine entrevit une silhouette féminine figée au bord de la falaise. Elle posa sa main gauche en visière au-dessus de ses yeux pour bloquer la pluie et vérifia qu'il ne s'agissait pas d'un rocher aux courbes trompeuses. Mais sa première impression était la bonne : il y avait bien quelqu'un qui se tenait, immobile, face à la mer.

Sandrine s'approcha avec précaution. Elle tenta de signaler sa présence en hélant l'inconnue, mais le vent qui s'était intensifié, mêlé au fracas des vagues contre les rochers, rendit toute tentative inutile.

Elle hésita à poser sa main sur son épaule mais se retint, de crainte que l'effet de surprise n'engendre une catastrophe, le bord de la falaise ne se situant qu'à un minuscule mètre. Une fois arrivée à la hauteur de la femme, Sandrine se décala sur le côté de manière à l'approcher par la droite.

— Madame ? lança-t-elle à pleins poumons dans le vacarme de l'île.

Elle ne put prononcer d'autres mots. Ni même émettre le moindre mouvement supplémentaire. Elle savait parfaitement que c'était impossible.

Pourtant, c'était bien Suzanne qui se trouvait là, à contempler l'océan.

Elle fixa sa grand-mère sans que celle-ci montre un quelconque signe de vie. Elle se tenait droite, le regard figé, ses cheveux dansant dans le vent tels les lambeaux usés d'une robe déchirée.

Sandrine jeta un regard en direction de l'océan, pour essayer de percevoir ce qui retenait ainsi son attention, mais ne vit que des vagues houleuses déchirer la surface de l'eau. Elle observa de nouveau le visage couleur cendre de Suzanne et attendit un signe, un geste qui aurait justifié que Sandrine s'attarde auprès d'une présence qui, sans aucun doute, n'était que le fruit de son imagination.

— Je dois partir maintenant, déclara-t-elle. Tu n'existes pas, j'ignore pourquoi je te vois, mais tu n'es pas réelle. Je ne sais pas si je deviens folle, mais je n'ai plus le temps de penser à toi... Je dois me réfugier ailleurs...

Elle se détourna pour se ruer à l'intérieur du blockhaus, mais sa grand-mère fit un bref mouvement du menton, lui intimant de regarder la mer.

C'est alors qu'elle les vit.

Dans l'eau glacée et tumultueuse.

Le bateau coulait à une vitesse vertigineuse, la moitié de la coque se trouvait déjà immergée.

Les enfants se débattaient entre les vagues, tentant de garder la tête hors de l'eau, criant des mots que la peur et la mort rendaient inintelligibles. Les deux seuls adultes présents sur le pont sautèrent à l'eau et se dirigèrent directement vers les rochers, vêtus de leur gilet de sauvetage orange, ignorant la détresse des pensionnaires. Une fois hors de danger, ils remontèrent en direction d'une corniche d'où ils atteignirent la surface de l'île. Ils passèrent devant Sandrine sans la voir, comme si elle aussi, à son tour, s'était muée en fantôme, et disparurent dans la forêt.

La jeune femme les entendit, tous. Le vent et les vagues devinrent silence. Les branches cessèrent de s'entrechoquer. À croire que l'île elle-même souhaitait profiter pleinement du spectacle. Elle perçut leurs cris de plus en plus fatigués. Le craquement des crânes se brisant contre les rochers pointus. Les borborygmes funestes. Le claquement des mains tentant de repousser l'eau comme s'il s'agissait d'une matière solide dont on pourrait s'extraire. Les derniers cris rageurs et résignés. Les clapotis que déclenchèrent leurs corps en sombrant dans les abysses.

Puis il n'y eut plus rien.

Plus de bateau.

Plus d'enfants.

Suzanne aussi avait disparu.

Ne restait que Sandrine.

Voilà ce qui s'est passé... Les enfants ont été sacrifiés... C'est donc cela le secret de l'île...

Elle tomba sur le sol boueux et frappa la terre de ses deux poings.

— Sacrifiés pour le bien-être de l'île... pour cette putain d'île ! hurla-t-elle en maudissant ce rocher éloigné des côtes.

Elle resta quelques minutes ainsi, à pleurer le sort des enfants, à serrer les poings de colère. Puis elle ouvrit la main droite. La grosse clef s'y trouvait toujours.

Elle puisa dans ses dernières forces pour courir jusqu'au blockhaus. Elle longea le couloir, traversa la grande salle où autrefois les enfants avaient été heureux, redoubla de larmes quand elle longea les chambres des suppliciés.

Sandrine tremblait tant qu'elle dut s'y reprendre à deux fois avant de réussir à enfoncer la clef dans la serrure. Elle n'osa jeter un regard en direction de la pendule accrochée au-dessus d'elle.

Elle parvint finalement à repousser la porte interdite.

Et pénétra dans la pièce.

DEUXIÈME BALISE

Le Roi des Aulnes

Du liebes Kind, komm, geh' mit mir!
Gar schöne Spiele spiel ich mit dir!

GOETHE, *Erlkönig*.

Viens, cher enfant, viens avec moi !
Nous jouerons ensemble à de si jolis jeux !

GOETHE, *Le Roi des aulnes*.

1
Novembre 1986

La sonnerie du téléphone le réveilla à 7 h 40.

Trop tôt. Deux heures en avance sur l'horaire normal.

Damien émit un grognement, s'étira en attendant que la sonnerie s'évanouisse. Mais à peine s'était-elle éteinte qu'elle résonna à nouveau, avec plus de détermination.

— Bordel, souffla l'inspecteur en se levant à contrecœur, pas moyen de faire une grasse mat pendant mon jour de congé…

Il se dirigea vers le salon, embrassa du regard la photo encadrée de sa fille (la seule présente dans l'appartement : Mélanie se tenant fièrement devant la grille de son collège, chaussée de ses nouvelles baskets rouges aux lacets roses) et décrocha le combiné.

— Allô chef?

Merde, se dit Damien en reconnaissant la voix de son collègue, *cette fois-ci, la grasse matinée est définitivement perdue…*

— Oui, Antoine.

— Chef, on a un problème au poste.

— Et je suppose que ce problème est suffisamment important pour me tirer du lit un jour de repos…

— Je pense, oui, affirma Antoine d'un ton grave.

— Qu'y a-t-il ?

— Une jeune femme a été découverte sur la plage.

— D'accord, sans doute une noceuse égarée après une nuit trop arrosée… Quoi d'autre ?

— Eh bien, elle tient des propos plutôt incohérents.

— Amenez-la au poste et laissez-la dessaouler.

— Ce n'est pas aussi simple, chef. Elle prétend arriver d'une île au large. Et il n'y a aucune trace d'alcool dans son organisme.

— Comment cela ? s'inquiéta-t-il, soudain happé par la gravité émanant des paroles d'Antoine.

— Ce serait bien si vous pouviez venir, ce n'est pas facile à expliquer au téléphone.

— Bon sang, de quoi est-ce que tu parles ?

— Elle… elle est recouverte de sang et n'arrête pas de dire que des enfants ont été tués.

— Du sang ?

— Oui, beaucoup.

— Où est-elle ?

— À l'hôpital. Elle est très choquée, le médecin l'a mise sous sédatif afin qu'elle se repose, précisa son collègue.

— Qui l'a trouvée ? enchaîna le policier, le cerveau à présent parfaitement réveillé.

— Un joggeur. Il est au poste pour finaliser sa déposition. C'est lui qui a appelé les secours. Chef, je suis désolé, mais je ne sais pas trop quoi faire là…

— OK, où es-tu ?

— Toujours à l'hôpital.

— D'accord, tu restes là-bas au cas où elle se réveillerait. Et tu me faxes le rapport d'admission des urgences dès que possible. Je file au poste de police pour discuter avec ce joggeur.
— Chef?
— Oui?
— Désolé pour votre journée de congé.

Damien raccrocha et demeura un instant immobile devant le combiné. Une femme recouverte de sang? Une île? Des enfants tués? Il avait du mal à croire au sérieux de cette conversation. Villers-sur-Mer était une petite bourgade peuplée d'à peine deux mille habitants et complètement dénuée de toute ambition criminelle. Depuis trois ans qu'il travaillait ici, les seules voies de fait notables se résumaient à des baignades nocturnes trop bruyantes et à un vol de boîte aux lettres. D'ailleurs, ce manque d'animation allait entraîner la fermeture prochaine du commissariat afin de, selon le jargon politique, concentrer les forces en vigueur sur les secteurs demandeurs.

L'inspecteur prit une douche rapide, enfila un jean et un sweat-shirt (après tout, il était censé ne pas être en service) et passa un coup de fil pour avoir des nouvelles de sa fille. Aucune tragédie ne pourrait jamais le dévier de ce rituel immuable. Chaque début de mois, il téléphonait à des centaines de kilomètres et une voix lui répondait immédiatement sans jamais se lasser, comme si cet appel était aussi important pour l'un que pour l'autre.
— Allô!
— Patrice?

— Salut, Damien.
— Du nouveau ?
— Non, toujours rien.
— Ce n'est pas grave, bientôt, peut-être.

Et c'était tout.

Un dialogue identique, répété depuis trois ans, jusqu'à satiété, jusqu'à se suffire à lui-même. Des phrases réduites à leur strict minimum, mais à leur signification la plus totale, une concentration ultime de l'espoir et de la désillusion en un nombre de mots délimité.

Quinze minutes plus tard, Damien se garait devant le poste de police. Il salua le standardiste qui lui remit la déposition du joggeur et se dirigea dans son bureau où l'attendait le témoin.

— Merci d'avoir patienté.
— Je vous en prie. Mon patron a cru à une blague quand je lui ai annoncé que je me trouvais au poste de police. Il n'aime pas les retards.
— Nous le contacterons pour prouver votre bonne foi, le rassura Damien en lisant les déclarations que l'homme avait faites une heure plus tôt. Racontez-moi en détail comment vous avez découvert cette femme sur la plage.
— Alors, comme je l'ai dit à votre collègue, je cours tous les lundis matin. Pour évacuer les excès du week-end, principalement. J'étais donc sur cette plage, petites foulées de fin de parcours, quand je l'ai aperçue.
— Pourquoi a-t-elle attiré votre attention ?

— Oh, vous savez, à cette heure-ci, en novembre, il n'y a pas grand monde qui se promène… Et puis, j'ai remarqué sa démarche. Chaotique, un peu comme celle d'un ivrogne trop saoul pour marcher droit. J'ai dévié ma course pour aller à sa rencontre et m'assurer qu'elle se sentait bien, et c'est là que j'ai vu que ses habits étaient imbibés d'un liquide sombre. Je n'ai pas compris tout de suite que c'était du sang.

— Qu'avez-vous pensé à ce moment-là ?

— Qu'elle était blessée. J'ai eu peur pour elle. Vous savez, j'ai eu l'impression de me retrouver dans ce film d'horreur… Merde, c'est quoi le titre ? Aidez-moi, à la fin une jeune femme se promène sur la route, sa robe recouverte de sang…

— Je ne vois pas, éluda Damien qui n'était pas spécialement cinéphile.

— Mais si… attendez… ça me revient… *Carrie* !

— Je ne connais pas. Donc, qu'avez-vous fait ensuite ?

— Je lui ai demandé si elle était blessée. Mais elle ne m'a pas réellement répondu. Elle ne faisait que répéter ces phrases qui n'avaient aucun sens… L'île, les enfants, le roi des faunes…

— Le roi des faunes ?

— Oui, affirma le joggeur, c'est ce que j'ai compris. Je lui ai dit de ne pas bouger et j'ai couru jusqu'à un bar qui venait d'ouvrir. Le patron m'a laissé téléphoner pour avertir les secours. Quand je suis revenu, la femme était assise sur le sable et les mêmes mots sortaient de sa bouche. Fin de l'histoire.

— Vous avez eu le bon réflexe.

— Est-ce… est-ce qu'elle va bien ?

— Elle est sous sédatif. Elle a besoin de se reposer, mais en tout cas, vous lui avez été d'une aide précieuse, le rassura-t-il.
— Bon sang, jamais je n'aurais cru voir ça ici, à Villers !
— Moi non plus, soupira l'inspecteur.

Il passa le reste de la matinée à éplucher les récents signalements de disparitions que les services de police et de gendarmerie de la région partageaient entre eux. Aucun ne correspondait à la description du rapport d'admission de l'hôpital qu'Antoine venait de lui faxer. Il téléphona ensuite à l'ensemble des établissements psychiatriques pour vérifier qu'aucune femme ne manquait à l'appel. Mais là encore, aucune piste à suivre. Il n'eut pas plus de succès avec le 3611, le service d'annuaire électronique disponible sur le Minitel. Quand il entra les nom et prénom stipulés sur le document hospitalier – Sandrine Vaudrier –, une dizaine d'adresses et de numéros de téléphone apparurent, la plupart situés à Paris. Il appela chacune de ces femmes, mais à chaque fois une voix féminine lui répondit en confirmant son identité.

Il contacta ensuite le centre des impôts de Caen, au cas où Sandrine Vaudrier aurait refusé d'être référencée dans l'annuaire. Mais là encore, aucune trace d'elle.

L'inspecteur joignit également la brigade maritime pour s'informer d'une éventuelle avarie durant la nuit et on lui répondit à nouveau par la négative. En novembre, peu de gens bravaient le froid et les courants capricieux pour visiter les îles au large. À croire que cette femme était une Vénus anadyomène mystérieusement sortie des flots.

Ce n'est que vers 14 heures qu'il reçut enfin le coup de fil espéré de l'hôpital.

Sandrine venait de se réveiller.

2

— Allô !
— Patrice ?
— Salut, Damien.
— Du nouveau ?
— Non, toujours rien.
— Ce n'est pas grave, bientôt, peut-être.

Patrice Fleurier, le commissaire de Saint-Amand-Montrond, resta silencieux quelques minutes. Chaque appel de son ami et ancien collègue lui laissait le goût âpre et repoussant de l'injustice. Ils avaient travaillé une douzaine d'années ensemble, et une amitié solide s'était immédiatement nouée entre eux. Pourtant, à les croiser dans la rue, on aurait pu croire que tout séparait ces deux jeunes diplômés de l'école de police : Patrice était un homme robuste, trapu, au cou large. Il s'exprimait nerveusement, par des phrases débitées à un rythme rapide qui laissaient rarement l'occasion à son vis-à-vis de répondre sans entendre une nouvelle question s'ajouter aux précédentes. Damien le surnommait Bucéphale, en référence au célèbre cheval d'Alexandre le Grand. Damien, lui, était plutôt du genre flegmatique. Sa silhouette longiligne donnait l'impression qu'il se mouvait avec lenteur, ce sentiment augmentant considérablement, par effet d'opposition, lorsque les deux policiers marchaient côte à côte. Il s'exprimait peu et ses phrases dénuées de vocables inutiles visaient très souvent juste. Son collègue songea un premier temps à le surnommer « le tireur d'élite ». Mais cela aurait fait de l'ombre au prestige de son propre sobriquet. Il reçut donc celui d'Astronaute, tant ses déplacements rappelaient à Patrice les images d'un homme foulant la surface de la lune, en se jouant de l'apesanteur.

Ainsi, Bucéphale et l'Astronaute déployèrent leur amitié dans la capitale du Boischaut et dans les bars alentour quand ils n'étaient pas en service. Ils écumèrent les foires au vin de la région – Sancerre, Menetou-Salon, Châteaumeillant... –, autant pour s'imprégner de la culture locale (à chaque fois qu'ils étaient appelés pour une intervention, la victime ouvrait une bouteille de vin avant d'entamer toute déclaration) que dans le secret espoir de faire connaissance avec une habitante suffisamment sorcière pour les enivrer sans une goutte de sauvignon ou de gamay.

Peu de temps après son installation, Damien fit la connaissance de Linda. Bucéphale observa ce couple naissant avec bienveillance et fierté. C'était en partie grâce à lui qu'ils s'étaient rencontrés. Ses supplications énergiques et répétitives avaient eu raison de la timidité de la jeune femme qui avait fait alors le premier pas en direction de cet homme installé quelques mètres plus loin sur une terrasse de la place Carrée.

Deux ans plus tard, ils se mariaient sous le sourire complice d'un jour d'été. Pour la première fois depuis que Damien le connaissait, Patrice, à qui avait été confié le rôle de témoin, bafouilla durant son discours. Ses mots semblèrent hésiter à recouvrer la liberté, comme lestés par le malheur que pourtant personne ne pouvait deviner à cet instant. Il mit cela sur le compte de l'émotion et de la joie de découvrir le ventre de Linda suffisamment arrondi pour prétendre à un futur titre de parrain.

Mélanie naquit quelques mois plus tard.

Mélanie disparut quelques années plus tard.

Un soir d'hiver, gris et brumeux.

Sur le chemin du collège qu'elle venait juste d'intégrer.

Vers 18 heures, Linda s'inquiéta de ne pas la voir rentrer. Elle contacta ses amies, mais aucune ne l'avait croisée depuis la fin des cours. Damien se trouvait à Paris pour une semaine, en formation. À 20 heures, toujours sans nouvelles, elle joignit Patrice et lui exprima son angoisse. Immédiatement, il envoya une patrouille marauder dans la ville tandis que d'autres agents se renseignaient auprès des dernières personnes à avoir parlé à la jeune fille. Damien fut rapatrié dans la nuit et fouilla les rues à son tour.

Une semaine plus tard, Mélanie demeurait toujours introuvable.

Des battues, pour lesquelles une grande majorité de la population se porta volontaire, furent organisées dans les champs alentour.

Le canal saint-amandois fut sondé, ainsi que le Cher et la Marmande.

Le tronçon des égouts de la ville partant du pont de pierre jusqu'à l'ancien cimetière fut vérifié. Les adolescents avaient pour coutume de s'installer à l'entrée de ce conduit pour y boire de l'alcool, surtout l'été où la température de la Marmande qui s'écoulait devant eux leur permettait de rafraîchir les bières volées dans les garages familiaux.

Les ruines de la forteresse de Montrond n'apportèrent pas plus de réponses.

Alors, au bout de deux mois de recherches infructueuses, certains réflexes hérités des siècles passés et fortement ancrés dans les terres berrichonnes firent leur apparition.

On entendit parler de sorcellerie.

De magie noire.

De lycanthropie et de loup-brou.

De birettes, ces hommes ou femmes qui se donnent au diable et revêtent un drap blanc à la nuit tombée.

De cultes sataniques et de sang de vierge.

D'un cimetière profané pour construire l'actuelle place centrale de la ville, la place Carrée, et de ses fantômes réclamant vengeance.

Les voyantes, si nombreuses dans le Berry, se mirent à voir.

L'une d'entre elles dirigea les policiers vers Mers-sur-Indre, lieu où se trouve la mare au diable décrite par George Sand. Mais la police ne découvrit aucun corps. Juste de l'eau stagnante et des têtards surpris de tant d'attention.

Finalement, ni le surnaturel ni le rationnel ne parvinrent à retrouver Mélanie.

Elle devint une énigme dans une région énigmatique.

L'enquête s'essouffla à courir dans les méandres labyrinthiques des déclarations trompeuses, des fausses pistes et des probabilités exponentielles. Le cercle des recherches s'élargit aux départements voisins, mais ne dépassa jamais le cadre régional. La presse locale tenta de maintenir l'intérêt public en publiant régulièrement des articles où le visage de Mélanie s'affichait en grand. Mais les avis de recherche collés contre les vitrines des boutiques du centre-ville se ternirent sans que quiconque y trouve à redire. La justice classa l'affaire à peine deux ans après que Mélanie eut franchi pour la dernière fois la grille de son collège. Son souvenir s'évanouit, aussi fugace et solitaire qu'un feu follet dans un cimetière berrichon.

Bucéphale vit son ami l'Astronaute manquer de plus en plus d'oxygène. Il comprit qu'il avait besoin non pas de revenir sur terre, mais de s'en éloigner un peu plus pour éviter la suffocation. Damien demanda sa mutation, ce que sa femme prit pour un abandon envers elle et la mémoire de leur fille. Il quitta la région en laissant derrière lui les affiches de disparition encore visibles dans les artères de la ville.

Il arriva seul à Villers-sur-Mer.

Et continua d'espérer et d'appeler Patrice.

Mais, au fil du temps, sa foi se mua en un simple réflexe dénué d'illusion.

Mélanie était morte, il en était persuadé, son corps sans aucun doute caché dans un endroit inaccessible. Ce constat douloureux lui servit de refuge contre la folie. Il érigea autour du souvenir de sa fille des murs de résignation dont il ne sortait que pour joindre son ancien collègue à chaque début de mois.

Puis, il retournait s'abriter pour ne pas sombrer.

3

Damien arriva à l'hôpital avec cette idée fixe toujours ancrée en lui : *cette histoire ne peut pas être réelle. Pas ici.*

Il pénétra dans le hall et fut immédiatement accueilli par Antoine et son traditionnel :

— Chef !

Quand Damien avait voulu savoir pourquoi il s'adressait à lui de cette façon, Antoine avait répondu que « ça sonnait bien » et avait mentionné un film, que Damien n'avait bien sûr pas vu, dont l'action se déroulait dans une petite ville balnéaire américaine semblable à Villers. Le lendemain, le *chef* s'était rendu à la vidéothèque pour louer *Les Dents de la mer* et vérifier le postulat d'une telle affirmation. Damien avait dû reconnaître qu'en effet, *ça sonnait bien*. Il laissait depuis son collègue utiliser ce terme, avec une certaine fierté hollywoodienne.

— Elle est consciente ? demanda Damien en suivant le policier en direction des ascenseurs.

— Oui, chef.

— Tu lui as parlé ?

— Non, pas depuis la plage. La psy a insisté pour rencontrer le responsable de l'enquête.

— La psy ?

— Oui. Elle veut vous voir avant de nous laisser interroger la victime.

— Pourquoi ? s'étonna l'inspecteur.

— C'est la seule à s'être entretenue avec elle après que les infirmiers lui ont fait toute la batterie d'examens physiques. Apparemment, elles sont restées ensemble un long moment avant qu'on lui injecte un sédatif. Cette psychiatre doit avoir des informations à nous révéler, car elle a insisté pour vous rencontrer.

Les deux hommes se rendirent au troisième étage de l'hôpital, où une standardiste les fit patienter en attendant l'arrivée de la spécialiste.

— Elle ressemble à quoi ? s'enquit Damien en fixant le sol.

— La victime ?

— Non, la psy. Elle est vieille avec des lunettes ?

— Non, pas vraiment, plutôt l'inverse, jeune, assez jolie, on la dirait sortie tout juste de la fac. Elle ne doit pas être du coin, je ne l'ai jamais croisée.

Damien se remémora l'aspect de la seule psychiatre qu'il avait eu le malheur de rencontrer. Son teint cireux, ses cheveux gris coupés court et immobiles lui donnaient l'allure d'une statue sortie *in extremis* de la remise d'un musée. Les paroles de la soi-disant spécialiste n'avaient été que des marmonnements inintelligibles, des conseils amputés de compassion, des vieux préceptes appris des années auparavant, puant le scepticisme et le désir d'en terminer au plus vite.

À peine cinq minutes plus tard, une jeune femme en blouse blanche se présenta à eux. Damien dut admettre que son collègue l'avait parfaitement décrite.

Les cheveux blonds, coiffés en queue-de-cheval, elle salua les deux agents d'un sourire juvénile plein de fraîcheur et les invita à la suivre.

— Mon bureau est par ici, indiqua-t-elle en désignant un couloir situé dans le prolongement de la réception. Oh, excusez-moi, ajouta-t-elle en se retournant et en leur tendant sa main droite, je m'appelle Véronique Burel, je suis une des psychiatres de l'hôpital.

Après s'être présentés, les deux policiers s'installèrent et observèrent d'un œil coupable la silhouette délicate de Mme (*mademoiselle*, songea Damien) Burel contourner le bureau pour s'asseoir à son tour.

— Je tenais à discuter avec vous avant que vous ne vous rendiez auprès de Mme Vaudrier, les informa-t-elle. S'il s'agit là de sa véritable identité, bien sûr.

Son élocution précise, rapide, témoignait de son habitude à traiter dans l'urgence et à se débarrasser du superflu.

— J'ai pu m'entretenir avec elle ce matin, après son admission, reprit-elle. Dire que son récit semble incohérent serait un euphémisme.

— Je vous crois sans aucune peine, intervint Antoine, qui avait entendu la victime réciter son histoire improbable lorsqu'il était arrivé sur la plage.

— Elle ment, donc, supposa l'inspecteur.

— Ce… ce n'est pas si simple, inspecteur.

Non, cela ne l'est jamais…, se retint d'ajouter Damien en songeant à comment il avait écourté les séances avec sa psy en claquant la porte de son cabinet après lui avoir lancé au visage que toutes ses conneries ne ramèneraient jamais Mélanie.

— Cette jeune femme présente plusieurs troubles qui ont tous un point commun, celui d'être liés à une expérience traumatisante. Stress aigu, amnésie dissociative, perte partielle de la mémoire…

— Vous pensez donc que cette femme a été agressée ? conclut Antoine sans la laisser terminer.

— C'est en effet ma première impression. Voici le résultat des tests sanguins effectués sur ses vêtements, annonça la spécialiste en faisant glisser un dossier vers les deux hommes. Je viens juste de les avoir. Le sang n'est pas le sien. Et elle ne présente aucune blessure apparente, hormis des coupures sur l'intérieur du poignet gauche.

— Des traces de… viol ? prononça Damien avec difficulté.

— Les examens ont été réalisés, mais je n'ai pas encore les conclusions.

— S'il n'y a pas de traces d'agression et pour le moment aucun signe de viol, comment pouvez-vous avancer le fait qu'elle souffre de quelconques troubles ?

— Des troubles de stress post-traumatique plus exactement, rectifia Véronique. Ce sont des maux facilement identifiables, inspecteur. Il m'a suffi de l'entendre et de l'observer pour en dresser une liste non exhaustive.

— Je veux bien vous croire, affirma Damien, mais je préférerais me faire ma propre opinion en questionnant la victime. Si elle a du sang sur elle qui n'est pas le sien, cela signifie qu'il y a quelque part une personne blessée, et ma priorité est de la retrouver puisque cette jeune femme est, elle, hors de danger.

— Je comprends, et moi, ma priorité est de découvrir pourquoi cette jeune femme ne se souvient que de son voyage sur une île énigmatique. Et je pense sérieusement que les réponses aux questions que nous nous posons tous les deux se trouvent là-dedans, puisque pour l'instant nous n'avons aucune autre indication sur les faits. Et vous serez certainement, tout comme moi, intrigués par ses déclarations.

Véronique Burel ouvrit un tiroir et en sortit un magnétophone qu'elle déposa sur son bureau, devant les deux agents.
— Vous l'avez enregistrée ? s'étonna l'inspecteur.
— Tout à fait, répondit-elle en plaçant une cassette dans l'appareil. Avec sa permission, bien entendu. C'est une pratique courante dans notre métier. Parfois des détails se révèlent après plusieurs écoutes. Je vous propose de prendre connaissance du contenu de cette cassette, et ensuite nous reviendrons sur les troubles post-traumatiques. Avant toute chose, vous êtes bien les personnes chargées de l'enquête, n'est-ce pas ? Car je ne peux partager cet enregistrement qu'avec elles.

Antoine interrogea son chef du regard. En tant qu'inspecteur, Damien prenait ses ordres directement du commissaire. Si celui-ci avait été prévenu de l'affaire dans la matinée, il s'était contenté de demander à Damien de la régler au plus vite. À aucun moment son collègue n'avait été mentionné dans la chaîne hiérarchique.

Antoine perçut immédiatement le trouble dans les yeux de son supérieur et se leva de sa chaise. Pour le moment, nul besoin de risquer un vice de procédure ou le mécontentement du grand patron… Et le policier était presque soulagé de quitter la pièce. Lui avait vu la victime sur la plage. Le sang. Sa détresse. Son attitude effrayée, comme si une ombre menaçante se terrait quelque part sous le sable, prête à l'ensevelir. Sa mission avait été de la recueillir et de l'accompagner jusqu'à l'hôpital. Mais au fond de lui, il n'avait eu qu'une envie, celle de se réfugier au commissariat et de feindre une journée normale, sans Carrie White, sans Roi des Aulnes ni enfants assassinés.

La psychiatre attendit qu'il ait quitté la pièce et fermé la porte pour appuyer sur « lecture ».

Damien entendit la voix fragile et tremblante de Sandrine débuter son récit.

4

Lorsque la psychiatre éteignit le magnétophone, Damien resta un long moment silencieux. Il fixa l'appareil en espérant des réponses, comme si des explications rationnelles pouvaient, à l'image d'un lapin blanc tiré d'un chapeau haut de forme, en sortir par magie. Il connaissait assez bien la région pour savoir qu'aucune île n'avait accueilli un « camp de vacances » comme celui décrit par Sandrine.

Il y avait eu des camps de concentration sur l'île d'Aurigny, un orphelinat sur l'île de Jersey, mais aucun site ne correspondait à la description enregistrée sur la bande. De plus, aucun corps d'enfant ne s'était jamais échoué sur les plages de la région. Si une dizaine de cadavres avait un jour subitement surgi des flots, il en resterait des traces dans les archives de la police ou dans la mémoire collective. Et cette légende du Roi des Aulnes ? Que venait-elle faire ici ? Il s'agissait d'un poème que n'importe quel collégien pouvait rencontrer durant ses études. Sans doute Sandrine l'avait-elle incorporé à son récit pour rendre le tout encore plus surréaliste et pour donner un semblant de mythologie à sa folie.

— Je sais ce que vous pensez, intervint Véronique. Vous croyez que cette femme est folle.

— C'est exact, admit Damien en se redressant sur sa chaise, c'est la seule hypothèse qui me vienne à l'esprit !

— Je suppose que vous avez joint tous les établissements psychiatriques, déclara-t-elle, une étincelle de malice dans les yeux.

— En effet, acquiesça-t-il.

— Et aucun n'a signalé l'absence ou la fugue d'une patiente ?

— Pas un. Mais la folie n'est pas toujours enfermée entre quatre murs, rétorqua l'inspecteur qui n'appréciait guère le ton hautain de cette spécialiste. Avez-vous des informations susceptibles de faire avancer l'affaire ? Car, bien que tout cela ne soit pour moi que des paroles échappées d'un esprit malade, je dois tout de même effectuer quelques recherches, et le temps presse.

— Vous allez vérifier son identité ?

— Déjà fait, se vanta Damien.

— Une avarie ?

— Aucune depuis des semaines, affirma-t-il en se prêtant au jeu des questions/réponses.

— L'existence d'un camp de vacances ?

— Je peux déjà assurer que non.

— Iriez-vous jusqu'à étudier le poème de Goethe ou les paroles d'une chanson ?

À l'instant où Véronique Burel faisait référence à la mélodie mentionnée sur la cassette, Damien ressentit une étrange impression. Il déglutit maladroitement une première fois puis, en comprenant que ce geste effectué devant une psychiatre serait sans aucun doute interprété et confondu, déglutit une seconde fois comme pour prétendre à un simple réflexe anodin. La jeune femme assise face à lui se contenta de l'observer sans se départir de son masque professionnel.

— Ce sera fait, bien sûr, répondit Damien en se levant. Je vous remercie d'avoir partagé cet enregistrement. Je dois à présent interroger cette femme et trouver une solution concrète à l'unique question qui m'intéresse : d'où vient le sang, et je compte bien...

— Elle ne vous parlera pas, le coupa la psychiatre d'une voix ferme.

— Pardon ?

— Vous aurez beau vous tenir devant elle, avec vos certitudes d'inspecteur et votre rationalisme désuet, elle ne prononcera pas un mot. Voyez-vous, ajouta-t-elle en se levant à son tour dans une posture de défi, son cerveau est comme ce magnétophone. Il a enregistré une histoire et se contentera de la répéter sans apporter aucun éclairage sur la signification, la réalité ou la « folie » de son contenu. Vous vous retrouverez piégé à réécouter éternellement la même chanson, encore et encore, comme un vieux disque rayé. Cette femme est traumatisée. Elle n'est ni folle ni mythomane. Si vous voulez savoir d'où vient le sang, vous devrez me faire confiance.

— Vous faire confiance ! ricana l'inspecteur, regrettant soudainement de ne pas avoir revêtu son costume au lieu de se tenir en jean et sweat-shirt face à cette pimbêche qui osait lui donner des directives.

— Si mon impression est la bonne, cette femme a été violentée, et selon toute vraisemblance par un homme, insista-t-elle, visiblement lassée par la conversation. Le seul moyen de la faire parler est de la rassurer, de faire en sorte qu'elle se sente en sécurité. Et ce ne sera pas possible si c'est un homme qui s'adresse à elle. Vous lui rappelleriez trop son bourreau.

— Peut-être se joue-t-elle de nous, tout simplement. Je n'ai qu'une question à lui poser et après je vous laisserai à vos théories de spécialiste : où se trouve la personne à qui appartient ce sang ?

— Tenez, j'ai fait un double de l'enregistrement, lui dit-elle d'un ton sec en lui tendant un boîtier en plastique avant d'indiquer la porte d'un geste du bras. Je vous laisse interroger la victime. Si jamais vous avez besoin de mon aide, vous savez où se situe mon bureau. Bonne chance.

Damien retrouva Antoine dans le couloir, appuyé contre une machine à café. En voyant le visage furibond de son supérieur, celui-ci n'osa terminer sa boisson et marcha dans son sillage sans prononcer le moindre mot. Ils arrivèrent devant la chambre numéro trente-huit. Le médecin qui les fit entrer leur conseilla de ne pas faire trop durer la conversation. La jeune femme était réveillée, mais très épuisée. La priorité restait pour l'instant de stabiliser son état en lui permettant de se reposer le plus possible et d'éviter toute source de stress. Damien le rassura avec des mots qu'il ne pensait pas, signa le registre et pénétra dans la chambre, bien décidé à prouver à cette Véronique que l'affaire pouvait aussi être résolue avec ses méthodes à lui.

Sandrine avait les yeux ouverts.

La pâleur de sa peau et l'immobilité de son corps lui firent penser à cette peinture flamande présente au musée des Beaux-Arts de Rouen, intitulée *Jeune femme sur son lit de mort*.

La froide lumière de novembre se glissait avec peine à travers les persiennes, et cette atmosphère lugubre de chambre mortuaire éteignit immédiatement l'enthousiasme et la volonté de l'inspecteur.

Il s'attendait à rencontrer une démente au visage déformé, les cheveux hirsutes et la bouche baveuse, mais au lieu de cela, il se trouvait face à une belle femme, dont la clarté fragile qui vacillait dans son regard n'inspirait que douceur et bienveillance. S'il y avait eu du sang sur sa peau, les infirmiers en avaient nettoyé toute trace. Sa chevelure brune reposait sur ses épaules et le rose naturel de ses lèvres s'étira en un léger sourire quand elle prit conscience de la présence des deux hommes.

Mais Damien se rappela que la folie se pare bien souvent d'un voile de normalité.

Il se souvint que les sorcières du Berry n'étaient pas forcément de vieilles femmes au nez crochu, mais aussi de belles inconnues au charme trompeur.

Et que dans le poème de Goethe, que sa fille avait appris en sixième avant de disparaître, le roi des aulnes ensorcelait les enfants avec de douces promesses.

— Mademoiselle Vaudrier, vous m'entendez ?
Hochement de tête.

— Je suis l'inspecteur Bouchard et voici mon collègue. Seriez-vous d'accord pour que nous vous posions quelques questions ?
Second hochement de tête.

— Pouvez-vous nous raconter ce qu'il s'est passé ?
Sandrine fixa l'inspecteur.

Ses yeux, quelques secondes plus tôt emplis d'une lueur apaisée, que Damien devinait être causée par les sédatifs, s'obscurcirent brutalement. Ses pupilles se dilatèrent comme en proie à une émotion intense et ses mains, jusqu'alors immobiles, posées le long de ses hanches, se joignirent comme pour serrer en leur sein un objet invisible. Des rides d'inquiétude strièrent son visage tandis que son regard, tel un bateau battu par les flots, se mit à voguer entre les deux officiers.

— Ne vous inquiétez pas, intervint Damien, troublé par cette métamorphose, nous sommes là pour vous aider, vous ne courez aucun danger…

L'inspecteur remarqua le bandage posé sur l'intérieur de son poignet gauche. Le rapport d'admission des urgences précisait la présence de coupures inégales et profondes à cet endroit. Il pouvait apercevoir des taches de sang rouge vif imprégnées dans la bande de soin, signe que les stries s'étaient rouvertes depuis peu, tels les stigmates mal cicatrisés d'une crucifiée.

— Ne vous inquiétez pas…
Mais il était trop tard.
Sandrine commença son récit devant le regard ébahi de Damien et Antoine qui, pris dans la tourmente fiévreuse de cette tempête de mots, hypnotisés par ce visage hanté par la peur, n'osèrent interrompre la narration.

5

« Occupe-toi l'esprit…
Récite-toi ta poésie par exemple…
Ce sera plus facile…
Tu verras, demain lorsque ta maîtresse t'interrogera, tu me remercieras…
Viens…
Rapproche-toi…
Ce sera plus facile… »

6

Le lendemain matin, Damien se leva avant que le réveil sonne.

Il avait passé une bonne partie de la nuit à réécouter la bande et à noter tout ce qui lui semblait important. Les phrases déclamées sur l'enregistrement étaient en tout point identiques à celles prononcées dans la chambre, comme une récitation parfaitement maîtrisée. Et à aucun moment, Sandrine ne précisait à qui le sang sur ses vêtements appartenait.

Damien avait ensuite contacté tous les hôpitaux de la région pour savoir si une personne grièvement blessée et ayant perdu beaucoup de sang avait été admise récemment. À chaque fois, la réponse avait été négative.

Vers 3 heures du matin, il se décida à aller se coucher, la voix de Sandrine soufflant encore dans son esprit comme un vent opiniâtre auquel il ne pouvait échapper.

Il avait rêvé d'une île noyée dans la brume ; il en foulait l'herbe humide jusqu'à s'imprégner de l'odeur de chlorophylle, touchait les rochers recouverts de lichen poisseux et entendait le feulement d'un animal invisible s'élever par-delà les roulements marins.

Une large forêt s'était présentée devant lui puis s'était effacée comme une mauvaise pensée. Et là, seule et immobile dans ce décor de pierres et d'herbes folles, telle Niobé transformée en rocher, une femme habillée de sang l'avait fixé sans esquisser le moindre mouvement. Sa robe pourpre dansait au gré des bourrasques marines comme le pavillon d'un bateau fantôme. Sandrine avait attendu qu'il se retrouve face à elle pour lui murmurer son cantique, d'une voix éteinte : *Qui chevauche si tard à travers la nuit et le vent…*

Damien se réveilla en sueur, la première phrase du poème de Goethe virevoltant encore dans le silence de sa chambre. Il mit quelques secondes à comprendre qu'il se trouvait chez lui et non pas dans la lande humide d'une île onirique. Il pesta contre ce cauchemar et abandonna tout espoir de se rendormir. Trente minutes après, alors que les premières lueurs de l'aube se dessinaient lentement sur l'horizon, il roulait en direction du central.

L'inspecteur s'enferma dans son bureau, une tasse de café chaud dans la main, et durant toute la matinée il passa de nombreux appels dont certains restèrent sans réponse.

Il apprit cependant qu'aucun office notarial n'existait aux abords du port de Villers-sur-Mer et qu'aucun Béguenau n'apparaissait dans l'annuaire officiel des notaires.

Pas plus de traces d'une Suzanne Vaudrier, morte ou vivante.

Il discuta avec les différents offices de tourisme de la région, parla durant une heure avec le centre d'information de la marine de Caen sans trouver une île susceptible de ressembler à celle évoquée par Sandrine.

Les nombreux ports de la côte lui certifièrent n'avoir aucun bateau nommé *Lazarus* enregistré dans leurs fichiers.

Au fur et à mesure qu'il vérifiait les potentiels indices énoncés par Sandrine, il rayait d'un trait rageur les éléments écrits la veille sur sa liste. Il ne resta bientôt que deux pistes sur la feuille de papier, et Damien poussa un juron en comprenant qu'il serait difficile de retrouver un individu simplement à l'aide d'une chanson d'avant-guerre et d'un poème allemand.

Pas suffisant pour demander à la gendarmerie maritime de fouiller les îles une à une en espérant trouver un ancien camp de vacances et d'hypothétiques cadavres d'une poignée d'habitants, regretta-t-il amèrement.

Il lui parut évident que toute cette histoire, même racontée avec une conviction à faire froid dans le dos, n'était que pur mensonge.

Mais d'où provient le sang, bordel de merde ?

Le résultat des analyses précisait qu'il s'agissait de sang humain.

Entre un et deux litres selon les experts.

D'un groupe différent de celui de Sandrine.

Que s'est-il passé ?

Damien reconnut à contrecœur que l'affaire qu'il pensait résoudre rapidement se révélait être pour l'instant une voie sans issue.

Une chanson et un poème.

Il murmura machinalement les paroles de Lucienne Boyer.

Parlez-moi d'amour, redites-moi des choses tendres...

Tout le monde connaissait cette chanson. Pour toute une génération, elle avait été le symbole du renouveau et de l'insouciance d'un pays sorti d'une guerre sans soupçonner qu'une autre viendrait bientôt. Elle faisait partie du patrimoine culturel de la France, de l'inconscient collectif, gravée sur soixante-dix-huit-tours et chantonnée par les amoureux transis comme par les parents berçant le sommeil de leurs enfants.

Alors pourquoi Damien avait-il l'impression que ce détail du récit n'avait pas sa place dans le reste de la narration ? Pourquoi cet anachronisme le dérangeait-il au point de le mettre mal à l'aise, comme la veille face à cette psy ?

Vers 13 heures, il se résigna à rendre visite à la psychiatre. *Changer d'air me fera du bien*, décida-t-il en attrapant sa veste de costume. L'espace confiné de son bureau n'avait apporté aucune réponse supplémentaire et le téléphone ne sonnerait certainement pas durant la pause-déjeuner. Et peut-être avait-elle pu discuter une nouvelle fois avec la victime.

— Inspecteur ! Quelle surprise ! Moi qui pensais que vous aviez résolu votre affaire !

Véronique Burel était assise derrière son bureau, penchée sur un dossier, et ne parut pas véritablement étonnée de sa venue.

— Ça va, gardez vos sarcasmes..., rétorqua Damien. D'ailleurs, de quels troubles psychotiques proviennent les sarcasmes ? Vous avez suivi une thérapie pour le découvrir ?

— Oui, cela est dû à une allergie aiguë aux personnes persuadées de détenir toute la vérité... Cela vous semble familier ? s'amusa-t-elle en abandonnant sa lecture.

— Vaguement... Bon, je ne suis pas venu ici pour que l'on débatte de nos défauts respectifs... mais pour vous consulter.

— J'en déduis que votre interrogatoire ne vous a pas donné pleine satisfaction, sourit-elle.

— Non, juste l'impression d'écouter une bande enregistrée...

— Je vous avais prévenu.

— Madame Burel...

— Véronique, corrigea-t-elle en signe d'armistice.

— Bien. Véronique, cette femme est-elle folle ?

— En quelque sorte. La folie est une notion instable. Une personne peut être « folle » pour vous, alors que pour moi, elle ne l'est pas.

— Elle ne l'est pas ?

— Ce Roi des Aulnes, ces enfants assassinés, ces habitants suffisamment désespérés pour se suicider les uns après les autres... Tout cela a un sens, que vous le croyiez ou pas. La véritable folie est insensée, déstructurée... Ici, ce n'est pas le cas. Mon rôle est de donner une explication à tout cela, c'est-à-dire, pour utiliser votre jargon, de comprendre cette « folie ». Vous avez déjeuné ? demanda-t-elle en se levant de sa chaise.

Damien prit conscience que non, pas plus qu'il n'avait dîné la veille. Depuis hier, son corps avait simplement été dopé à la caféine. La psychiatre déboutonna sa blouse blanche et l'accrocha au portemanteau situé près de la fenêtre, puis saisit son sac à main.

— Pas encore.

— Parfait, moi non plus. Je connais un très bon restaurant où nous pourrons discuter tranquillement de notre amie commune.

Cinq minutes plus tard, ils se retrouvèrent assis sur un banc du parc de l'hôpital, à déguster des sandwichs achetés à la cafétéria. Des nuages menaçants polluaient le ciel et présageaient une averse imminente.

— Nous sommes d'accord sur un point, admit Véronique en avalant une bouchée de son déjeuner, l'histoire racontée par Sandrine est une pure invention.

— Dans mon métier, on ment si l'on est coupable, précisa Damien en observant les familles déambuler dans le parc.

Certaines d'entre elles accompagnaient des bras ou des jambes plâtrés, d'autres des pathologies sans signes apparents. Un homme poussait avec difficulté une vieille femme assise dans un fauteuil roulant. Un autre se penchait avec tristesse par-dessus l'épaule d'un enfant. Damien fut incapable de deviner lequel des deux était le patient tant ils semblaient partager la même douleur.

— Et dans le mien, principalement parce que l'on est victime. Qu'avez-vous remarqué quand vous lui avez parlé ?

Une sirène d'ambulance s'éleva au loin. Damien attendit religieusement que le véhicule se rapproche, se gare devant le service des urgences et que son cri s'essouffle. Le parc entier semblait s'être figé à l'annonce d'un nouveau drame probable.

— Elle s'est... elle avait peur, très peur, reprit-il. Son regard, ses mains, la crispation de sa bouche... Elle récitait son histoire comme on récite une incantation, elle donnait l'impression de vouloir chasser le diable.

— Vous avez déjà chassé le diable, inspecteur ?

Damien fut surpris par cette question. Il fixa un instant la psychiatre et se demanda si elle savait. Une petite ville, un policier avec son passé qui arrive, traînant derrière lui sa tragédie dont l'écho parcourt plusieurs centaines de kilomètres pour l'accompagner et avertir son nouvel environnement... C'était tout à fait possible.

Il songea aux longues battues dans les bois.

Aux plongeurs fouillant la vase pour ne remonter que la désillusion.

Aux interminables nuits à espérer que le téléphone le libère de l'ignorance.

Au diable cornu, caché dans la brume, et à son rire malfaisant qui résonna aux oreilles de Damien le jour où il quitta le Berry sans avoir retrouvé Mélanie.

— Non, jamais, mentit-il en avalant une gorgée de soda.

— On ne le chasse jamais. Sandrine pense l'éloigner à chaque fois qu'elle raconte son arrivée sur l'île. Mais c'est un leurre, un refuge.

— Un refuge ?

— Voyez-vous, hier, je vous ai parlé de troubles post-traumatiques. Savez-vous que lorsqu'un individu est sujet à un stress intense, son cerveau érige un bouclier naturel afin de le protéger?

— Quel genre de stress?

— Les plus élevés. Viol, violences physiques ou psychologiques, peur, isolement... Dans ces cas-là, le cerveau déconnecte le circuit émotionnel afin de préserver la victime. C'est un processus complexe et je vous passe les détails techniques, mais le cerveau est capable de produire des drogues dures dans le but d'anesthésier les émotions.

— C'est-à-dire?

— Imaginez-vous en situation de stress classique : votre cerveau va sécréter une quantité d'adrénaline et de cortisol pour adapter votre réponse à la situation. Ici, rien de dangereux. Mais en cas d'excitation extrême, cette quantité peut devenir mortelle, tant au niveau du cerveau que du cœur. Vous pouvez littéralement mourir de stress. Alors que fait notre cerveau pour nous garder en vie?

— Il déconnecte? suggéra Damien.

— Exact, il déconnecte notre circuit émotionnel, celui qui injecte l'adrénaline et le cortisol, et l'anesthésie en produisant des drogues dures, morphine et kétamine-like. Ainsi, la victime subit les violences dans un état second, un vide émotionnel qui la protège. C'est le bouclier auquel je faisais référence.

— Mais je ne vois pas le rapport avec Sandrine.

— Elle présente tous les symptômes d'une femme ayant subi une situation extrême, affirma Véronique comme elle l'avait fait la veille.

— Il n'y a toujours aucun signe de viol?

— Les examens reçus ce matin n'en ont pas détecté.

— Vous vous basez donc simplement sur le fait que cette femme nous raconte une histoire impossible à croire ?

— Le bouclier que je vous ai décrit protège la victime à l'instant précis des violences. C'est la réponse neurobiologique à une situation ponctuelle de stress extrême.

— Jusque-là, je vous suis.

— Mais par la suite, poursuivit-elle, quand la victime est libérée de son agresseur, elle présente souvent des séquelles dues à cette expérience, les fameux troubles post-traumatiques. Ils sont nombreux et variés : nervosité, trouble du sommeil, syndrome de répétition, d'évitement...

— Vous allez me perdre...

— Pardon. Pour revenir à Sandrine, j'ai la conviction qu'elle souffre de ces séquelles.

— Mais... et l'île ? Les enfants ? Le Roi des Aulnes ?

— Laissez-moi vous poser une question : imaginez que vous souhaitiez oublier un pan de votre passé, l'effacer complètement sans pour autant laisser de vide « biographique » derrière vous. Que feriez-vous pour combler ce trou dans votre mémoire ?

Damien masqua son trouble en feignant la réflexion. Car à peine Véronique avait-elle terminé sa phrase qu'un rire guttural à l'odeur de soufre s'était répandu dans sa conscience.

Alors, sale fils de pute de père indigne, réponds à la dame, que ferais-tu pour effacer ta fuite, que ferais-tu pour oublier comment tu as abandonné ta fille en la laissant danser avec le diable, hein ? Mais je te remercie, je me suis bien amusé avec elle...

— Je... je le réinventerais..., murmura Damien.

— C'est exact. C'est ce que j'appelle *un refuge* : une mémoire parallèle qui se substitue à la réalité afin que la victime cesse de souffrir, une illusion projetée par le cerveau pour que son propriétaire survive, tout comme le bouclier neurologique dont je vous ai parlé. En gros, un endroit où se cacher, comme la couverture sous laquelle nous nous sommes tous réfugiés enfants pour fuir des monstres réels ou imaginaires.

— Cette histoire... Elle est donc son... refuge ?

— C'est ce que je pense, affirma-t-elle. C'est pourquoi elle la répétera indéfiniment, pour occulter ce qu'elle a vécu. Il s'agit d'un mensonge sophistiqué dont elle n'a pas vraiment conscience, injecté par diverses cellules du cerveau dans le but de l'aider à maquiller ce qui lui est arrivé. Pour Sandrine, cette île, ce Roi des Aulnes, les habitants, les enfants... Tout cela existe. Et il se peut que ce récit imaginaire soit émaillé de détails réels, comme des balises servant à lui rappeler pourquoi le mensonge est une nécessité.

— Alors... comment démêler le vrai du faux ? Comment découvrir ce que « Sandrine » a subi ? pesta Damien.

— Nous n'avons pas le choix, inspecteur. Nous allons devoir nous aussi nous abriter dans son refuge. C'est le seul moyen.

7

— ... mais la thérapie peut durer des semaines, des mois, des années. L'unique possibilité de l'accélérer est de rassurer Sandrine au point qu'elle n'ait plus besoin de se terrer dans son refuge. Et pour cela, il faudrait lui prouver que son ou ses agresseurs ne peuvent plus l'approcher. Vous comprenez le dilemme ? Elle possède la réponse à toutes nos interrogations, mais ne la donnera que si on lui ouvre la porte pour qu'elle puisse sortir sans crainte.

Damien retourna au commissariat pour taper son rapport. Il aurait aimé se rendre auprès de Sandrine pour lui poser toutes les questions qui lui venaient à l'esprit, mais ses paroles auraient été sans aucun doute identiques à celle de la veille : les enfants, l'île, le Roi des Aulnes...
De plus, Véronique lui avait précisé que le repos représentait la première étape nécessaire après un traumatisme profond. Même si pour l'instant il n'y avait aucune certitude quant à ce que Sandrine avait véritablement subi, Damien ne pouvait nier la fatigue extrême qui émanait d'elle. Il repensa à la blancheur de sa peau, la faiblesse de ses gestes... Quel que fût

le « Roi des Aulnes » auquel la jeune femme avait échappé, un ou deux jours de plus en sa présence lui auraient été certainement fatals.

Il rédigea un résumé de sa conversation avec la psychiatre, y joignit la photocopie du résultat des tests sanguins, celle du rapport d'admission de l'hôpital, ainsi qu'une photo de Sandrine prise par les services médicaux. Il lista les différents coups de téléphone qu'il avait donnés, précisa les réponses apportées et déposa le dossier sur le bureau du commissaire qui devait rentrer le lendemain de Caen. Il joignit également la cassette audio du témoignage enregistré par Véronique et imagina la tête que ferait son supérieur en prenant connaissance de tous ces éléments. Son premier réflexe serait le même que celui de Damien un jour plus tôt : *c'est impossible. Pas ici, pas dans cette petite ville. Cette femme est folle.*

Mais la folie est une notion instable, sourit-il en repensant aux paroles de la psychiatre.

De retour dans son bureau, il prépara le texte d'appel à témoin.

Si, d'ici quarante-huit heures, personne ne se présentait pour signaler la disparition de Sandrine, il serait obligé de lancer un avis de recherche *via* la presse et la radio locale. Il distribuerait également des affiches aux commerçants du coin et demanderait à chaque agent de police et de gendarmerie de faire de même dans la région.

Sandrine Vaudrier.

Qui es-tu vraiment ? songea Damien en sentant la fatigue due à sa nuit difficile l'envahir. *Qu'est-ce qui a pu te pousser à te réfugier dans une fausse identité ?*

Le téléphone sonna et fit sursauter l'inspecteur qui, sans s'en rendre compte, évoluait à la frontière d'un demi-sommeil.

— Inspecteur Bouchard, marmonna-t-il.

— Bonjour, inspecteur, je suis Chantal, je travaille au centre des impôts de Caen, vous m'avez appelée hier.

— Oui, bien sûr. Que puis-je faire pour vous ?

— Vous m'avez demandé de vérifier l'existence de différents contribuables, et je viens de retrouver l'adresse de l'un d'eux.

Damien n'en croyait pas ses oreilles. Pour la première fois depuis l'apparition de Sandrine, il détenait un élément concret. *Sandrine Vaudrier, Sandrine Vaudrier*, pria-t-il en silence, *faites que ce soit elle et que tout s'explique…*

— De qui s'agit-il ?

— D'un certain Frank Wernst. Je vous donne son adresse…

Damien écrivit les coordonnées, remercia son contact et sortit de son bureau en trombe.

— Où est Antoine ? demanda-t-il au standardiste.

— Il doit être dehors en train de fumer une cigarette. Dites, quand le commissariat fermera, ce sera possible que vous appuyiez ma mutation à…

— Pas le temps ! coupa l'inspecteur en quittant le poste de police.

Frank Wernst.
Le paysan dont les vaches avaient été taguées et recouvertes de croix gammées.

Était-ce là une de ces balises dont parlait Véronique? Damien trouva Antoine appuyé contre un mur, une cigarette entre les lèvres.

— Qu'est-ce qui se passe, chef?
— Amène-toi, je t'expliquerai en route.
— Et on va où? s'enquit le policier en écrasant son mégot sur le gravier.
— Chasser le diable.

Et en effet, c'est là qu'ils allèrent.

8

Sandrine se réveilla avec difficulté. L'esprit embrumé par les médicaments, elle essaya de comprendre ce qu'elle faisait sur ce lit d'hôpital. Elle se souvint de l'ambulance, de cette femme qui lui avait parlé ainsi que de la venue de deux hommes.

Puis, lentement, d'autres souvenirs émergèrent.

Elle se rappela l'île.

Était-il possible qu'elle s'en fût échappée ?

Sandrine ferma les yeux un instant et tenta de se concentrer.

Que s'était-il passé ? Comment était-elle arrivée sur cette plage ?

Elle avait beau chercher une explication, aucune ne perçait à travers le brouillard de cette amnésie délirante. Elle essaya de se redresser, mais ce simple geste lui fut difficile. Chaque muscle de son corps semblait comme tétanisé, et le moindre effort lui procurait des douleurs insoutenables.

Elle fixa le plafond en se remémorant les derniers évènements : l'auberge, les habitants qui s'effondrent un à un, sa course vers le camp de vacances, l'apparition de sa grand-mère, la noyade des enfants…

Et puis les paroles de Paul.

À l'évocation de ce prénom, la jeune femme eut envie de pleurer de rage. Pourquoi l'avait-il abandonnée ainsi ? Pourquoi ne l'avait-il pas accompagnée ? Ils seraient ensemble à présent, sur la terre ferme, loin de ce Roi des Aulnes, de Suzanne et de toute cette souffrance !

Mais là encore, aucune explication. Juste ce sentiment de vide au creux de son estomac et cette phrase, prononcée dans un ultime adieu : *Si tu croises le chat errant, tue-le, Sandrine, c'est le seul moyen d'échapper au Roi des Aulnes…*

Qu'avait-il voulu dire ?

Elle sentit la migraine poindre quelque part à l'intérieur de son crâne. Comme le premier grondement inoffensif, mais trompeur, d'un orage lointain. Pourtant, ce qui l'inquiétait le plus à cet instant fut l'homme en costume qui lui avait parlé la veille. Pendant qu'elle lui racontait, à lui et à son collègue en tenue de policier, ce qu'elle avait vécu, Sandrine avait perçu le trouble dans son regard.

Il ne l'avait pas crue, elle en était certaine.

Elle ne douta pas une seconde que cet homme tenterait de connaître la vérité.

Que se passerait-il s'il essayait de se rendre sur l'île à son tour ?

Ignorait-il que le Roi des Aulnes l'y attendait ?

9

La ferme se dessina lentement tandis que la fourgonnette avançait avec grande difficulté sur un chemin gangrené de larges ornières. Cette voie d'accès faite de terre et de pierres ressemblait plus à une ravine miniature coincée entre deux champs agricoles qu'à un véritable chemin carrossable.

Le véhicule de police progressait en tanguant, sous le regard indifférent du troupeau de vaches parqué à côté de la ferme. Lorsque la fourgonnette finit par se garer et que Damien et Antoine en sortirent, les premières gouttes de pluie tombèrent.

— Bon sang, on a eu de la chance de ne pas péter un amortisseur, remarqua Antoine en vérifiant l'état du véhicule. Vous êtes sûr que c'est là, chef ?

— C'est l'adresse qu'on m'a donnée, affirma Damien en lisant l'étiquette de la boîte aux lettres, et le bon nom : Frank Wernst.

— J'espère que ce type a des choses à nous raconter..., souffla le policier en devinant une goutte lui glisser le long du front.

— Moi aussi, sinon c'est retour à la case départ.

Ils firent le tour de la propriété et dépassèrent le bâtiment principal. La pluie redoubla d'intensité. Une odeur d'herbe et de fumier se mêla à celle de la terre. Dans l'arrière-cour boueuse, ils découvrirent une étable, du matériel agricole, un 4 x 4, une bétaillère, des bottes de foin entassées sous un préau et quelques poules errantes. Damien fouilla du regard les champs alentour à la recherche du propriétaire, mais n'y vit personne. Une brume légère s'élevait de l'horizon et avalait les haies vives comme un monstre se repaîtrait d'un amuse-bouche insignifiant.

— Cet endroit semble désert, chef. Vous pensez qu'il est là ?

— Je ne sais pas. En tout cas il n'y a pas de symbole nazi dessiné sur ces vaches, remarqua Damien en observant les bêtes brouter tranquillement près de l'étang.

— Encore un détail inventé ! pesta Antoine.

Lui non plus ne croyait pas à l'histoire de Sandrine. Et d'ailleurs, il se fichait de savoir à qui appartenait le sang, ou si le Roi des Aulnes existait vraiment. Ce qui le préoccupait était l'étrangeté que la jeune femme avait rapportée de son île et qui avait contaminé l'atmosphère de Villers-sur-Mer. C'était comme si un virus invisible avait été répandu dans la tranquille bourgade balnéaire sans que quiconque, mis à part lui, ne s'en aperçoive. Le joggeur, les médecins, la psy et maintenant Damien, tous se retrouvaient obnubilés par cette histoire. Antoine, lui, n'en avait que faire. Il souhaitait juste que tout revienne à la normale et que son principal souci soit de vérifier les tickets de parking et non pas de suivre les indications insensées d'une inconnue.

— Allons jeter un coup d'œil à l'intérieur, on sera fixés... et au sec.

Ils retournèrent sur leurs pas et se dirigèrent vers le corps de ferme qui s'étalait sur une soixantaine de mètres. Entièrement construit en pierres apparentes, sa toiture se dressait vers le ciel comme une pyramide allongée. Quelques tuiles menaçaient de s'échapper de la charpente, mais cette construction donnait l'impression d'avoir vaincu suffisamment de tempêtes pour pouvoir en supporter d'autres pendant plusieurs siècles encore. La pluie mourait sur le toit, s'écoulait de manière chaotique par les gouttières percées de rouille puis bombardait la terre ocre pour ressusciter en flaques épaisses.

Damien frappa contre la porte en bois. Il n'y eut aucune réponse. Juste un mouvement. Celui d'une porte mal fermée qu'une simple poussée suffit à ouvrir. Antoine lui lança un regard interrogateur. Une alarme se mit en branle dans l'esprit de Damien. Il leva son poing, s'apprêtant à frapper à nouveau, mais suspendit soudain son geste.

— C'est... du sang ? balbutia Antoine.

L'inspecteur ne bougeait plus. Il fixait les traces présentes sur le chambranle. Des traînées de sang.

Larges et conséquentes.

— Va lancer un appel radio, demande une ambulance d'urgence, ordonna-t-il.

Damien attendit qu'Antoine se glisse dans le véhicule pour pousser la porte du pied.

— Monsieur Wernst, vous êtes là ? C'est la police.

Il n'y eut aucune réponse.

L'inspecteur dégaina son arme de service, sortit une minuscule lampe de la poche de sa veste et avança en suivant les traces de sang sur le sol. Une obscurité et un silence suspects régnaient à l'intérieur, troublé uniquement par le martèlement de la pluie sur le toit.

L'entrée donnait sur un large salon. Il appuya sur l'interrupteur placé à sa gauche, mais aucune ampoule ne s'alluma. Il balaya la pièce de son faisceau lumineux, révélant les silhouettes immobiles et lugubres de nombreux meubles. Plusieurs guirlandes de papier tue-mouches pendaient depuis les poutres apparentes du plafond. Certaines étaient noircies de dizaine de cadavres tandis que d'autres semblaient avoir été installées récemment, n'ayant trompé que quelques spécimens. Damien passa devant une imposante cheminée sans vie puis, ignorant l'odeur âcre et inconnue qui s'élevait de cette atmosphère confinée, s'engagea dans un couloir ceint d'un lambris décoloré.

Cette partie de la maison était complètement plongée dans l'obscurité, sans fenêtre pour apporter la lumière spectrale du ciel orageux.

Damien eut peine à distinguer les taches de sang sur la moquette. Celle-ci était constellée de traces diverses et il dut s'agenouiller à plusieurs reprises pour vérifier qu'il suivait la bonne piste.

Il avança avec prudence, luttant contre le dégoût que lui inspirait cette maison. Il eut le désagréable sentiment d'explorer un lieu fermé à la vie, retiré de l'air frais et de la lumière réconfortante par des volets volontairement clos, comme pour murer le mausolée d'un quelconque lépreux. Il sentait la poussière se soulever à chacun de ses pas et il grimaça en éclairant les cloisons jaunies et craquelées de moisissure.

— Merde, même l'étable paraît plus propre que cette baraque ! souffla-t-il en progressant.

Le couloir déboucha dans une cuisine rudimentaire à l'atmosphère chargée d'odeurs de viande avariée et de détergent qui lui donnèrent un haut-le-cœur. Il inspecta la pièce, ignorant les cadavres de plats à moitié avalés qui gisaient sur la table et dont une volée de mouches se délectait en virevoltant, et se dirigea vers une porte close, située dans un renfoncement. Là encore, des empreintes de sang étalées sur la poignée et sur le cadre. Mais ce qui attira son attention fut le cadenas scellé de part et d'autre du chambranle par des crochets. Il était ouvert et pendait à l'une de ses gâches comme un chimpanzé à une branche.

— Merde, cette maison est flippante...

Antoine venait de faire irruption dans la pièce, une lampe de secours à la main.

— Bon sang ! Tu veux ma mort ! s'insurgea son supérieur.

— Pardon, chef, je ne voulais pas vous effrayer...

— Tu n'as touché à rien au moins ? s'enquit Damien.

— Non. Les renforts arrivent, l'informa-t-il. Ils se demandent ce qu'on fout dans ce trou perdu...

— Parfait. Les traces mènent derrière cette porte et...

— Vous ne pensez pas qu'on devrait attendre le reste de la troupe, chef ?

Damien partageait en partie cet avis. Jamais un flic de Villers-sur-Mer ne s'était retrouvé dans une situation pareille. Jamais il n'avait été question dans un rapport d'activité de traces de sang, de maison inquiétante ou d'appel de renforts. Et à aucun moment de sa carrière, l'inspecteur n'avait dégainé son arme et fouillé un endroit en craignant ce qui pouvait s'y trouver.

Il resta un long moment silencieux.

Il se souvint de la peur qui lui brûlait l'estomac lorsqu'il marchait dans les bois, à la recherche de sa fille. Cette sensation intime et repoussante, ce souffle du diable au creux de sa nuque... Était-ce cette même haleine putride qui empestait cette maison ?

— Il y a peut-être une personne blessée. On n'attend pas, imposa-t-il finalement en ouvrant la porte.

Un long escalier en bois se dévoila devant eux.

L'inspecteur dirigea son faisceau vers la base, mais la portée de la lampe ne lui permit pas d'atteindre le pied de l'édifice.

— Monsieur Wernst ! Nous allons descendre dans cette cave. Si vous êtes blessé, ne bougez pas, une ambulance va arriver !

Silence.

— Antoine, reste ici, ordonna-t-il en se retournant, et attends que je t'appelle pour me rejoindre.

— Chef, vous êtes sûr que...

— Tu couvres mes arrières.

— Il y a une odeur bizarre qui remonte de cette cave, nous devrions...

— Fais ce que je te dis. Si les renforts arrivent, dirige-les.

— OK, chef, murmura le policier, à contrecœur.

Antoine vit la silhouette de son supérieur s'évanouir dans l'escalier et disparaître.

— Ça va, chef ?

Mais Damien ne répondit pas.

Il venait d'atteindre le sol de la cave.

L'odeur était plus forte à présent.

Il hésita à lever sa lampe pour éclairer l'obscurité.

Tout comme tu hésitais à fouiller les égouts, papa de mes deux... Seul un cadavre peut rendre la mort réelle... Hein, enfoiré ! Tu ne voulais pas tomber sur ce que j'avais laissé derrière moi... Je ne l'avais pourtant pas trop abîmée...

La première chose qu'il vit fut un matelas. Posé à même le sol.

Une couverture en laine gisait dessus. Il déplaça ensuite le faisceau vers la droite et découvrit une baignoire sabot en acier émaillé. Il s'approcha de quelques pas et distingua une étrange forme allongée à l'intérieur, plongée dans un liquide sombre.

Nom de Dieu...

Damien comprit que l'odeur repoussante provenait de là. Il pensa tout d'abord à des cheveux puis, comme le prolongement naturel de cette pensée, à des têtes. D'une main tremblante, il éclaira la surface en progressant avec lenteur.

Non, ce ne sont pas des cheveux...

La baignoire était remplie de cadavres.

— Des chats..., murmura-t-il en grimaçant.

Écœuré par sa découverte, il rebroussa chemin et s'apprêtait à remonter quand un autre détail frappa sa conscience. L'image n'avait duré qu'une seconde, moins peut-être. Mais lorsqu'il s'était détourné de la baignoire, sa lampe avait furtivement dévoilé autre chose.

Damien serra un peu plus son arme et se retourna lentement. La marche de l'escalier en bois sur lequel son pied droit était posé crissa comme pour lui intimer de ne plus bouger. Mais l'inspecteur rejeta le souffle du diable et son rire narquois pour éclairer de nouveau le sol...

Bravo, enfoiré, tu ne t'enfuis plus en courant... Peut-être que cet éloignement t'a fait pousser des couilles en fait...

Antoine fumait une cigarette sous le saule en guettant l'arrivée de l'ambulance quand il entendit du mouvement dans la maison. Il n'eut pas le temps d'atteindre la porte d'entrée, que déjà Damien se ruait à l'extérieur et se penchait en avant pour vomir sur la terre détrempée.

— Chef, qu'est-ce qui se passe ?

Son supérieur prononça quelques mots avant qu'un spasme ne le secoue de nouveau et qu'un second flot de bile translucide ne s'écrase à ses pieds.

— Tu avais raison, réussit-il finalement à articuler en se redressant, on aurait dû attendre les renforts.

10

La pluie ne cessa guère durant les heures suivantes. Elle accompagna l'arrivée de l'ambulance et, trente minutes plus tard, de deux autres fourgons de police réquisitionnés par radio après la macabre découverte.

— On en a au moins pour deux jours à fouiller cet endroit ! constata le commissaire en jetant un regard circulaire à la ferme et à ses dépendances.

Damien l'avait contacté immédiatement après avoir recouvré ses esprits. Fourier avait écourté son séjour à Caen et roulé jusqu'à la ferme après être passé au central pour récupérer le dossier que l'inspecteur lui avait préparé.

La corpulence du commissaire pouvait tromper quiconque le rencontrait pour la première fois : bien en chair, le visage arrondi et souriant, sa bonhomie masquait cependant un caractère impétueux dont les colères étaient connues de tous les agents. Cette irascibilité s'était accentuée avec l'annonce de la prochaine fermeture du commissariat, se manifestant par des ordres devenus plus secs et appuyés.

— Nom de Dieu, c'est quoi ce merdier ? Ici, dans notre département, à une demi-heure de Villers ? La femme a parlé ? enchaîna-t-il en faisant de grands gestes nerveux.

— Pour l'instant, uniquement la version de l'île. Vous avez écouté l'enregistrement ?

— Oui, dans la voiture. Et le sang dans la cave, vous pensez que c'est celui retrouvé sur ses vêtements ?

— C'est fort probable. Les examens nous le confirmeront rapidement, précisa Damien.

— Placez-moi des hommes à l'entrée du chemin. Je ne veux pas qu'un journaliste débarque en prétendant vouloir tirer du lait. Filtrez-moi tous les véhicules ! Et installez-moi les générateurs, la nuit va bientôt tomber !

Une bâche en plastique fut dressée dans l'arrière-cour en guise de tente afin de protéger les générateurs de la pluie. Une fois alimentés en électricité, les projecteurs disséminés dans la ferme s'allumèrent les uns après les autres, profanant l'intimité sépulcrale d'une maison devenue tombeau.

Les premiers policiers présents reçurent l'ordre de prendre des photos en évitant de déplacer quoi que ce soit. Les ambulanciers et le médecin de garde attendirent les directives du commissaire avant de glisser le corps dans une housse mortuaire et de l'emporter pour l'autopsie.

— C'était dans sa poche arrière, dit un agent en tendant un portefeuille à l'inspecteur.

Damien se servit d'un mouchoir en tissu pour l'ouvrir.

— Frank Wernst, soupira-t-il en dépliant le permis de conduire.

Ainsi, le seul nom réel de l'histoire de Sandrine devint un cadavre.

— Pas de télévision, pas de téléphone. Quelques bouquins sur la Seconde Guerre mondiale, des médailles accrochées dans un cadre, des journaux vieux d'une vingtaine d'années... Merde, constata l'agent, cette maison est figée dans le passé... Et ce truc dans la cave... C'est carrément le Moyen Âge...

Ce truc dans la cave.

Une baignoire remplie à ras bord de dépouilles d'animaux.

Un matelas usé sur le sol, taché de sang et de diverses autres sécrétions.

Une chaîne avec un bracelet en fer rouillé à son extrémité.

Un cadavre au crâne défoncé dont l'intérieur s'était déversé sur le ciment gris.

L'inspecteur observa d'un œil malade le ballet des policiers. Tous ceux qui descendaient au sous-sol remontaient avec le visage marqué. Même le commissaire ne parvint pas à masquer sa stupéfaction et demeura plusieurs minutes sous la pluie comme pour se nettoyer des cauchemars à venir.

Une heure plus tard, Damien et Antoine reçurent l'ordre de rentrer chez eux et de se présenter le lendemain à la première heure pour faire le point. Ils quittèrent la ferme, auréolée à présent par la lumière artificielle des projecteurs et par l'incompréhension palpable des forces de police.

Damien fit démarrer le véhicule en silence, actionna les essuie-glaces en espérant chasser bien plus que la pluie.

— Pourquoi des chats ? demanda Antoine au bout d'une vingtaine de minutes à scruter l'horizon fantomatique à travers la vitre passager.

— Aucune idée, maugréa Damien. Sandrine en parle dans son histoire.

— Et Wernst ? Il était à ce point amoché ?

Antoine n'avait pas eu le courage de descendre à la cave. Voir son chef vomir sous le saule lui avait suffi.

— Tiens, regarde.

L'inspecteur sortit un polaroid de sa veste. Avant de partir, il avait demandé au photographe de lui fournir un cliché du cadavre.

— Oh merde…, jura Antoine en lui rendant la photo.

— Ouais, comme tu dis.

— C'est elle qui aurait fait ça ?

— Pour l'instant, on l'ignore. Mais si le sang du paysan est le même que celui sur ses vêtements, il faudra découvrir comment une femme de cette taille a pu défoncer le crâne d'un gars habitué au dur travail de la ferme. Et surtout, pourquoi ?

Damien remit la photo à sa place. La tête écrasée de Frank Wernst demeura un instant dans l'esprit des deux hommes. En regardant la photo, on pouvait deviner la force qui avait été nécessaire pour briser ainsi la boîte crânienne, pour enfoncer l'os préfrontal comme s'il s'était agi d'une tête en pâte à modeler, déformant complètement le haut du visage, déplaçant les os orbitaux pour se frayer un chemin jusqu'au cerveau. Une pierre recouverte de sang, de cheveux et de morceaux de peau avait été retrouvée près du corps.

— Ensuite, elle aurait marché à travers champs jusqu'à la plage ? Cette histoire est complètement dingue !

— Il y a autre chose.

— Quoi ? demanda Antoine.

— Une chaîne.

— Une chaîne ?

— Ouais, fixée dans le mur, avec un bracelet en métal au bout. Et tu as comme moi remarqué le cadenas sur la porte de la cave…

— Bon sang, chef, à quoi vous pensez ?

— Peut-être que Sandrine n'est pas si folle que ça…

Le lendemain matin, Damien et Antoine retrouvèrent comme convenu le commissaire à 8 h 30. Tous les trois affichaient le visage d'hommes ayant peu dormi.

— Le sang concorde, déclara le commissaire sans préambule. La police scientifique et technique ne peut pas venir avant demain. Elle est en sous-effectif et une affaire de haute importance selon le préfet requiert toute l'équipe. À croire que notre commissariat est déjà fermé… Donc, pour l'instant, nous avons une seule certitude : cette femme était sur les lieux. De plus, nous avons retrouvé son propre sang à l'intérieur du bracelet métallique situé à l'extrémité de la chaîne. La déduction la plus simple est celle-ci : séquestration. Mais une déduction n'est rien sans aveux. Il va falloir faire parler la victime.

— Nous avons déjà essayé, fit remarquer Damien, et son histoire était identique à celle racontée à la psy…

— Dans ce cas, essayez plus fort ! intima le commissaire en tapant du poing sur la table. Je ne vais pas vous faire un dessin : notre commissariat est menacé, car jugé inutile par des chiffres et des statistiques à la con. Résoudre cette affaire pourrait faire tourner le vent, vous me comprenez ?

— Oui, patron, murmurèrent-ils avant de quitter le bureau.

Ils sortirent du bâtiment, comme ils avaient l'habitude de le faire lorsqu'ils voulaient discuter librement, sans craindre d'être entendus ou dérangés par quiconque. Bientôt trois ans que les deux hommes se connaissaient. Damien avait tout de suite apprécié Antoine et son manque d'ambition. Cela faisait de lui un policier toujours prêt à aider ses collègues, sans arrière-pensée ni guerre d'ego. Un élément rare, surtout dans un commissariat où chacun s'évertuait à impressionner le chef pour obtenir la meilleure mutation possible.

— Gère les affaires courantes, ordonna Damien en allumant une cigarette.

— Quoi ? Vous allez avoir besoin de moi…, protesta l'agent.

— Je vais avoir besoin de toi ici. Il faut que quelqu'un reste au central et s'occupe de l'équipe. Tu me remplaces. S'il y a du nouveau, je te préviendrai.

— D'accord, consentit Antoine. Vous pensez qu'elle vous parlera ?

— J'en suis persuadé.
— Ah bon ? Vous avez eu une révélation durant la nuit ? ironisa-t-il en tentant de détendre l'atmosphère.
— Pas vraiment, non.
— Allez pourquoi êtes-vous si optimiste ?
— Parce que je crois avoir découvert la clef pour pénétrer dans son refuge.

11

Véronique se trouvait à l'accueil de l'hôpital lorsqu'elle aperçut Damien passer la porte tambour du hall. À voir son visage tendu et déterminé, elle comprit bien avant qu'il n'ouvre la bouche que quelque chose de grave venait de se produire.

— Inspecteur ?
— Il faut qu'on parle.
— Pas un petit bonjour d'abord ? Que se passe-t-il ? lança-t-elle en signant le papier que lui tendait une infirmière.
— Pas ici. Votre bureau ?
— À vos ordres !

Véronique ferma la porte et s'assit en face de Damien. Le policier tenait dans sa main une enveloppe de grand format qu'il déposa devant elle sans l'ouvrir.

— Qu'est-ce que c'est ?
— Vous avez bien dit que le meilleur moyen de faire parler Sandrine serait de la rassurer ?
— En effet, si elle se sent encore en danger, elle restera coincée dans sa propre réalité. Pour la faire quitter l'île, il faut lui prouver qu'elle ne craint plus rien de ce Roi des Aulnes.

— Si jamais je détenais la preuve que son possible agresseur n'est plus en mesure de lui nuire, cela suffirait ? demanda-t-il.

— Vous l'avez retrouvé ?

— Peut-être, temporisa Damien. Sans la déclaration de la victime, nous ne possédons que cela, des peut-être.

— Si cet homme est bien celui qui lui a fait du mal, il y aura un changement perceptible. Son refuge va se craqueler puis s'effondrer puisqu'il n'aura plus lieu d'exister. Attention, ce processus peut prendre des jours, des semaines voire des années. Sauf si…

— Sauf si ?

— Sauf si la preuve est indéniable. Cela accélérerait alors la prise de conscience.

— Cela suffirait d'après vous ?

Damien sortit l'agrandissement de la photo du cadavre et le déposa sur le bureau de Véronique. Un post-it jaune avait été collé sur la tête de la victime. Seule une large flaque de sang laissait supposer la violence cachée sous le carré de papier. La jeune femme n'exprima ni dégoût ni fascination. Son expression demeura neutre, professionnelle. Cette femme n'était certainement pas la novice qu'il avait imaginée lors de leur première rencontre. Elle resta un moment à examiner la photo et à assimiler ce que ce cadavre représentait pour la victime.

— Qui est-ce ?

— Frank Wernst.

— Le paysan présent au début du récit ? s'étonna la psychiatre.

— Oui. Certainement une des « balises » présentes dans les souvenirs de Sandrine.

— Vous en avez retrouvé d'autres… de ces balises ?

— Pas pour le moment. Mais j'ai encore beaucoup de vérifications à faire.

— Mon Dieu, souffla Véronique en se reculant au fond de sa chaise. Ce n'est pas de bon augure…

— Qu'y a-t-il ?

— La temporalité est une balise souvent importante dans la construction d'un refuge. Son utilisation peut être concrète, mais également faussée, dénaturée… Par exemple, dans le récit de Sandrine, la première date est 1949. Nous sommes d'accord qu'elle ne peut avoir connu cette période, vu qu'elle ne doit être âgée que d'une trentaine d'années ?

— En effet, acquiesça Damien.

— Cette année 1949 ne représente donc pas un moment réel. C'est une temporalité faussée qui n'a pour but que de symboliser une longue période. Elle-même le répète à plusieurs reprises, *le temps est une notion instable*.

— Donc selon vous…

— Selon moi, elle a été détenue non pas durant des semaines ou des mois, mais bien plus encore, certainement plusieurs années. Sinon son récit ne commencerait pas à une date aussi éloignée. Et si cet homme est la créature que Sandrine espère fuir, le fait qu'il soit présent dès le début de l'histoire nous indique qu'il a été à ses côtés durant cette très longue période…

— Je n'ai cherché que dans les disparitions récentes…, murmura Damien en comprenant son erreur.

— Alors vous devriez vous intéresser aux plus anciennes.

— La plupart des dossiers s'évanouissent avec le temps, lui apprit-il. Si Sandrine a été enlevée, admettons à ses quinze ans, la justice classe l'affaire dans la catégorie fugue probable. L'absence de corps et les troubles de l'adolescence font généralement pencher la balance dans ce sens.

— Et ainsi, de nombreux enfants disparaissent et deviennent des dossiers clos… Sans surcharger le travail de la justice, déplora Véronique.

— Pouvons-nous la faire parler ?

— Quoi ? Maintenant ?

Damien retira une autre photo de l'enveloppe. On y voyait le matelas ainsi que la chaîne fixée dans le mur. Nul besoin d'explications pour comprendre la signification d'une telle scène.

— Vous aviez raison. Depuis le début. Le sang retrouvé à l'intérieur de l'anneau métallique est du même groupe que celui de Sandrine. Et selon vous, cela devait durer depuis des années.

— Je… Il faut la préparer, je veux dire, dans son état, il vaut mieux prendre des précautions. Vous devrez signer une décharge.

— Je le ferai, assura l'inspecteur.

— Et vous me laissez mener la discussion, ajouta-t-elle.

— Bien entendu, c'est vous la psy.

— Je vais faire préparer une dose de sédatif, expliqua Véronique. Sortir de cette amnésie traumatique, ouvrir la porte de son refuge peut être très douloureux pour elle, destructeur même. Sa réaction ne sera peut-être pas celle que vous espérez. De plus, une infirmière sera présente en cas de complication, on ne doit courir aucun risque…

— Je n'interférerai pas, promit Damien. Je veux simplement qu'elle sache qu'elle n'a plus rien à craindre. Je vais lister les points importants du récit qui pourraient être utiles à l'enquête.

— Très bien, vous pouvez rester ici, je vais essayer d'organiser cela rapidement.

Véronique sortit de son bureau et revint une demi-heure plus tard. La tension dans sa voix trahissait son inquiétude. Elle savait très bien que Sandrine risquait de réagir durement au choc psychologique d'une réalité refoulée. La jeune femme se trouvait bien au chaud, installée dans un refuge qu'elle s'était construit de toutes pièces, et dans quelques instants elle l'extirperait de cet endroit rassurant pour l'exposer à la vérité crue et glaciale. De fait, en recouvrant la mémoire, la victime aurait le sentiment de revivre ce qu'elle avait fui, livrant son cerveau aux souffrances dont il s'était déconnecté.

Il fallait agir avec prudence. Les médicaments atténueraient sans aucun doute le choc, mais elle prévint Damien qu'au moindre signe de danger, ils seraient obligés de cesser l'entretien. Le policier acquiesça sans discuter et fit confiance au jugement de la psychiatre. Le traitement d'un trouble comme celui-ci pouvait durer des mois. Mais le commissaire avait été clair. Damien se retrouvait coincé entre le temps nécessaire à la thérapie et celui imposé par la fermeture du commissariat. Il donna à Véronique une liste de différents sujets à aborder : *la guerre, Suzanne, les enfants, les chats, le poème, la chanson, 20 h 37, le chocolat chaud…*

Des idées inscrites à la hâte, des sujets sans intérêt ni signification pour quiconque tomberait sur cette suite de mots. Mais autant de pistes à suivre, de bouts de ficelle à tirer pour démêler l'écheveau.

Après avoir pris connaissance de la liste, Véronique lui indiqua que Sandrine était réveillée et qu'une dose précise de sédatif et de bêtabloquant lui avait été administrée afin d'amenuiser sa réaction biologique face au stress. Cet état de conscience modifié réduirait les risques et les souffrances de la victime.

— Il nous faut un témoignage pour la partie judiciaire, se justifia Damien en accompagnant Véronique jusqu'à la chambre de Sandrine. Ce n'est pas de gaieté de cœur que je vous demande de brusquer la victime.

— Je sais, marmonna-t-elle en serrant les mâchoires, je sais…

Lorsqu'ils pénétrèrent dans la chambre, une infirmière se tenait déjà dans la pièce, à changer l'eau des fleurs qu'elle avait elle-même cueillies dans le parc. Véronique lui indiqua qu'elle ne pouvait rester, puisqu'il s'agissait d'une enquête en cours et que l'état de Sandrine ne nécessitait d'ailleurs pas de vigilance visuelle. L'infirmière acquiesça et s'assit dans le couloir, prête à intervenir si besoin. La psychiatre déposa son magnétophone sur une table en formica et sourit à Sandrine. Celle-ci tenta de lui sourire en retour, mais son expression fut moins brillante, moins spontanée, sans aucun doute anesthésiée par les médicaments. Elle dirigea ensuite son attention sur Damien, qui avait placé sa chaise en retrait par rapport à celle de la psychiatre. L'inspecteur fut incapable de décrypter son expression. Elle le fixait comme on fixe un point sur un mur, d'un regard absent, juste le temps de reposer son esprit, de se retrancher quelque part. Il lui sourit fébrilement, songeant à tout ce que cette jeune femme avait subi et à tout ce dont il allait l'obliger à se souvenir à travers cet entretien. L'enveloppe brune qu'il tenait dans les mains lui sembla alors aussi lourde et pesante qu'un éternel remords.

— Comment allez-vous, Sandrine ? articula doucement Véronique en posant sa main sur la sienne.

Faible hochement de tête.

— Si vous le voulez bien, nous allons discuter ensemble, et comme la dernière fois, j'enregistrerai notre conversation. Vous êtes d'accord ?

Un « oui » suffisamment audible se fraya timidement un chemin entre ses lèvres. L'enregistrement se déclencha.

— L'inspecteur Bouchard est chargé de retrouver celui qui vous a fait du mal. Il va rester avec nous le temps de l'entretien. Cela vous convient ?

Sandrine détourna son attention vers Damien. Elle l'observa un instant puis lui sourit comme si elle venait de prendre conscience de sa présence.

— Je vous connais, affirma-t-elle tandis que ses lèvres s'étiraient en un large rictus.

— Oui, nous nous sommes parlé hier.

— Non, bien avant cela, précisa la jeune femme.

Son regard terne s'éclaira subitement. Damien fut mal à l'aise face à ce changement dont il était sans le vouloir l'étrange origine.

— Je... je ne pense pas, réfuta-t-il prudemment, conscient que chacun de ses mots risquait de biaiser l'entretien.

— Je dois me tromper alors, consentit Sandrine avant de se tourner vers la psychiatre. Il peut rester, je l'aime bien.

Véronique la remercia et masqua le trouble que lui avaient instillé ces dernières paroles. Elle décida de ramener Sandrine à la raison de leur entrevue.

— Je souhaiterais vous parler du Roi des Aulnes, débuta-t-elle d'une voix douce.

— Il a tué les enfants.

— Je sais Sandrine, nous avons déjà évoqué ce fait. Le bateau a coulé.

— Il les a noyés, ajouta la jeune femme, haussant légèrement la voix, ils étaient trop endormis pour nager.

— Ce Roi des Aulnes était un homme, n'est-ce pas ?

— Oui, un homme robuste.

— Vous a-t-il fait du mal, à vous ?

— Pas sur l'île, il me laissait tranquille sur l'île.

— Dans quel lieu vous a-t-il fait du mal ?

— Dans le bunker... non, ailleurs, je ne sais plus...

Véronique ne s'étonna pas des réponses confuses de la jeune femme. Au contraire, le fait que Sandrine suggère un autre endroit dont elle n'arrivait pas à se souvenir indiquait que sa mémoire tentait de se reconnecter avec la réalité.

— Beaucoup de mal ?

— Oui, assura-t-elle en baissant les yeux.

— Seriez-vous soulagée de savoir que cet homme n'existe plus ?

Sandrine releva la tête et fixa la psychiatre avec incompréhension. Sa bouche resta entrouverte sans qu'aucune parole n'en sorte et des larmes glissèrent sur ses joues. Elle murmura :

— Ils m'appellent toutes les nuits... Ils veulent que je les libère de l'eau épaisse.

— Les enfants ?

— Oui... Je voudrais qu'ils se taisent... juste une nuit...

— Et... et si nous attrapions le Roi des Aulnes, reprit Véronique, les enfants vous laisseraient tranquille ?

— Oui, c'est pour cela qu'ils hurlent toujours, parce qu'il est là, parce qu'ils ont peur...

— Sandrine, que ressentiriez-vous si je pouvais vous prouver que le Roi des Aulnes n'est plus ? suggéra-t-elle.

— Du soulagement.

— Vous vous souvenez de M. Wernst ?

— Oui, je suis allée dans sa ferme pour rédiger un article sur ses vaches.

— Celles qui ont été taguées ?

— Oui.

— Qu'avez-vous éprouvé au moment de partir de cette ferme ?

— De la peur. Comme si je ne pouvais pas réellement quitter cet endroit. Comme si un fil invisible me retenait prisonnière...

— Mais vous avez réussi à partir ?

— Oui, pour aller... sur l'île, prononça Sandrine après une courte hésitation.

— Souhaitez-vous continuer cette discussion ? demanda la psychiatre en percevant un léger changement dans le timbre de sa voix.

— Oui, je veux pouvoir dormir en paix.

— L'inspecteur Bouchard pense avoir retrouvé le Roi des Aulnes. L'autorisez-vous à vous montrer une photo ?

— Oui.

Véronique resta silencieuse un instant, à jauger la volonté réelle de la victime. Il pouvait arriver que dans certains cas, celle-ci ne désire plus entendre parler de son agresseur, qu'elle refuse d'avoir toute information le concernant afin de se reconstruire plus facilement. Personne ne pouvait aller contre cette volonté d'oubli. La reconstruction psychologique du patient était toujours la priorité.

— Parfait. Vous allez regarder cette photo. Ensuite, vous ne serez pas forcée d'en parler, je vous demanderai simplement de répondre à une dernière question. L'entretien se terminera à ce moment-là si tel est votre souhait. Nous pourrons en discuter un autre jour, il n'y a aucune obligation, vous comprenez ?

— Oui.

Damien se rapprocha avec précaution. Sandrine l'observa sans ciller, une certaine curiosité au fond des yeux. Pour l'instant, les paroles de la psychiatre avaient été dosées et bienveillantes afin d'installer un climat de confiance. Par des questions courtes, elle avait progressivement distillé dans l'esprit de Sandrine l'idée que le Roi des Aulnes pouvait avoir été retrouvé. Cette technique n'avait pour but que de préparer la victime à ce qu'elle allait éprouver en regardant la photo.

Véronique avait prévenu Damien que ce moment serait le plus dangereux. Qu'en découvrant le cadavre de Wernst sur le cliché, l'anesthésie émotionnelle mise en place par le refuge pouvait voler en éclats, et dans ce cas, toutes les douleurs endormies risquaient de se réveiller subitement. C'était pour cette raison qu'une infirmière patientait derrière la porte, une dose d'un sédatif puissant dans la poche, prête à intervenir. Mais cela signifierait également la fin de l'entretien et le début d'une thérapie longue et élaborée que tout autre interférant ne pourrait troubler.

Ainsi, l'inspecteur avait parfaitement conscience de l'enjeu des prochaines minutes. Sandrine demeurait immobile dans son lit, et il eut tout à coup envie de rebrousser chemin, de sortir de cette chambre et de laisser cette jeune femme se remettre de douleurs qu'il ne pouvait que soupçonner. Il sentit au fond de lui la honte de celui qui dirige vers l'échafaud la victime et non le coupable. La fermeture prochaine du commissariat et les ordres de son supérieur lui parurent bien dérisoires face à ce regard doux et à cette innocence brisée à jamais. Il sortit délicatement l'agrandissement de l'enveloppe et le tendit à Véronique. Celle-ci le déposa sur la couverture, juste devant Sandrine, puis demanda d'une voix plate et sans émotion :

— Est-ce le Roi des Aulnes qui vous a fait tant de mal ?

12

Sandrine observa longuement le cliché. Elle ne prit conscience de ses sanglots que lorsqu'une larme chuta lourdement sur la photo.

Des souvenirs confus apparurent, aussi furtifs et éphémères qu'un éclair perçant le ciel. Elle aurait voulu crier, hurler, déchirer en lambeaux l'image entre ses mains, mais une grande fatigue anesthésiait sa colère. Alors elle se contenta de pleurer, d'évacuer ces images par des larmes, de les expulser de son corps en les laissant s'échouer le long de ses joues. Des voix s'élevèrent d'un endroit invisible, lui intimant de les abandonner, lui adjurant de laisser à présent les enfants s'enfoncer dans l'abîme de l'oubli. Paul, Victor, Maurice, Françoise, Simon, Claude, Suzanne...

C'est bien, Sandrine. C'est la seule solution...
Cet isolement n'est pas ton refuge, il est ta souffrance. Enfuis-toi, vite... Oublie-nous...

Des paroles plus lourdes et menaçantes lancèrent un dernier assaut avant de disparaître avec regret :

« Occupe-toi l'esprit...

Récite-toi ta poésie par exemple...

Ce sera plus facile...

Tu verras, demain lorsque ta maîtresse t'interrogera, tu me remercieras…
Viens…
Rapproche-toi…
Ce sera plus facile… »

Alors Sandrine comprit qu'il était temps d'ouvrir la porte et de quitter l'île.
Et décida de raconter cette vérité qui jaillissait subitement de sa mémoire…

13

Véronique et Damien observèrent avec appréhension ses premières réactions. La psychiatre craignait que la souffrance engendrée par la réminiscence n'entraînât des mouvements violents, aussi bien envers eux qu'envers la victime elle-même.

Mais, à sa grande surprise, rien de cela n'arriva.

La jeune femme pleura. Pendant de longues minutes. Une évidente lassitude et une détresse douloureuse accompagnèrent ses sanglots. Elle accepta la main que la psychiatre lui présentait puis attira Véronique contre elle et se réfugia dans ses bras. Damien déglutit et eut peine à retenir ses larmes. Il songea à la chaîne dans le mur. Au matelas usé. Au ciment gris et repoussant de la cave. Aux odeurs de moisissure et d'humidité. Au corps lourd de Wernst. Et aux champs qui s'étiraient sans fin autour de ce lieu maudit.

Il pensa au diable déguisé en Roi des Aulnes.

Et à ses multiples autres déguisements.

Vieilles légendes.

Anciens poèmes.

Forêts désertes et rivières sans réponses.

Chambres sans personne pour y rêver.

Bouquets de fleurs en guise de condoléances accrochés à la grille d'un collège.

La liste était longue. Trop longue.

Les deux femmes se séparèrent en silence. Les sanglots de Sandrine s'éteignirent comme une bougie privée d'oxygène. Elle se repositionna dans son lit et regarda une dernière fois la photo.

— Oui, c'est lui. *Der Erlkönig*.

Véronique accusa le coup d'une telle déclaration. Elle n'était plus une débutante, mais la capacité de résilience du cerveau humain continuait à la surprendre, même après des années de pratique. De nombreuses questions restaient encore sans réponse, mais elle jugea que le moment était venu de laisser Sandrine se reposer. Bien qu'en surface les pleurs eussent cessé, elle ne douta pas un instant de l'existence de profonds bouleversements à l'intérieur de son cerveau. Les médicaments ne feraient pas effet indéfiniment. Quand la jeune femme reprendrait conscience, la révélation de la disparition de son bourreau martèlerait son esprit de souvenirs enfouis. Elle aurait alors besoin de toute son aide pour ne pas sombrer dans la folie…

— Sandrine ?

— Oui, souffla-t-elle d'une voix fragile.

— Nous allons vous laisser vous reposer, lui indiqua Véronique. Une infirmière va venir vous donner de quoi dormir paisiblement. Vous avez montré un courage exceptionnel.

— Non…, murmura la jeune femme. Ne partez pas.

— Je viendrai vous voir à votre réveil et nous reparlerons de tout cela.

— Non, restez... Je veux en terminer. Laissez-moi vous raconter la vérité, insista Sandrine.

— Vous en êtes certaine ? Vous êtes très fatiguée, cela peut attendre quelques jours...

Non, cela ne peut pas attendre... Je comprends à présent les dernières paroles des habitants... « Tu dois nous laisser, nous oublier »...

C'est ce que je dois faire, les oublier en les laissant sur l'île. Raconter l'histoire, la vraie, celle qui se cache derrière la porte de mon refuge.

Ce policier me croira-t-il davantage en entendant la suite ? Lui qui doute depuis le début de mes paroles ? Une cave lui semblera-t-elle plus réelle qu'un ancien camp nazi ou que des corps d'enfants emportés par les courants ?

Je vous quitte, mes amis. Vous m'avez protégée, vous, l'océan, Suzanne... Tous, vous m'avez protégée du Roi des Aulnes.

Mais il est temps à présent, je ne peux plus reculer. Je dois expliquer la vérité.

Quitte à en souffrir.

Quitte à vous oublier complètement.

Plusieurs minutes s'écoulèrent avant que Sandrine ne reprenne la parole. Elle semblait en proie à un combat intérieur que ni Véronique ni Damien n'osèrent interrompre. Ses yeux et son attention s'égaraient dans la pièce, et ses lèvres murmuraient des phrases destinées à des êtres imaginaires.

Ou à des fantômes.

À des lambeaux d'elle-même.

Puis soudain, toutes ses mimiques cessèrent et la jeune femme fixa tour à tour ses interlocuteurs, le visage fermé, le regard fragile, oscillant entre ici et ailleurs, cherchant la bonne phrase à prononcer.

— Je rentrais chez moi, il faisait froid et sombre. J'avais seize ans…

14

J'avais seize ans.

Je sortais du lycée. Le lendemain, à 8 heures, une interrogation d'allemand était prévue. Ma meilleure amie, Marie, m'a demandé si j'avais appris le poème par cœur. Puis elle m'a saluée d'un geste de la main en s'engouffrant dans le bus scolaire qui la ramènerait chez elle.

C'est la dernière fois que je l'ai vue.

J'ai continué à marcher. Je connaissais l'itinéraire sur le bout des doigts, j'aurais pu le faire les yeux fermés si j'avais voulu. Tous les jours je passais dans la même rue, je rencontrais les mêmes gens. Françoise, la boulangère dont la boutique et son odeur de pain fraîchement cuit embaumaient le quartier. Victor, le boucher et son tablier constellé de taches de sang, qui me faisait si peur plus jeune. Le libraire, Claude, toujours prolixe et amical, qui, tous les matins, me souriait, le regard pétillant d'érudition. Je connaissais chacune de ces personnes. Leurs habitudes. Leurs petites manies. Leurs cigarettes encore fumantes sur le pas de la boutique parce qu'un client les avait interrompus, leurs exaspérations les jours de mauvais temps, leurs phrases de salutation identiques malgré les années… « Alors

Sandrine, en route pour le savoir ! », « Il faut manger plus de viande, petite, tu es pâle ! », « Sens-moi cette odeur de pain au chocolat, Sandrine ! Et cet amoureux, Paul, comment va-t-il ? »...

Ce soir-là, tous étaient dans leur commerce, à faire les comptes de fin de journée ou à ranger les rayons, quand j'ai dépassé un homme qui attendait, adossé à un mur. Je n'ai pas fait attention à lui, trop occupée à vérifier, si, comme me l'avait demandé Marie, je connaissais suffisamment mon poème pour pouvoir le réciter d'un trait.

J'ai continué en direction de ma maison et j'ai compris qu'il me suivait lorsque je me suis engagée dans une ruelle et que j'ai entendu ses pas résonner derrière moi. J'ai voulu me retourner, mais je n'en ai pas eu le temps. Un bras épais m'a enveloppée et une main a pressé un chiffon contre ma bouche.

C'est tout ce dont je me souviens de l'enlèvement.

Je me suis réveillée dans une pièce sombre. Je ne comprenais pas où j'étais. Ma tête me faisait mal et je ne pouvais rien voir autour de moi. J'ai essayé de me relever et j'ai découvert avec horreur que mon poignet gauche était enchaîné. J'ai tiré très fort pour briser ce lien, mais rien n'y a fait.

Alors, j'ai pleuré. J'ai crié.

Mais il n'y avait personne.

Je me suis dit que la police me retrouverait.

Qu'on me relâcherait rapidement.

Que tout cela n'était qu'un cauchemar.

La nuit a passé.

Le lendemain, j'étais toujours attachée, blottie contre le matelas dont l'odeur rance me dégoûtait pourtant. La lumière du jour a progressivement chassé les ténèbres. J'ai compris que je me trouvais dans une cave, car un long escalier en bois se dressait face à moi.

Je pouvais voir le ciel à travers la vitre d'un minuscule soupirail rectangulaire. Des brins d'herbe masquaient l'extérieur, mais ils étaient trop fins et irréguliers pour empêcher le soleil de passer.

Il y avait une baignoire aussi. Je me suis levée. Mon lien me permettait d'atteindre le robinet. J'ai bu. De longues gorgées. Les yeux fermés. Persuadée qu'en rouvrant les yeux, je serais de nouveau chez moi, dans ma salle de bains, et qu'en redressant la tête, je croiserais mon reflet dans le miroir.

Mais lorsque j'ai ouvert les paupières, je n'ai vu qu'un mur gris, dont l'enduit émietté par le temps et l'humidité laissait apparaître les pierres de fondation.

Une panique soudaine m'a envahie.

J'ai passé de longues heures à crier, à pleurer, à supplier et à tirer sur cette chaîne dont le bracelet me brûlait le poignet.

Puis j'ai attendu, recroquevillée contre mes espérances.

Le soir venait de tomber quand j'ai entendu une porte s'ouvrir. Immédiatement, un néon a crépité au-dessus de ma tête et la pièce s'est éclairée. Un homme a descendu l'escalier et s'est présenté devant moi, les bras chargés d'un plateau. Il l'a déposé au pied des marches et s'est assis.

— Tu as faim ?
— Laissez-moi partir !

— Ce n'est pas ce que je t'ai demandé.
— La police va vous retrouver, enfoiré !

Alors l'homme est remonté, ignorant mes insultes.
Bien plus tard, il est redescendu. Sa corpulence, à laquelle je n'avais pas prêté attention lors de sa première venue, m'a impressionnée. À peine plus grand que moi, son corps tout en muscles se mouvait avec une rudesse naturelle. Son regard froid et bleuté m'a figée de crainte. Il s'est gratté le menton avec une main épaisse qui aurait pu m'étouffer d'une simple pression. Je n'avais jamais croisé un homme aussi bestial. Sa barbe défraîchie et ses cheveux hirsutes le faisaient ressembler à un animal, un prédateur dont j'étais la proie.
Durant son absence, il avait laissé la lumière allumée, me permettant ainsi de fixer avec envie le sandwich qui se trouvait hors de ma portée.
— Tu as faim ?
— Oui.
— Tu ne feras rien de stupide si je te donne à manger ?
— Non.
— D'abord, tu vas boire ce chocolat chaud. Je l'ai fait pour toi.
— D'accord.

Il s'est approché et m'a tendu une grande tasse en porcelaine. Le récipient me parut dérisoirement fragile entre ses doigts solides. Dessus, il y avait une inscription publicitaire : *Chocolat Menier, le bien-être de l'Univers*. J'ai trempé mes lèvres dans le liquide tiède et l'ai bu presque d'une traite. Cela m'a fait du bien. Je n'avais rien mangé depuis vingt-quatre heures.

Tout est devenu abstrait. Les formes autour de moi, les paroles de cet homme, ma présence même dans cette cave...

Il m'a ordonné de m'allonger. Puis j'ai senti ses mains sur mes vêtements. J'aurais voulu le repousser, mais j'en étais incapable. Mes yeux se fermaient sans que je puisse les retenir. J'avais l'impression de me trouver sous l'eau, sans possibilité de voir, d'entendre ou de me mouvoir naturellement. Ensuite, j'ai eu froid. En tournant la tête, j'ai remarqué mes vêtements posés sur le sol. Je n'avais aucun souvenir de les avoir retirés. L'homme s'est approché de moi au point que j'ai pu sentir son souffle sur mon front. Je pleurais, je pense que je pleurais.

Il m'a alors murmuré quelque chose dans le creux de l'oreille :

« Occupe-toi l'esprit...
Récite-toi ta poésie par exemple...
Ce sera plus facile...
Tu verras, demain lorsque ta maîtresse t'interrogera, tu me remercieras...
Viens...
Rapproche-toi...
Ce sera plus facile... »

Et j'ai obéi.
Wer reitet so spät durch Nacht und Wind...

Je me suis récité ce poème, je m'y suis réfugiée. Je me suis imaginée debout dans la classe, face à mes camarades. Je devais m'appliquer pour obtenir une bonne note. Je l'ai répété mentalement tandis que l'homme retirait son pantalon.

Et soudain, une douleur indescriptible s'est enfoncée en moi.

15

Les semaines ont passé, puis les mois.
Le rituel demeurait identique.
20 h 37. Il descendait l'escalier.
Je devais boire le chocolat chaud, puis il s'allongeait contre moi et me pénétrait.

Ensuite, je sortais de ma torpeur. Cela pouvait durer des heures. Des longues heures à errer entre la réalité et l'imaginaire, à me dire que ce n'était pas arrivé, que le manque de ma mère et de mes amis me faisait délirer…

Mais les douleurs étaient réelles. Trop réelles pour être un mensonge.

Parfois, mon bourreau s'absentait pendant plusieurs jours. J'ignorais où il se rendait, mais avant de partir, il me descendait un plateau chargé de plusieurs sandwichs, proprement emballés dans du papier cellophane. Il me précisait juste qu'il ne pourrait pas me rendre visite durant un certain temps, que je devrais gérer mes provisions et que lorsqu'il reviendrait, il m'apporterait un cadeau, *à condition que je sois sage…*

Et à chaque fois, je l'observais remonter l'escalier avec une colère surprenante.

Pas une colère dirigée vers lui.

Mais vers moi.

Car lorsque la porte se fermait, je ressentais d'une manière incompréhensible une profonde tristesse. Cela fut difficile à admettre et à accepter. Mais cet homme représentait la seule présence – aussi ignoble qu'elle fût – qui m'était permise. L'unique voix que je pouvais entendre.

La première fois que cela s'est produit, je suis restée plusieurs heures comme une idiote à fixer la porte de la cave. J'aurais dû exulter, tenter de briser ma chaîne, chercher un moyen de m'enfuir, crier à l'aide… Mais je me suis contentée d'attendre son retour en scrutant l'horloge sur le mur opposé, à espérer que l'heure venue, des pas fouleraient les marches en bois, guettant comme une chienne le retour de mon maître.

Alors je me suis giflée, griffée, je me suis reproché de ressentir cette mélancolie, ce manque repoussant qui m'étouffait bien plus que les quatre murs de ma prison. Je me suis traitée de pute, de folle, d'idiote. Mais durant cette révolte hypocrite, je ne pouvais m'empêcher de surveiller l'heure et de prier que cet homme ne me délaisse pas comme mon propre père l'avait fait des années auparavant, lorsque j'étais enfant, simplement en fermant la porte de notre maison pour ne jamais revenir. Sans même un regard. Sans même une explication.

20 h 37.
Il n'y eut aucun pas dans l'escalier ce soir-là.

Je demeurai seule.

Abandonnée par les miens puisque aucune sirène de police n'avait retenti autour de ma geôle. Avaient-ils au moins signalé ma disparition ? Peut-être l'avais-je mérité, après tout… Peut-être n'avais-je pas été la petite fille modèle que ma mère espérait, tout comme je n'avais su satisfaire entièrement les espérances de mes professeurs à qui je répondais très souvent avec la nonchalance d'une adolescente ? Méritais-je mon sort ? Ne devais-je ma présence, ici, dans cette cave, abandonnée même par mon bourreau, à ma seule habitude de décevoir les gens qui me connaissaient ? Et si personne ne se préoccupait de ma disparition ?

Si tous m'avaient oubliée comme un hiver insignifiant ?

Le premier cadeau qu'il m'offrit fut un livre sur la Seconde Guerre mondiale. Les pages étaient froissées, la couverture abîmée, mais je l'accueillis comme un précieux trésor. J'allais enfin pouvoir m'évader, sortir de cette cave, et tant pis si c'était pour courir au milieu des champs de bataille, des villes en ruine et des charniers ! Je le lus en une journée, n'interrompant ma lecture que pour me rendre aux toilettes, une installation rudimentaire constituée d'un simple trou creusé dans le ciment dont la rigole, un tuyau en plastique coupé dans la longueur, disparaissait dans le mur pour évacuer les excréments vers l'extérieur.

D'autres livres suivirent par la suite, au gré de ses voyages : *L'Étranger*, *Les Hauts de Hurlevent*, un recueil de poèmes de Goethe (celui-ci, je le reçus pour mon anniversaire), *Voyage au bout de la nuit*... À chaque fois qu'il me quittait pour quelques jours, il revenait avec un livre.

Un soir, alors qu'il me demandait de quel auteur j'aimerais posséder un ouvrage, j'ai osé émettre un souhait. J'ai mis du temps à prononcer cette simple requête. Mais je sentais bien que, malgré le fait qu'il me droguait pour me baiser plusieurs fois par semaine, il tenait beaucoup à rendre mon emprisonnement moins pénible. Les simples sandwichs avaient fait place à des plats chauds, tout d'abord simples et peu variés sous forme de soupes, mais ensuite, il m'apporta des plats cuisinés, avec de la viande, du poisson... Si, pour le petit déjeuner et le déjeuner, les fréquences de livraison restaient aléatoires, le soir, sa précision ne défaillait pas.

20 h 37.

La porte s'ouvrait et les fumets de ragoûts volaient jusqu'à moi, se mêlant à l'odeur du chocolat qu'il n'omettait jamais.

Ses paroles et ses gestes sont devenus moins brutaux également, moins directifs.

Il baissait sa garde. Je le comprenais et l'en remerciais dans le silence de mes non-dits.

Sans doute pensait-il que je tombais amoureuse de lui, ce fameux syndrome dont j'ai oublié le nom ? Alors, à mon tour, je lui parlais d'une voix plus douce, dénuée d'acrimonie, mais remplie de menaces endormies.

Ainsi, en guise de test, je lui ai réclamé quelque chose de particulier : des journaux.

Il m'a d'abord regardée de ses yeux bleus sans prononcer le moindre mot. J'ignorais si ce silence était un gage d'acceptation ou de refus. Je l'ai vu disparaître dans l'escalier sans avoir obtenu de réponse.

J'avais perdu la notion du temps. Je ne savais plus depuis combien de mois je me trouvais enchaînée à ce mur. J'avais tenté d'établir un comptage minutieux en traçant des traits sur le ciment à l'aide d'un caillou. Au début, je faisais des bâtons que je rayais ensuite par série de dix, pour autant de jours passés.

Mais quand il s'en est aperçu, il les a effacés avec de l'eau, me reprochant de ne rien comprendre, me répétant que le temps est une notion instable, qu'il pouvait rendre fou… Alors j'ai continué de graver les jours sur le mur en changeant de technique afin de ne pas l'alerter. Je dessinais la silhouette d'un pendu et mentais en disant qu'il s'agissait simplement d'un jeu pour m'occuper et que ces caricatures étaient en quelque sorte mes amis imaginaires, dont le nombre ne cessait d'augmenter au fil des semaines.

Deux bâtons pour les jambes, deux pour les bras et un pour le corps. Cinq traits. Cinq jours. Et un cercle pour la tête. Comme un soleil éteint. Comme cet astre que je ne pouvais deviner qu'à travers la lumière du soupirail sans jamais pouvoir le fixer.

Mais là encore, lorsque la foule « d'amis imaginaires » grossit au point que je devais me contorsionner pour atteindre un pan de ciment vierge de tout dessin, il décida que c'était le moment de tout effacer. Il brossa la paroi sous mon regard hébété, pendant que j'essayais de compter le nombre de pendus avant qu'ils ne disparaissent.

Je ne pus en quantifier qu'une centaine avant que le mur ne devienne aussi vide et inutile qu'une horloge sans aiguilles.

Le lendemain (était-ce pour se faire pardonner?), je le vis descendre l'escalier avec un tas de journaux dans les bras. Je retins un sourire en mimant la colère et la rancune. Mais au fond de moi, je brûlais d'impatience de me jeter sur ces unes et de lire des nouvelles du monde extérieur, d'agrandir cette fenêtre au point de pouvoir en sortir en découvrant l'actualité d'un univers auquel je n'appartenais plus vraiment. Il les déposa devant moi et repartit sans prononcer la moindre phrase. Une fois la porte fermée, j'attrapai la pile et dépliai un exemplaire en cherchant la date. Quelques secondes plus tard, je lançais avec rage les journaux à travers la cave.

Tous étaient datés de l'année 1961.

Des vieux papiers jaunis par le temps et l'humidité, des retours dans le passé en guise d'espoir pour survivre au présent.

Une violente crise de nerfs me terrassa. Je hurlai, frappai contre les murs, tirai de toutes mes forces sur la chaîne, priant que mon poignet se désolidarise de mon bras, et maudissai ma stupidité. Comment avais-je pu croire exercer un quelconque pouvoir sur lui? Comment avais-je pu oublier que pour cet homme, je ne représentais qu'un morceau de viande à baiser, qu'une chienne attachée à une chaîne? Adossée au mur fraîchement nettoyé, je restai un long moment à sangloter et à fixer l'horloge accrochée sur le mur opposé.

Ce soir-là, à 20 h 37, le néon du plafond resta allumé sans aucun viol à éclairer. Il se contenta de m'apporter une assiette et de remonter sans même me regarder.

Et ce fut la dernière leçon de la journée : sa présence, elle aussi, pouvait être instable.

Mon comportement avait entraîné son désintérêt.

Ce qui aurait pu être une bonne nouvelle. Pas de chocolat chaud, pas d'attouchement, pas de pénétration et de dégoût en reprenant conscience.

Mais j'étais aussi certaine que si son désintérêt se prolongeait, je ne lui serais alors plus d'aucune utilité…

Les jours se suivirent. Il n'avait plus besoin de m'écarter les jambes. J'avais l'impression qu'elles s'ouvraient à lui en un geste devenu réflexe. Mon esprit embrumé continuait de réciter le poème sans qu'il n'ait plus à me le conseiller. Et petit à petit, les visages de mes camarades de classe disparaissaient. Je tentais de me concentrer pour parvenir à visualiser leurs traits, mais la drogue et le temps les rendaient pareils à des ombres sans reliefs. Une fois seule, je mangeais, encore groggy, puis restais longtemps dans la baignoire à me laver. J'ai pensé à me suicider. Il suffit de peu d'eau pour se noyer, je l'avais lu quelque part. Mais je n'en ai pas eu le courage. Instinct de survie ? Non, faiblesse, tout simplement.

Je sais ce que vous vous demandez : à quel moment a-t-elle décidé de se réfugier sur l'île ?

J'y arrive.

Avant de me rendre là-bas, il me fallait une raison.

La violence, la séquestration, l'éloignement en étaient.

Mais avec le temps, et j'ai honte de l'admettre, je m'y étais habituée. Ma révolte des premières heures avait fait place à une résignation, comme si mon cerveau me disait « ce n'est pas grave, ce n'est qu'un mauvais moment à passer, tu y survivras, ferme les yeux et récite ta poésie ». Je me sentais extérieure à tous ces évènements, et quand il s'enfonçait en moi, ma conscience s'extirpait de mon corps pour se promener dans une forêt peuplée d'aulnes et de créatures mythologiques. Mais un soir, la cruelle réalité de ma condition s'est rappelée à moi. Dès qu'il a commencé à descendre l'escalier, j'ai compris qu'il n'était pas dans son état normal. Sa démarche était hésitante, incertaine. Lorsqu'il s'est penché au-dessus de moi, j'ai cherché du regard la tasse de chocolat chaud, mais je ne l'ai pas vue.

Son haleine puait l'alcool.

Il m'a giflée, m'a crié qu'aucune poésie ne pourrait jamais me sauver et s'est enfoncé en moi avec une fureur inédite. Cette fois-ci, je n'ai pas réussi à disparaître. Je suis restée enfermée dans mon corps alors qu'il me retournait et qu'il me pénétrait là où il ne s'était jamais aventuré encore. Ce fut comme un « deuxième premier soir ». En plus violent. Je n'ai pas mangé pendant des jours. J'ai entouré mon cou avec la chaîne, mais je ne suis pas parvenue à serrer assez fort. J'ai redouté plus que jamais le moment où les aiguilles de l'horloge atteindraient les chiffres maudits.

C'est à ce moment que j'ai rencontré Sandrine.

Et qu'elle m'a sauvée.

16

Sandrine se trouvait en page 12.

Dans la rubrique « Carnets de voyage » des vieux quotidiens. Je l'ai lue un peu par hasard, ne sachant avec quoi nourrir mon ennui. J'ai tout de suite été happée par le personnage. Elle se présentait comme une femme forte et autonome, diplômée d'une prestigieuse école de journalisme, et parcourait le globe en écrivant ses impressions.

Sandrine Vaudrier.

Je l'ai immédiatement aimée et, d'une certaine manière, jalousée.

Elle jouissait d'une liberté que je ne pouvais qu'imaginer. Je me suis plongée dans ses écrits avec autant de ferveur que dans les livres que j'avais tous lus et relus. J'ai ouvert les journaux et détaché tous ses articles pour les mettre à l'abri sous le matelas, au cas où mon geôlier, dans un de ses excès de violence désormais de plus en plus réguliers, ne décide de me priver de lecture.

Grâce à elle, je rêvais. Cela ne m'était pas arrivé depuis des années.

J'ignore si cette découverte eut un effet visible sur mon humeur, mais mon bourreau sembla s'en apercevoir et, à sa manière, me félicita. Il pensa sans doute que j'acceptais mon sort, que j'avais finalement compris qu'il ne me voulait pas de mal, que les choses étaient ainsi, et qu'il était préférable de s'y plier. Il arrêta de boire – du moins quand il descendait, son haleine n'empestait plus l'eau-de-vie – et continua de m'apporter des vieux journaux et des plats cuisinés.

Puis un matin, un évènement exceptionnel se produisit.

Après m'avoir déposé mon petit déjeuner, il remonta l'escalier. Seulement, au lieu de refermer la porte comme à son habitude, il la laissa entrouverte. Je tendis le cou pour tenter d'apercevoir ce qui se trouvait derrière, mais n'y parvins pas. Au bout de quelques minutes, un chat descendit de l'étage. Le naturel et l'assurance avec lesquels il franchit la frontière de cet espace qui, jusqu'à présent, n'avait vu que deux personnes s'y mouvoir me déstabilisèrent. Son pelage tigré ondulait à chacun de ses mouvements. Je fermai les yeux, pensant à un mirage provoqué par la fatigue, mais l'animal était toujours là quand je les rouvris, un peu plus proche de quelques marches. Avec son habileté féline, il atteignit le pied de l'escalier avant de disparaître dans un recoin sombre de la cave et de s'y terrer.

Le lendemain, la porte fut à nouveau laissée ouverte, et rapidement Paul en sortit (ne connaissant pas son nom, j'avais décidé d'appeler le chat ainsi, en hommage à cet amoureux de mon ancienne vie). Cette fois-ci, il se dirigea prudemment vers moi, les pupilles dilatées et aux aguets. Je n'osais bouger. J'avais peur que le moindre de mes mouvements n'entraîne un cliquetis de la chaîne et que cela ne l'effraye. L'animal continua sa progression en me lançant des regards craintifs que je lui rendais à mon tour. Doucement, son museau toucha la peau de ma jambe une première fois, puis se frotta contre l'encoignure de mon genou, tandis qu'un ronronnement timide s'élevait dans cette petite bulle de normalité que nous venions de nous créer.

Ainsi, Sandrine et Paul devinrent mes premiers amis. Mes deux premières étincelles dans l'obscurité. Chacun d'eux rythma mes journées durant des mois. Le matin était consacré à Paul et à ses caresses. L'après-midi à la lecture des aventures de Sandrine. Le soir, je m'évadais grâce à un vieux poème qui me servait lui aussi d'échappatoire.

Mon quotidien s'orchestra autour de ces habitudes, rendant les heures moins longues, accélérant le temps et m'éloignant de mon adolescence.

Mon bourreau s'occupait de moi. Il me coupait les cheveux, m'apportait régulièrement du savon et des tampons hygiéniques, allant jusqu'à détacher de temps à autre la chaîne de mon poignet pour que je puisse marcher dans la pièce et me dégourdir les jambes. Bien entendu, il me surveillait, prêt à bondir sur moi au moindre faux pas.

Conscient que le chat passait de plus en plus de temps à mes côtés, il déposa un bol de croquettes à côté de la baignoire. Parfois, il descendait lui-même l'animal. Paul ronronnait avec insouciance dans ses bras, puis sautait d'un bond sur le matelas pour se frotter contre moi. Voir cet homme agir avec autant de bienveillance me fit douter de sa monstruosité. Il lui murmurait des paroles réconfortantes, le caressait avec tendresse, lui souriait, avant de le regarder gambader dans la cave avec amusement.

Les saisons se sont succédé.
De nouveaux livres ont fait leur apparition.
J'alternais les moments de profonde déprime et les moments de résignation.
Je laissais les jours s'échapper sans plus tenter de les retenir. J'ai cessé de pleurer aussi. Je n'avais pas pour autant abandonné l'idée de m'enfuir, mais je me posais de plus en plus de questions sur le monde que je trouverais en quittant cette pièce. Paul venait me rendre visite tous les jours, parfois même il dormait avec moi. Je lui parlais et imaginais ses réponses. Je lui racontais des histoires, lui récitais mon poème. Je lui disais que je m'appelais Sandrine, que j'étais journaliste et que je serais ravie de l'emmener avec moi lors de mon prochain voyage.

Puis, un matin, un autre chat est apparu dans la cave. Une femelle, tachetée noir et blanc, au ventre bombé. Elle a descendu l'escalier, suivie de Paul, et s'est réfugiée en dessous des marches. Quelques heures plus tard, des petits miaulements se sont fait entendre et l'homme est arrivé à son tour, un grand sourire sur le visage. Il a affirmé que je me sentirais moins seule dorénavant.

Je donnai un nom à chaque chaton. Il y en eut dix au total, en deux portées différentes. Tous gambadaient librement entre l'extérieur et la cave, puisque à présent la porte restait ouverte la nuit également. Ainsi, mes anciens camarades de classe revinrent à ma mémoire sous forme d'animaux. Je continuais les discussions que nous avions enfants en m'adressant à ces boules de poils. Je rassurais Marie, un chaton entièrement blanc, à l'exception d'une tache noire sur le museau, en lui affirmant que je pouvais réciter ma poésie sans hésiter sur le moindre mot, et elle me racontait comment se passaient ses cours à l'université. *Pierre, Fabien, Julie, Marie…* tous revinrent pour me tenir compagnie.

Tous voulaient entendre les récits de mes formidables voyages.

17

Dès lors, mon tortionnaire se fit plus discret. Il continuait à venir assouvir ses pulsions d'homme, mais de manière plus espacée. Souvent, il descendait à la cave et se contentait de s'asseoir et de caresser les chats. Puis il remontait pour disparaître jusqu'au lendemain.

Moi, je passais mon temps à m'occuper d'eux. Je leur lisais des extraits des différents livres, leur racontais que ma grand-mère Suzanne avait fait la guerre elle aussi, que c'était une femme que j'aurais aimé connaître davantage et à qui j'aurais souhaité poser beaucoup de questions. J'effaçais sa mort en lui inventant une vie, loin d'ici mais en partie isolée, comme la mienne, sur une île insoupçonnée, et je jurais qu'elle n'aurait jamais laissé le Roi des Aulnes s'approcher d'eux. J'imaginais qu'un jour, je serais envoyée sur son île pour réaliser un reportage et que l'on rattraperait l'instabilité du temps en passant de longues heures ensemble. Les chatons me posaient des questions auxquelles je répondais avec force détails. Je créais une histoire où nous étions tous prisonniers du Roi des Aulnes, mais je les rassurais en leur jurant que pas un ne succomberait à ses promesses, car Suzanne nous délivrerait tous.

Le soir, pour les endormir, je leur chantais cette chanson que ma mère aimait écouter.

Parlez-moi d'amour,
Redites-moi des choses tendres…

Une vieille chanson pour lutter contre un vieux poème.

J'en vins presque à oublier ma séquestration. Non seulement parce que j'avais trouvé des amis à qui parler, avec qui partager mon temps, mais aussi parce que je m'isolais de plus en plus dans les histoires que je narrais. Les murs gris de ma prison disparaissaient pour laisser place à une étendue de rochers et d'herbes sauvages. L'océan grondait et inondait mon esprit d'une odeur iodée. Les chats se transformaient en camarades de classe avec lesquels je jouais au ballon, avec qui je me promenais à cheval ou coloriais les murs de cette cave avec des craies de couleur. La pièce se déguisait en un ancien bunker tout droit sorti d'un livre sur la Seconde Guerre mondiale. Le paysage se muait en une lande sauvage dessinée par les sœurs Brontë. Et moi, je devenais l'héroïne de mon propre « carnet de voyages ».

Le temps aurait pu s'écouler ainsi durant des années sans que je pense à m'enfuir. D'ailleurs, l'idée de me séparer de mes amis m'était intolérable. Et puis, ils n'étaient pas la seule raison pour laquelle je ne me sentais plus autant persécutée qu'auparavant.

Lui aussi participait à cette chimère.

Celui que je nommais le Roi des Aulnes durant son absence ne venait que très rarement me hanter. Il ne descendait plus dans la cave avec la même fréquence. Ses visites s'estompèrent, au point de disparaître complètement. J'en ignorais la raison. Mais une chose était certaine, c'est que je ne souffrais plus de cet abandon comme au début.

J'avais d'autres personnes pour me tenir compagnie.

Mais un matin, la possibilité de fuir se matérialisa par une simple pierre. Un des chats, Émilie, une femelle au poil gris, s'était aventurée dans le mince espace qui séparait la baignoire du mur. Elle se retrouva coincée et miaula pour que je l'aide. Je tirai sur ma chaîne et la sortis de ce faux pas en la grondant afin qu'elle ne recommence pas.

C'est à cet instant que j'aperçus la pierre.

Une légère fuite avait, durant des années, suinté et fragilisé l'enduit qui colmatait les pierres entre elles. J'ignore à quel moment celle-ci s'était désolidarisée de l'ensemble, mais lorsque je la pris dans ma main, son poids me surprit. Elle était lourde, avec une extrémité pointue, semblable à un silex de grosse taille. Je la replaçai dans sa niche, tremblant à l'idée qu'elle soit découverte, puis me rassis sur le matelas, l'esprit bouleversé par la possibilité offerte par cette trouvaille.

Je possédais l'arme.

Il me suffisait à présent d'obtenir la colère nécessaire.

Et malheureusement, celle-ci se présenta le lendemain, sous sa forme la plus hideuse.

18

Je fus réveillée par une voix. Je sortis de ma léthargie, repoussant gentiment les boules de poils qui s'étaient lovées contre moi durant la nuit, et me redressai pour mieux entendre. Immédiatement, mon cœur s'accéléra. Je me concentrai pour savoir si la discussion qui me parvenait provenait de la porte entrouverte. Les paroles étaient trop indistinctes pour venir de si près, mais j'en étais certaine, il y avait bien deux personnes qui se parlaient.

Un mouvement bref me fit tourner la tête. À travers le soupirail, je devinai des jambes. Quelqu'un se tenait debout à cet endroit. Un inconnu dont la physionomie élancée ne correspondait nullement à celle de mon tortionnaire.

Je n'ai pas hésité un seul instant.

Je me suis relevée, je me suis précipitée au plus près de la fenêtre en tirant sur ma chaîne et j'ai hurlé comme je n'aurais jamais cru en être capable. Les chats autour de moi se sont enfuis loin de mes cris d'orfraie, ne reconnaissant certainement plus celle qui les poussait. La gorge me brûlait, des larmes de colère et d'espoir me voilaient la vue, mais je continuais malgré tout, ressentant de nouveau au creux de mon corps les frottements enflammés des nombreuses pénétrations, crachant la saveur âcre du chocolat falsifié, grimaçant sous le feu des égratignures provoquées par l'anneau de fer... Je dirigeais toute ma haine dans ces cris, cette haine envers lui, envers moi et envers ces années passées à accepter. Je sautai de joie quand les jambes disparurent du cadre de la fenêtre. Bientôt, cet inconnu viendrait me sauver. Il alerterait la police et cet enculé de Roi des Aulnes pourrirait en enfer...

Mais aucun chevalier ne descendit les marches.

À sa place, ce fut mon bourreau qui les dévala et se précipita sur moi. Sa main épaisse s'éleva dans les airs et me frappa avec une vigueur qui me projeta sur le sol. Je mis quelques secondes avant de reprendre conscience. Le goût du sang m'envahit la bouche tandis qu'un sifflement aigu rebondissait contre les parois de mon crâne.

— Sale pute, tu vas le payer très cher ! Après tous les efforts que j'ai faits ! Crois-moi, tu vas t'en vouloir !

Je l'ai entendu remonter les marches. Je n'arrivais plus à réfléchir. Une douleur persistante me martelait la tête. Je suis restée plusieurs heures sur le sol. Je n'avais plus envie de rien. Ni de me relever, ni de me venger et encore moins de vivre. La seule chose que je souhaitais, c'était de partir sur l'île, de m'y réfugier, de pleurer dans les bras de Suzanne puis de m'amuser avec mes amis.

Alors j'ai fermé les yeux. Je me suis imaginée sur un bateau, aux côtés de mon amour du collège. J'ai prié pour que le temps ne soit pas aussi instable, pour que je revienne à la vie et que je quitte cette mort promise en voguant sur le pont du *Lazarus*.

Mais quelles que furent mes espérances, elles ne purent changer l'issue funeste du poème de Goethe. Le Roi des Aulnes réapparut dans la soirée, silencieux, le visage fermé. Dans ses mains, un plateau couvert de bols.

20 h 37.

Allait-il me violer d'une manière abjecte ? Allait-il me faire regretter mon geste en me torturant ?

Il déposa les bols à plusieurs endroits sur le sol et se dirigea vers la baignoire. Du coin de l'œil, je l'observai placer la bonde et tourner le robinet. Une eau fumante tomba en cascade tandis que les premiers chats dévalaient les marches, attirés par l'odeur du repas. Certains d'entre eux vinrent me quémander des caresses puis s'échappèrent ensuite pour laper le contenu des récipients. L'homme se dirigea vers l'escalier et s'assit sur la première marche. Il me fixa d'un regard sombre, un regard que je n'avais jamais perçu, même durant nos « rapports ».

Une fois le bac rempli, il coupa l'eau et prit Paul dans ses bras. Il le caressa de longues minutes. Le chat s'endormit paisiblement. Je crus, à cet instant, que mon tortionnaire allait remonter. Qu'il allait me laisser là, avec ma peur, pour peut-être revenir plus tard et sceller mon sort.

Mais au lieu de cela, il se dirigea vers la baignoire et y plongea Paul, le premier des chats à être venu me réconforter. Je fus saisie d'effroi, incapable d'émettre le moindre son, pétrifiée d'horreur. Il maintint l'animal sous l'eau durant de longues minutes. Quand il releva les bras, le cadavre flottait comme une peluche abandonnée sur le lit d'une rivière endormie. Le Roi des Aulnes se dirigea alors vers les autres bêtes qui, allongées sur le sol de la cave, à demi somnolentes, ne semblaient pas conscientes du danger qui les menaçait. J'ai crié pour les réveiller. Je me suis levée, mais immédiatement une gifle aussi puissante que la précédente m'a couchée sur le matelas.

Un à un, ce monstre a emporté les chats et les a noyés.

J'ai tenté de l'empêcher, je me suis ruée vers la baignoire pour les sortir, je leur criais que j'allais les emmener sur l'île et que tout redeviendrait comme avant. Je leur ai reproché d'avoir bu le chocolat, j'ai hurlé que le bien-être de l'Univers ne pouvait avoir ce goût amer et artificiel...

Il était trop tard.

Tous avaient péri.

L'homme s'est figé à côté de moi.

— Je t'avais dit que tu le regretterais. C'est ta faute s'ils sont morts.

J'ignore comment j'ai réussi.

Je ne me vois même pas saisir la pierre derrière la baignoire. Ce que je sais, c'est qu'il m'a tourné le dos et que cela a suffi. J'ai frappé une première fois. Du sang a giclé et s'est propagé sur son cuir chevelu. Il m'a dévisagée, une lueur d'incompréhension au fond des yeux. Je ne lui ai pas laissé le temps d'effectuer le moindre mouvement. J'ai abaissé violemment la pierre sur le haut de son front. Une fois. Deux fois. Puis j'ai continué de frapper tandis qu'il s'écroulait sur le sol.

Je ne pouvais pas m'arrêter. Son crâne se craquelait à chaque impact, inondant mes vêtements, mon visage, le ciment de son contenu. Puis je suis restée assise à côté de lui un long moment.

Alors, j'ai fouillé les poches de son pantalon et j'ai saisi son trousseau de clefs.

Je me suis détachée et me suis dirigée d'un pas hésitant vers l'escalier.

Une paire de baskets d'un blanc immaculé se trouvait sur le perron de la porte d'entrée. Je les ai enfilées et je suis restée immobile à scruter le paysage gris.

J'avais raison. Plus rien ne m'attendait dehors. Des champs à perte de vue. Pas le moindre signe d'une présence amicale ou d'une raison d'espérer.

Je n'étais pas prête à affronter ce nouveau silence et cette solitude. J'ignorais comment était le monde au-delà de ces haies et de ce saule pleureur, et si ma véritable place dans cet Univers n'était pas celle que je venais de quitter en assassinant un homme.

Je ne pensais tout simplement pas être apte à y survivre.

Alors, je suis allée sur l'île.

19

Sandrine termina son récit en murmurant presque les dernières phrases.

Véronique et Damien restèrent silencieux. En partie par respect pour ces aveux et pour l'horreur qu'ils dénonçaient, mais également parce qu'ils avaient l'impression de s'être trouvés à ses côtés, coincés eux aussi entre les murs de cette cave.

La jeune femme se contentait de fixer la couverture de son lit d'hôpital, la froissant entre ses doigts, plongeant malgré elle vers un sommeil artificiel.

L'inspecteur voulut intervenir, mais la psychiatre posa la main sur son avant-bras pour l'en empêcher. Ce fut elle qui prit la parole afin de clore l'entretien.

— Nous vous remercions de nous avoir parlé, Sandrine. Il vous a fallu beaucoup de courage pour affronter cet homme, et encore plus pour revivre ces moments tragiques. Nous allons vous laisser vous reposer et discuterons de tout cela demain si vous le souhaitez. J'aimerais vous aider, il faudra certainement beaucoup de temps, mais je suis persuadée que nous pourrons venir à bout de ces souvenirs douloureux. Cela vous semble-t-il envisageable ?

Sandrine se contenta d'un faible hochement de tête, comme si toutes ses forces avaient disparu au fil de son récit.

— Très bien, nous vous laissons à présent. Vous avez franchi une étape importante, j'ai bon espoir pour la suite.

La psychiatre récupéra son magnétophone et lança un sourire empli de tendresse à la jeune femme. Sa déontologie l'empêchait de s'investir davantage, mais Véronique ne put ignorer l'envie qui lui comprimait le cœur. Elle aurait voulu la prendre une nouvelle fois dans ses bras, la réconforter, lui avouer qu'elle avait bien fait de tuer cet enfoiré... mais elle dut se contenter de ce sourire.

Ils quittèrent la chambre et ne se mirent à respirer réellement qu'une fois dans le couloir. L'infirmière de garde, qui patientait toujours sur une chaise, se leva lorsqu'elle les vit refermer la porte avec lenteur.

— Donnez-lui des calmants pour les prochaines vingt-quatre heures. Je laisserai les consignes à l'accueil, lui indiqua Véronique.

— Très bien.

— Repassez régulièrement et... continuez à lui apporter des fleurs, c'est une très bonne idée.

— Ce sera fait, acquiesça l'infirmière.

Damien attendit quelques minutes avant de parler. Sa part d'humanité avait été ébranlée par les révélations de la victime, mais le policier qu'il était devait avant tout penser à l'enquête.

— J'aurais aimé lui poser quelques questions, fit-il remarquer tandis qu'ils sortaient de l'hôpital.

— Oui, je sais. Mais elles auraient été malvenues.

— Elle ne nous a pas indiqué son identité…

— Vous ne vous rendez pas compte de la violence qu'elle vient de subir en nous racontant son histoire ! Son cerveau l'a protégée de diverses manières durant sa séquestration et là, nous l'avons forcée à sortir de ce refuge. Nous avons tous les deux beaucoup de questions à lui poser : vous, pour l'enquête, et moi, pour l'aider à se reconstruire. Mais on ne peut pas tout obtenir aujourd'hui. Il me semble que vous avez suffisamment d'éléments pour clore votre dossier.

— J'ai de quoi lancer la procédure, mais il me faudra des aveux signés… et un nom, concéda Damien en attrapant une cigarette dans son paquet.

— Sa mémoire autobiographique, celle qui comporte tout ce qui constitue son identité, a certainement été déconnectée elle aussi. Pas entièrement, juste ce qui pouvait empêcher la construction de son refuge. Il fallait qu'elle oublie qui elle était vraiment, car devenir Sandrine Vaudrier lui a permis de survivre, de se projeter ailleurs, hors de cette cave. On lui a montré qu'elle ne risquait plus rien. Quand elle aura accepté ce fait, son cerveau va reconnecter tout ce qu'il avait dû endormir, les souvenirs enfouis, les émotions… Ce ne sera pas long, le fait qu'elle nous raconte ce qu'elle a subi aussi rapidement l'indique. J'aurai probablement un nom et un prénom demain, lorsqu'elle se réveillera et que l'on entamera sa thérapie.

Damien écouta Véronique avec attention. Il sourit face à cette psychiatre qu'il avait crue tout juste débarquée de l'école. Mais la manière dont elle avait laissé la victime narrer ses souvenirs, sans l'interrompre, l'encourageant avec ses gestes, la protégeant des questions froides et impatientes qu'il avait souhaité lui poser, démontrait qu'elle était une professionnelle aguerrie en qui il pouvait avoir confiance.

— Vous vous en êtes bien sortie. Je veux dire... avec Sandrine.

— Un compliment ! s'étonna-t-elle en levant les mains au ciel en une mimique de contemplation. Puis-je savourer cet exploit en vous demandant une cigarette ?

— Oui, bien sûr. Voilà. Et que pensez-vous de son récit, d'un point de vue psychiatrique ?

— Bien essayé, inspecteur.

— Comment cela ?

— Cette femme a accepté d'être ma patiente, de ce fait...

— Vous ne pouvez révéler le contenu de votre travail.

— Exactement. Et vous, qu'en avez-vous pensé ?

— C'est une enquête en cours, désolé, railla-t-il en soufflant sa fumée.

— Très drôle. Une chose est certaine, les briques de son refuge coïncident avec ce qu'elle a vécu. Il me faudra du temps pour tout analyser et définir les quelques concordances latentes, mais vous avez la victime, le coupable et le mobile. Je vais vous faire une copie de l'enregistrement.

— Merci. Je peux vous poser une question ?

— Allez-y.

— Les victimes se livrent-elles toujours avec autant de facilité ?

— Parce que vous pensez que cela lui a été facile ? s'étonna la psychiatre.

— Elle a hésité un instant, mais elle m'a semblé déterminée…, répondit l'inspecteur.

— Chaque victime réagit différemment, et le plus difficile dans ce genre de cas, ce n'est pas d'avouer, mais d'accepter, lui expliqua Véronique. Demain, ou plus tard, Sandrine va prendre conscience qu'une partie de sa vie est partie à jamais et que le fait d'avoir tué son bourreau ne lui rendra jamais ces années perdues. Et croyez-moi, ni les médicaments ni le réconfort de s'être vengée ne suffiront à étouffer ses cris de douleur.

20

Damien attendait dans le hall que la psychiatre lui apporte un double de l'enregistrement. Il songeait à cette adolescente prise au piège dans une cave, enchaînée à un mur pendant des années. L'inspecteur imaginait son désespoir, sa détresse, son incompréhension. Et ce corps solide couché sur elle. Il quitta le parking de l'hôpital avec soulagement, fuyant les comparaisons qui fleurissaient dangereusement en lui, entre ce qu'avait enduré cette jeune femme et ce qu'aurait pu subir sa propre fille.

Il arriva au poste de police et fila en direction de son bureau. Dans le couloir, Damien croisa ses collègues, tous occupés à empiler des cartons contre un mur.

— Que se passe-t-il ?

— On se débarrasse des vieux dossiers, on les envoie aux archives de Caen, ordre du commandant, lui apprit Antoine.

— Déjà ?

— Oui. Apparemment, la décision de fermer notre poste ne changera pas. Alors autant s'y mettre. Du nouveau de ton côté ?

— Oui, et je vais taper mon rapport avant que vous m'enleviez ma machine à écrire !

Damien s'installa à son bureau, pensif.

Voilà, l'affaire et son mystère sont en partie résolus, se dit-il. *Bientôt, la psychiatre sera en mesure de nous indiquer une identité définitive. L'énigme de l'île n'aura pas perduré pendant longtemps, sauf dans l'esprit de la victime qui mettra certainement plusieurs mois ou années à recoller les morceaux d'un passé déchiré.*

Il alluma une cigarette tout en ouvrant le dossier qu'il avait rédigé la veille. Une enveloppe avec les différents clichés pris dans la ferme avait été déposée par les agents chargés de photographier la scène de crime. Il les étala devant lui.

L'inspecteur sortit la cassette audio de la poche de sa veste et hésita à écouter une nouvelle fois les révélations qu'elle contenait. Il n'avait guère envie de se replonger aussi vite dans cette histoire, mais il devait faire la synthèse des dernières avancées à son patron. Il ouvrit un tiroir et en retira un magnétophone. Il laissa la bande en fond sonore tandis qu'il tapait les informations nécessaires.

Je rentrais chez moi, il faisait froid et sombre. J'avais seize ans…

Seize ans.

Pour l'instant, sans identité ni date de naissance, il était difficile de savoir avec exactitude combien d'années s'étaient écoulées entre l'enlèvement et la libération. Mais d'après l'équipe médicale, Sandrine devait avoir entre vingt-cinq et trente ans. La jeune femme avait donc été séquestrée durant neuf à quatorze ans…

Il nota sur son compte rendu que l'identité de la victime serait précisée prochainement et qu'à partir de cette information, l'enquête serait rapidement bouclée. Retrouver les proches de la jeune femme pour les prévenir serait l'épilogue de cette énigme échouée sur le rivage de Villers-sur-Mer. La vie banale de cette bourgade pourrait ensuite reprendre son cours, coincée entre apathie et ennui.

Une fois sa synthèse terminée, il stoppa la cassette, alluma une autre cigarette et, pour la première fois depuis qu'il avait rencontré cette mystérieuse inconnue, se détendit en songeant à ce qu'allait devenir sa carrière après la fermeture du central. Bien sûr, tous les agents seraient mutés dans les commissariats principaux de la région, mais Damien n'avait pas encore reçu le lieu de sa prochaine affectation. Il souhaitait simplement se retrouver dans un endroit calme et ne plus avoir à se plonger dans le refuge de quiconque.

Il rassemblait les pièces du dossier et commençait à ranger les photos quand un cliché retint son attention. Il avait été pris dans la cave, quelques heures après la macabre découverte. On y voyait le mur situé sur le côté droit de l'escalier, face au matelas et à la baignoire. Le photographe s'était abaissé à hauteur du lit de fortune pour photographier ce que voyait la victime quand elle se trouvait assise sur la couche.

— Sandrine a dû passer des heures, des jours, des semaines à fixer ce mur, soupira Damien. Combien de fois a-t-elle rêvé qu'il s'écroule ? Quelle dose d'espoir a-t-elle usé en scrutant ce ciment inatteignable ?

Sur la photo, on devinait la proximité du soupirail car un mince halo, sans aucun doute nourri par la lumière des projecteurs présents à l'extérieur, se dessinait sur l'extrémité droite du cliché.

Damien resta pensif de longues minutes. Il n'osait se l'avouer complètement, mais une partie de lui s'étonnait encore que Sandrine se soit livrée avec autant de facilité. Il ne connaissait pas les rouages mystérieux du cerveau, cependant il s'était attendu à beaucoup plus de résistance. Un autre détail l'intriguait : il avait l'impression que la jeune femme s'était contentée de réciter un texte, comme une mauvaise actrice souhaitant se débarrasser de ses répliques, et s'il n'y avait eu ses larmes en fin de représentation, il aurait pu croire que l'épisode narré dans cette chambre d'hôpital ne concernait que peu celle qui le prononçait.

Il se souvint des différentes remarques de la psy : que tout cela était normal, qu'il faudrait du temps, que son cerveau n'avait pas encore assimilé toutes les données, que les médicaments entraînaient cette impression d'absence, de détachement...

Seulement, en jetant un dernier regard sur le cliché du mur, Damien ressentit un étrange picotement lui parcourir la nuque. Il resta immobile, à chercher ce qui avait pu l'alarmer de la sorte. Après quelques secondes, son attention se concentra sur un détail auquel il n'avait pas particulièrement accordé d'importance lors de son premier examen.

Tiens, tiens, tiens..., lui souffla une voix à l'haleine chargée de soufre.

Il rembobina la cassette jusqu'à trouver les passages qui l'intéressaient.

20 h 37. Le temps est une notion instable, dit Sandrine.

Il passa en revue les autres photos de la cave, mais se rendit à l'évidence : ce qu'il cherchait n'apparaissait sur aucune d'entre elles.

Alors, père indigne, que vas-tu faire à présent ? reprit la voix. *Hein ? Tourner le dos une nouvelle fois ? Te barrer à l'autre bout de la France pour ne pas avoir à m'affronter, ou vas-tu venir danser un peu avec moi ?*

Damien se leva d'un bond, emporta l'ensemble du dossier, récupéra la cassette et attrapa les clefs de son véhicule.

— Déjà reparti ? lui lança Antoine, les bras chargés de cartons, en le voyant passer devant l'accueil.

— Un truc à vérifier à la ferme. Si on te demande, je n'en ai pas pour longtemps. Il reste une équipe là-bas ?

— Je ne pense pas, tout le monde est rentré à cause de la pluie. Le commissaire a conseillé d'attendre une accalmie avant de retourner sur place. Il espère toujours que la police scientifique se libère pour nous donner un coup de main.

— D'accord… Antoine ?

— Oui ?

— S'il demande où je suis, tu n'en sais rien, OK ?

— À vos ordres, chef !

L'inspecteur roula le long du chemin cabossé sans se soucier des amortisseurs. Les essuie-glaces parvenaient difficilement à repousser les assauts de la pluie et il dut se concentrer pour ne pas finir dans le fossé.

Sandrine courut à vive allure jusqu'à l'orée de la forêt. La pluie la dardait de ses épines glacées tandis que le couvercle de nuages sombres s'abaissait lentement, jusqu'à toucher la cime des arbres les plus hauts, crachaient les enceintes de l'autoradio.

Il atteignit la ferme, se gara près du saule et resta un moment à l'abri dans l'habitacle à observer les alentours.

Voilà ce qui s'est passé... Les enfants ont été sacrifiés... C'est donc cela le secret de l'île..., pleura-t-elle sans retenue. Elle tomba sur le sol boueux et frappa la terre de ses deux poings. Elle maudit ce morceau de pierre égaré des côtes. Puis elle ouvrit sa main droite. La grosse clef s'y trouvait toujours.

Damien coupa le moteur et courut jusqu'à l'entrée, piétinant la boue sans s'en soucier, ignorant le grand saule dont les fines branches étirées claquèrent dans le vent. Une fois à l'abri du porche, il déchira les scellés, sortit le dossier qu'il tenait à l'abri sous le pan de sa veste et se glissa à l'intérieur.

L'inspecteur ne s'attarda pas dans les pièces de vie et se dirigea directement vers la cave. L'odeur de renfermé et de putréfaction semblait plus marquée que la veille.

Arrivé en haut de l'escalier, Damien alluma sa lampe torche et descendit les marches avec autant de respect que s'il pénétrait dans les profondeurs d'un tombeau, tenant devant lui comme une boussole la photo du mur nu.

Il s'assit sur le matelas pour se poster à l'endroit exact d'où elle avait été prise. Il n'osa toucher la lourde chaîne qui gisait à côté de lui. Il ferma les yeux et se souvint des paroles de Sandrine :

20 h 37.

Il n'y eut aucun pas dans l'escalier ce soir-là.

Je demeurai seule.

Abandonnée par les miens puisque aucune sirène de police n'avait retenti autour de ma geôle.

20 h 37.

La porte s'ouvrait et les fumets de ragoûts volaient jusqu'à moi, se mêlant à l'odeur du chocolat qu'il n'omettait jamais.

20 h 37.

Mais le temps est une notion instable.

Je ne pus en quantifier qu'une centaine avant que le mur ne devienne aussi vide et inutile qu'une horloge sans aiguilles.

Damien se releva et balaya de sa lampe la paroi qui se situait face à lui, à la recherche d'une trace quelconque.

Mais rien.

Sa main caressa l'enduit, survola les aspérités puis, n'ayant rien trouvé de concluant, il recula d'un bon mètre pour fixer le pan de mur. Là encore, aucune marque visible, aucun trou dû à un clou ni même de cercle dessiné par la poussière et le temps.

Damien se rendit à l'évidence tandis que l'odeur de pourriture se faisait plus forte, comme exaltée par cette vérité impossible.

Ah, ah, ah, père indigne... Nous allons bien nous amuser à présent... Je te l'avais dit... Le temps est ton ennemi... Demande à Mélanie ce qu'elle en pense, elle qui a eu tout le loisir de danser avec moi...

— 20 h 37..., murmura l'inspecteur en chassant la voix du diable. Et pourtant, il n'y a jamais eu d'horloge ici...

TROISIÈME BALISE
Les enfants

Mein Sohn, was birgst du so bang dein Gesicht?

GOETHE, *Erlkönig*.

Mon fils, pourquoi cette peur, pourquoi te cacher ainsi le visage?

GOETHE, *Le Roi des aulnes*.

1

Sandrine surveilla du coin de l'œil les deux silhouettes qui quittaient la chambre.

Quand la porte fut fermée, elle observa par la fenêtre les gouttes de pluie glisser le long de la vitre. La jeune femme se souvint d'avoir de nombreuses fois effectué ce geste dans la cave. Voir la pluie tomber à travers le soupirail, s'imaginer en dessous, tirer la langue pour en apprécier la fraîcheur, frissonner lorsque son contact glacé s'égare dans le creux de la nuque...

Déjà, petite, elle adorait courir sous les déluges d'un hiver naissant. Une météo pluvieuse la rendait plus vivante que les caresses hypnotiques d'un soleil d'été, dont les bras chaleureux vous endormaient et vous abandonnaient, apathique et inutile, au bord d'un point d'eau. Le peu de fois où sa mère l'avait accompagnée à la piscine municipale, Sandrine avait passé tout son temps dans le grand bain, à tenter d'améliorer son record d'apnée tandis que sa mère, qui ne goûtait que très rarement aux joies de la baignade, avait préféré bronzer sur l'un des nombreux transats mis à disposition.

— Tu as dû hériter ça de ton père, cette envie constante de te prendre pour un poisson...

Voilà comment elle justifiait la frontière invisible qui se creusait et s'élargissait discrètement entre elles deux, les éloignant des plaisirs simples comme des étapes importantes, allant jusqu'à ériger un mur bien plus impénétrable que celui de la cave auquel son poignet avait été attaché durant près de quinze années.

« Ton père. »

Chacune de ses erreurs, chacune de ses notes scolaires décevantes, chacun de ses comportements inadmissibles ne possédait pour sa mère qu'une explication : son géniteur. Elle le dressa en totem de l'excuse évidente, le sortant du chapeau de sa mauvaise foi quand elle se sentait impuissante à comprendre pourquoi son enfant détestait les mathématiques, pourquoi elle ne parvenait pas à manger sans tacher ses vêtements ou pour quelle raison étrange elle ignorait les bienfaits du soleil et les vertus du bronzage. Si sa mère avait pu la voir enchaînée sur ce matelas miteux, elle aurait sans aucun doute affirmé que sa fille aimait bien se mettre en scène. Que cette propension au grand spectacle lui venait de son père, un charlatan loufoque et beau parleur auquel elle n'avait accordé que trop de représentations, avant qu'il disparaisse en fermant la porte de leur appartement.

Sandrine tenta de lutter contre la somnolence qui l'envahissait, mais ferma cependant les yeux.

Juste pour réfléchir, se dit-elle.

Elle savait que le temps était compté.

Bientôt, ce policier se poserait des questions, elle en était convaincue. Bien qu'elle fût persuadée de ne rien avoir laissé paraître, elle avait décelé une lumière étrange en lui, dans laquelle dansait non seulement le doute, mais également autre chose, comme une cruelle envie de vérité.

Elle se demanda d'où lui venait cette étincelle. Quelles épreuves avait-il lui aussi traversées, quelle part d'ombre avait lentement étouffé le feu de sa vie jusqu'à la réduire à cette braise incandescente au fond du regard ?

L'obscurité enveloppa la jeune femme. Elle subissait le contrecoup de son évasion et le traitement que lui inoculaient les médecins ne l'aidait pas à réfléchir correctement. Elle rouvrit les yeux et fut perturbée par la clarté de la chambre d'hôpital. Aussitôt, une migraine crépita de nouveau à l'arrière de son crâne. Elle hésita cependant à refermer les paupières. Elle savait que si elle se laissait aller, elle se retrouverait de nouveau dans la cave, à subir les sévices de son bourreau.

Bien sûr, il y avait aussi cette autre partie de la vérité, celle qu'elle ne leur avait pas racontée. Mais celle-ci n'apparaissait jamais dans son sommeil. C'était toujours sa période de détention qui se matérialisait, jamais le reste. Comme si son cerveau condamnait les portes de son inconscient pour la protéger, même durant son repos. Sandrine s'avoua que c'était mieux ainsi. Que si elle voulait convaincre tout le monde, il fallait qu'elle aussi oublie ce pan de l'histoire, qu'elle soit persuadée elle-même que cela ne s'était jamais produit, si ce n'était dans l'imaginaire d'un esprit épuisé.

Mais eux, la croiraient-ils ?

Que se passerait-il si la police découvrait le reste ? Comment survivrait-elle si on la forçait à sortir de son véritable refuge, celui-là même qu'elle venait de décrire à cette psychiatre ?

Elle serait jetée en prison, sans aucun doute.

Pouvait-elle courir ce risque, après s'être échappée de sa propre geôle ?

Non.

Il restait une solution : l'île.

— Oui, l'île, murmura-t-elle.

Pourquoi ne pas y retourner ? Pour toujours ? Le Roi des Aulnes n'y était plus, elle l'avait tué, la photo que lui avait montrée la psychiatre le prouvait. Tout devait être différent à présent, le ciel, la végétation... et les enfants. Étaient-ils revenus ? Avaient-ils échappé à la noyade et l'entoureraient-ils de leur ribambelle en lui chantant des paroles d'amour ?

Certes, il y aurait toujours ce chat qui rôdait dans la nuit sans que quiconque ne parvienne à le débusquer. Mais depuis le temps, il avait dû se perdre et mourir seul au pied d'un buisson...

L'idée lui parut de plus en plus attirante.

Retourner là-bas, voilà la solution.

Elle savait comment faire, elle s'y était rendue tant de fois au fil des ans, lorsque, enfermée entre les murs gris de cette cave, elle sentait son esprit s'envoler vers cette autre vie. C'était comme avoir le pouvoir de revenir à loisir dans un rêve évanoui. Même si à ce moment-là, l'île ne représentait pas le songe idéal, puisque l'ombre du Roi des Aulnes rôdait toujours, la jeune femme fut persuadée qu'à présent, débarrassé de son croque-mitaine qui gisait, le crâne défoncé, contre le ciment du sous-sol, l'endroit serait différent.

Après tout, que devient un cauchemar quand vous le videz de son potentiel effrayant ? Un rêve, tout simplement.

Sandrine visualisa la porte du blockhaus. Elle tendit la main pour la pousser et entrevoir l'extérieur. Une odeur de sel, d'arbres fruitiers et de potager lui parfuma les sens.

C'est ainsi, il m'a fallu les oublier pour sortir de cette cave et ne pas rester coincée de nombreuses autres années entre les murs. Mais maintenant, je peux revenir, je peux me réfugier ici, sur l'île, sans risquer de croiser ni le Roi des Aulnes, ni le chat sauvage. Je ne crains plus rien. Je peux apprendre à y vivre, isolée de tous, à l'abri de la vérité...

La jeune femme s'endormit sur cette pensée tandis qu'une chanson provenant d'un juke-box onirique s'élevait doucement dans la pièce.

2

Damien resta un long moment face au mur. Il ne comprenait pas encore toute la portée de sa découverte, mais le simple fait de trouver une incohérence dans le récit de Sandrine lui glaçait le sang. Il fit le tour de la cave en évitant les étiquettes numérotées posées sur le sol par ses collègues. Chacune d'entre elles indiquait un élément important à analyser. Le matelas, la chaîne, la baignoire, l'emplacement du corps…

Il remonta l'escalier et atteignit la cuisine où d'autres plots de référencement étaient disposés. Une odeur de croquettes pour chat se mêlait à différents effluves, plus mystérieux. Il fit le tour des pièces, erra sans but précis dans l'obscurité et la poussière, son esprit ne réussissant pas à s'extirper de cette cave sans horloge. Au-dehors, la pluie martelait sans interruption la maison. Damien avait l'impression qu'il pleuvait depuis des années.

Pourquoi la victime aurait-elle menti ? N'est-ce pas simplement un oubli, un de ces souvenirs endormis par son cerveau pour la protéger ? Dans ce cas, pourquoi occulter un détail aussi insignifiant que la présence d'une horloge ? Comment peut-elle se sentir menacée par cet objet dérisoire ? se demanda-t-il en ouvrant les différents placards.

L'endroit avait déjà été fouillé, mais les recherches avaient été interrompues avec la tombée de la nuit. Il restait encore le grenier et les dépendances à inspecter. Cela devait être fait aujourd'hui, mais Damien comprit que le commissaire avait jugé plus utile d'ordonner aux agents de s'occuper du déménagement des anciens dossiers que de se rendre une nouvelle fois sur les lieux d'un crime qui ne nécessitait pas d'autres explications que celles données par la survivante. Pour son supérieur, Sandrine avait été séquestrée et avait réussi à s'enfuir en tuant son tortionnaire. L'affaire était close. À la justice maintenant de lui trouver ou non des circonstances atténuantes.

Damien était sur le point de partir quand il aperçut plusieurs clefs pendues contre le mur à de simples clous. Il les observa avec sa lampe et saisit la plus petite, qu'il devina être celle de la boîte aux lettres.

On ne sait jamais, se dit-il en sortant sous la pluie.

Il dépassa le saule pleureur et ouvrit la boîte métallique. Il y trouva deux courriers de la compagnie d'électricité et, plaquée contre le fond, comme si une bourrasque de vent s'était glissée par la fente pour la repousser loin des regards, une enveloppe marron. L'adresse de la ferme était écrite à la main, sans détail de l'expéditeur au dos. L'inspecteur hésita à l'ouvrir, sachant qu'il enfreignait la loi s'il le faisait, mais décida de passer outre. De plus, s'il s'agissait d'un courrier sans importance, il ne serait guère utile de mentionner son existence à quiconque…

Il en sortit une lettre de la Confédération agricole du pays de Caux, région de Normandie. Il s'agissait d'une invitation à participer en qualité d'exposant à la foire aux bestiaux organisée tous les ans.

— Mouais…, souffla-t-il en glissant la lettre dans la poche arrière de son pantalon et en laissant les deux autres à l'intérieur de la boîte aux lettres, *le bien-être de l'Univers ne sera pas déréglé par la disparition de cette enveloppe…*

Un mouvement furtif provenant du côté droit de la maison attira son attention. Cela n'avait duré qu'une seconde, mais Damien était persuadé d'avoir vu quelque chose. Il se dirigea lentement vers la porte d'entrée où la petite forme s'était engouffrée pour se protéger de la pluie. En suivant les traces de pattes humides jusqu'à la cuisine, l'inspecteur fut surpris que l'animal se déplace avec autant de naturel et sans craindre la présence de quiconque. Le chat monta sur le bord de l'évier, lapa le peu d'eau qui stagnait dans son fond et sauta pour dévaler les marches de la cave.

Ce chat est ici chez lui. Il part directement se pelotonner sur le sommier, certainement rassuré par l'odeur encore présente de celle qui le caressait.

Mais Sandrine n'a-t-elle pas précisé que tous les chats avaient été noyés ?

3

Le lendemain, Véronique arriva à 8 heures dans le parking de l'hôpital. La nuit avait été courte. Elle s'était couchée tard après avoir écouté plusieurs fois l'enregistrement et compilé de nombreuses notes, des détails à éclaircir, des pansements à poser lors de la prochaine séance de thérapie. Le premier des éléments à établir était la véritable identité de Sandrine. En retrouvant ses nom et prénom, le processus de dépersonnalisation engendré par les épreuves subies pourrait s'amenuiser. La psychiatre pourrait alors amener prudemment la victime à prendre conscience des sévices vécus jusqu'à une parfaite compréhension de sa situation. Ensuite, elle travaillerait sur l'acceptation, ce qui serait sans aucun doute l'étape la plus longue et la plus douloureuse.

Véronique entra dans son bureau, revêtit sa blouse, vérifia ses mails et lut une dernière fois les notes prises dans la nuit. Bien sûr, tout ne serait pas mis sur la table ce matin, il faudrait plusieurs heures d'analyse avant d'épuiser les sujets, mais elle était assez confiante. Le fait que la victime se soit livrée aussi rapidement démontrait un désir de survie très précieux dans une thérapie.

Elle quitta son bureau et se dirigea vers la chambre de Sandrine. Elle souhaitait discuter avec la victime au plus vite. En temps normal, Véronique aurait attendu quarante-huit heures avant de questionner de nouveau sa patiente, mais elle jugeait l'état affiché la veille par la jeune femme suffisamment encourageant pour accélérer le processus. De plus, même si elle ne se l'avouait qu'à demi-mot, elle avait également envie que l'inspecteur obtienne les informations nécessaires pour boucler son affaire. Elle ne le connaissait que depuis quelques jours, mais elle avait très bien compris que cette histoire le déstabilisait profondément.

En chemin, elle rêva du reste de sa journée, d'un bain relaxant et du dernier roman de David Mallet qu'elle avait acheté mais pas eu le temps de commencer. Et peut-être, après un bon verre de vin, retranscrirait-elle l'entretien auquel elle se rendait, avant de le laisser reposer jusqu'à son retour de congé...

Lorsqu'elle ouvrit la porte, Sandrine venait de se réveiller, l'esprit encore embrumé par les médicaments. Ses cheveux châtains ceignaient son visage comme les pétales d'une fleur fanée par manque de soleil. Véronique lui lança un bonjour amical, lui demanda comment elle se sentait et si elle était d'accord pour discuter de ses propos de la veille. La jeune femme accepta et l'invita à s'asseoir sur la chaise située à côté du lit.

— Bien. J'ai beaucoup pensé à ce que vous avez dit hier, débuta Véronique, d'un ton empli d'enthousiasme et de motivation.

— Hier ?

— Oui, vous savez, quand nous nous sommes parlé, en compagnie de l'inspecteur Bouchard.

— Non, je ne me rappelle pas vous avoir vue hier, affirma Sandrine.

Véronique resta silencieuse. Elle se contenta d'observer sa patiente et d'attendre que ses souvenirs se réveillent. *Peut-être suis-je venue lui rendre visite trop tôt. La fatigue, les médicaments, les récentes révélations... Tout cela a dû la troubler, mais pas au point de provoquer une légère amnésie...*

— Pourtant, c'est le cas. L'inspecteur vous a montré une photo.

— Une photo ? Non...

— D'accord, ne vous inquiétez pas, c'est tout à fait normal, les souvenirs vont revenir naturellement, la rassura Véronique.

Elle avait évoqué la photo à cause de sa charge émotionnelle, suffisamment puissante pour booster le cerveau et le sortir de sa léthargie. Véronique fut cependant surprise de constater que cela n'avait aucun effet sur Sandrine. Elle décida d'appuyer un peu plus sur l'accélérateur.

— Sur cette photo, on voyait le corps d'un homme...

— Vraiment ?

— Oui, celui que vous avez désigné comme votre tortionnaire, le Roi des Aulnes...

— Oh non, pouffa Sandrine en tournant son visage vers son interlocutrice, ce n'est pas possible, le Roi des Aulnes n'est pas ici, il est sur l'île...

— Sandrine, savez-vous pourquoi vous êtes allongée sur ce lit d'hôpital ? demanda fébrilement la psychiatre.

L'atmosphère de la chambre venait de changer brutalement. Véronique perdait ses repères. L'espoir d'une guérison certaine venait brutalement de s'évaporer, et elle fixait la victime avec l'étrange impression de se trouver face à une personne différente.

— Oui. À cause de l'île, sourit-elle froidement.

— Uniquement pour cette raison ? Vous ne vous souvenez pas d'une cave ou d'autre chose ?

— Le Roi des Aulnes était sur l'île, *il* y est toujours, *il* a tué les enfants, précisa la jeune femme avec fermeté, une lueur de frayeur au fond des yeux.

— Sandrine, je croyais que…

— *Il* n'a jamais quitté ce rocher, vous comprenez ? Qui chevauche si tard dans la nuit et le vent…

Véronique entendit avec stupeur sa patiente lui réciter le poème. Puis, d'une voix morne et monocorde, celle-ci raconta son séjour sur l'île, déclamant le même récit qu'à son arrivée à l'hôpital, sans plus aucune cave ni chaîne, occultant les viols comme s'ils n'avaient jamais existé.

Ce n'est pas possible, non, pas après les révélations d'hier…

Et la psychiatre se demanda avec inquiétude quel autre monstre avait subitement repoussé Sandrine dans son ancien refuge.

4

9 heures.
Damien en était à sa quatrième tasse de café quand il décida de réécouter les deux cassettes.
La veille, après avoir trouvé le chat et avoir déposé devant lui un bol de croquettes dénichées dans un des placards de la ferme, l'inspecteur était retourné au poste de police et s'était concentré sur les affaires mineures. Occulter pour quelques heures toute cette histoire de refuges lui avait fait du bien. Il avait également reçu la visite de deux collègues qui tour à tour lui avaient subtilement glissé à l'oreille la destination vers laquelle ils souhaitaient être mutés. Damien avait pris note de leurs préférences et assuré qu'il en parlerait au commissaire, sans toutefois leur promettre quoi que ce soit. Les mutations dépendaient, certes, du choix des policiers concernés, mais surtout des besoins des différentes brigades de la région.
Puis, après avoir salué le personnel de garde, il était rentré chez lui, avait embrassé du regard la photo de sa fille et avait tenté de trouver le sommeil. Seulement, comme la nuit précédente, il n'était parvenu à s'endormir que très tard. Il était persuadé d'avoir raté un élément important, d'être passé à côté d'un indice

susceptible d'éclairer un peu plus l'étrangeté de cette affaire.

Ce matin, décidé à se débarrasser de ce doute lancinant, il était arrivé au commissariat avec un seul but en tête : décrypter la vérité.

Il ferma la porte de son bureau, occultant ses collègues qui entassaient toujours des cartons dans le couloir, et se plongea dans les différentes versions récitées par Sandrine. Il n'avait pas encore mis le doigt dessus, mais en écoutant la victime raconter ce qu'elle avait subi, une impression fugace, identique à celle qui l'avait tenu éveillé une bonne partie de la nuit, lui indiqua qu'un autre élément ne concordait pas avec les deux récits. Il chercha entre les lignes, à travers les mots et l'intonation, tout en sentant cette tumeur inexplicable grandir en lui.

Qu'avait-il loupé ? Quel détail n'avait-il pas saisi ?

À la fin de la deuxième bande, la touche « stop » du magnétophone claqua pour signaler l'arrêt de la lecture. Damien resta un long moment dans le silence, perdu entre une île et une cave, luttant pour sortir de ces refuges avec la vérité. Car, il en était persuadé, Sandrine n'avait pas tout révélé. Il suffisait de la voir déclamer son histoire comme une poésie parfaitement apprise, mais récitée sans conviction, pour deviner qu'elle ne disait pas tout.

Mais où pouvait se cacher cette vérité ?

Entre quelles phrases, au sein de quels mots ?

Damien eut l'impression de s'attaquer à un problème insoluble. Non seulement il ne maîtrisait pas toutes les subtilités et connaissances nécessaires à l'étude psychologique que cela requérait, mais de plus, il ignorait comment débuter ses recherches. Il allait devoir se battre avec ses armes, réfléchir comme un flic et chercher un indice concret.

Il plaça la première cassette et déclencha une nouvelle fois la lecture.

Valérie lança le bâton avec détermination. Celui-ci suivit une courbe haute dans les airs, défia les nuages gris, avant de retomber sur le sable en un bruit sourd…

Tandis que la voix de Sandrine récitait ses paroles, Damien se surprit à les murmurer presque en même temps qu'elle, comme si ces phrases n'étaient que le prolongement de sa propre pensée.

Les liens entre les deux histoires étaient flagrants : cette femme qui se promenait seule sur la plage, comme Sandrine lorsque le joggeur l'avait découverte, les corps noyés à l'image de ces cadavres de chats auxquels elle avait donné des prénoms d'enfants, l'île, la notion de liberté en reflet contraire de sa séquestration… mais aucun indice pouvant être utile à l'enquête.

Les pieds dans la merde, voilà où j'en suis.
Sandrine observa d'un air désolé ses baskets, toutes les deux enfoncées jusqu'à moitié dans un mélange de boue et de déjections bovines…

La ferme. Le moment de l'histoire où les deux seuls éléments concrets avaient été découverts : Wernst et l'horloge.

Après quelques secondes, Damien interrompit brutalement la lecture. Il rembobina l'enregistrement et relança la cassette.

Là. Alors que Sandrine se tient dans les champs aux côtés du paysan à observer les vaches taguées de croix gammées.

Quatre mots se mirent à résonner nerveusement dans son esprit.

La foire aux bestiaux.

Putain de merde…

C'était cela, l'incohérence.

Il se releva et fouilla dans la poche arrière de son pantalon. L'enveloppe qu'il avait découverte dans la boîte aux lettres de Wernst s'y trouvait toujours. Il en sortit le contenu et lut à voix haute la première phrase, signée d'un certain André Dubreuil, représentant de la Confédération agricole du pays de Caux :

Nous avons l'honneur de vous inviter à participer à la foire aux bestiaux d'Étretat qui se déroulera les 21 et 22 juin, à la halle aux Blés.

Merde.

Damien lança la seconde cassette, celle où Sandrine racontait sa détention et chercha le bon passage.

Parfois, mon bourreau s'absentait pendant plusieurs jours. J'ignorais où il se rendait…

Pourquoi n'avait-il pas fait le parallèle plus tôt ? Il saisit le combiné de son téléphone, composa les chiffres indiqués sur l'en-tête de la lettre et attendit que quelqu'un décroche.

— Confédération agricole du pays de Caux, bonjour, dit une voix féminine.

— Bonjour, madame, ici l'inspecteur de police Damien Bouchard du commissariat de Villers-sur-Mer, pourrais-je parler à M. Dubreuil?

— Je suis désolée, mais il est absent pour le moment. Puis-je vous renseigner?

— Je souhaiterais avoir des informations sur un des participants à votre foire, M. Wernst.

— Ah oui, un de nos habitués! Il vient tous les ans pour présenter ses bêtes.

— Vous le connaissez? s'empressa-t-il de demander.

— Pas en personne, mais comme je m'occupe d'attribuer les places d'exposition, j'ai très souvent vu son nom sur les listings. M. Dubreuil pourra vous en parler, il connaît tout le monde, la paysannerie est une grande famille! Il rentrera d'ici une heure, laissez-moi vos coordonnées et je lui dirai de vous rappeler.

Damien donna le numéro de téléphone du poste de police puis raccrocha. Il ferma les yeux pour faire le point. La fatigue le conduisait-elle vers une mauvaise piste? D'abord l'horloge, puis maintenant cette seconde incohérence... Mais pourquoi Sandrine mentirait-elle de la sorte?

L'inspecteur ne voyait qu'un seul moyen de découvrir la vérité: interroger la victime. La confronter à ses mensonges, la pousser dans ses retranchements, et tant pis si des larmes ou des cris brisaient le silence de l'hôpital, il fallait des réponses rapidement, avant que le commissariat se vide et que l'affaire soit confiée à une autre équipe.

Il se leva pour aller chercher un café quand quelqu'un frappa à la porte de son bureau. Antoine passa la tête sans attendre de réponse.

— Chef ?

— Oui, Antoine, besoin d'aide pour vider la réserve ? le railla-t-il en voyant ses joues rougies et ses manches remontées en bras de chemise.

— Euh… non, c'est la psy…

— Quoi, la psy ?

— Elle est là et souhaite vous parler, l'informa Antoine.

Véronique entra dans la pièce et s'assit face à Damien. Son visage blême et ses cernes marqués trahissaient un manque de sommeil certain. Ses cheveux blonds, d'habitude attachés en une courte queue-de-cheval, pendaient négligemment de part et d'autre de son visage. À peine venait-elle de s'installer qu'elle alluma une cigarette et tira nerveusement une première bouffée.

— En plein déménagement ? s'étonna-t-elle.

— Oui, en quelque sorte, éluda Damien. Que me vaut cette visite ?

— Nous avons un problème, affirma froidement Véronique.

— Que se passe-t-il ?

— Sandrine. Elle ne se rappelle pas notre entretien d'hier. Selon elle, nous ne lui avons jamais parlé. Je viens de discuter une heure avec elle et aucun souvenir n'est remonté à la surface.

Damien resta sans voix. Alors qu'il avait le sentiment de progresser enfin, d'avoir découvert un élément susceptible de faire avancer l'enquête, cette régression compliquait dramatiquement la suite et le privait de toute possibilité d'interroger Sandrine pour obtenir la vérité.

— Les médicaments ? hasarda-t-il en tentant de garder son calme.

— Non, bien sûr que non, affirma la psychiatre. Les dosages sont précis, justement pour éviter une perte de mémoire ou tout autre effet secondaire. Et ce n'est pas tout : elle est retournée sur l'île.

— Sur l'île ?

— Oui, elle revient à sa première version sans plus aucune référence à la cave et à sa séquestration. Si je n'avais pas l'enregistrement, je pourrais croire avoir rêvé notre échange.

— Comment a-t-elle pu oublier notre visite ? Merde !

— J'ai d'abord pensé à une fatigue subite, mais cela n'aurait pas suffi à effacer une discussion si fortement chargée en émotions, avoua la psychiatre, elle aussi désemparée par ce phénomène. Nous n'avons pas simplement parlé du beau temps ou échangé des banalités, nous lui avons montré le cadavre de son bourreau, et cela l'a perturbée au point de nous raconter ce qu'elle avait subi sans avoir besoin de lui poser la moindre question !

— Alors comment est-ce possible ?

— Il n'y a qu'une seule raison pour que Sandrine retourne se réfugier sur l'île : c'est qu'elle ne se sent pas en sécurité, ici, dans la réalité. Elle a peur.

Damien observa Véronique. La jeune femme baissa le regard et se retrancha quelque part, loin de ce bureau. Pour la première fois depuis leur première rencontre, le policier crut déceler un manque d'assurance dans son comportement. Il alla jusqu'à penser que Sandrine n'était pas la seule à avoir peur.

— Nous lui avons montré une photo avec son bourreau allongé sur le sol, le crâne défoncé par une pierre. De qui pourrait-elle avoir peur maintenant ?

— Je n'en sais rien, inspecteur. Mais cette crainte est assez puissante pour lui imposer cette régression, ajouta Véronique.

— Combien de temps cela va durer ? pesta Damien.

— Le temps nécessaire pour que cette peur s'évanouisse, je suppose. Nous voilà de retour au point de départ. La découverte de la cave ne l'aura libérée que quelques heures.

L'inspecteur alluma à son tour une cigarette. Il avait arrêté de longues années, mais avait repris rapidement après la disparition de Mélanie. Depuis, il se promettait continuellement de se débarrasser de ce geste dénaturé et sans goût.

— Avez-vous… avez-vous envisagé qu'elle nous mente ? demanda-t-il avec précaution.

— Comment cela ?

— Je ne sais pas… qu'elle nous cache une partie de la vérité…

— Pourquoi insinuez-vous cela ? Je pense que j'aurais décelé certaines traces de mythomanie, affirma-t-elle, sur la défensive. De plus, les éléments que vous avez trouvés dans la cave nous prouvent qu'il s'agit d'évènements qui se sont produits.

— Je ne vous parle pas d'une mystification, mais de simples mensonges. J'ai découvert des incohérences dans son dernier récit...

— Il est normal que des détails puissent être... modifiés ou édulcorés par la douleur, le coupa maladroitement Véronique. Ce sont généralement des incohérences minimes, des coquilles que le cerveau corrigera au fur et à mesure de la thérapie.

— Il ne s'agit pas d'une simple coquille...

La phrase resta en suspens quelques secondes dans la pièce, figée dans l'air, comme une vérité vers laquelle on hésiterait à se tourner.

— Très bien, qu'avez-vous découvert de si irréfutable ? souffla-t-elle en maudissant son attitude de spécialiste n'aimant pas être contredite.

— Il n'y a pas d'horloge dans la cave, lança-t-il en fixant Véronique. Et aucune trace prouvant qu'il y en ait eu une un jour. C'est un élément important dans son récit, l'horloge, le temps, 20 h 37... Comment pouvait-elle connaître l'heure exacte à laquelle son geôlier descendait si aucune aiguille ne pouvait le lui indiquer ?

— Vous en êtes certain ?

— Oui. J'ai passé des heures à chercher, j'ai fouillé partout, même dans les poubelles, au cas où... mais rien.

— Pourquoi aurait-elle inventé cela ? demanda la psychiatre, perplexe. Je veux dire de manière consciente, puisque selon vous, elle nous ment.

— Je l'ignore, mais ce n'est pas le plus inquiétant. En fait, la seule horloge que j'ai remarquée est celle accrochée dans le salon.

— Vous en êtes sûr ?

— Oui. Alors, s'il n'y avait aucune horloge dans la cave, le seul moyen qu'elle ait connu l'heure précise de ses visites, c'est qu'elle…

— … qu'elle ne se trouvait pas dans la cave, mais dans le salon, murmura Véronique en fronçant les sourcils d'incompréhension. Cela n'a aucun sens !

— J'y ai réfléchi toute la matinée et une partie de la nuit. Se pourrait-il que… Admettons qu'elle ne mente pas, se pourrait-il que ses souvenirs de la cave ne soient eux aussi… qu'une sorte de refuge ?

— Un deuxième refuge ? Mais pour se protéger de quoi ?

— De la vérité. Même si j'ignore encore de quoi elle est constituée.

— Mais qu'a-t-elle bien pu subir de plus traumatisant que ce qu'elle a déjà vécu ? On parle d'une adolescente qui a été séquestrée durant des années ! Son histoire concorde avec ce que vous avez découvert dans la cave ! La chaîne, les cadavres de chats, son sang ! Elle nous a expliqué tout cela !

— Pas l'horloge.

— Il peut s'agir d'un oubli ! Un… un objet que son cerveau a imaginé afin de consolider l'intégralité de ses souvenirs ! Une simple brique pour solidifier son refuge !

— Il y a autre chose, lâcha Damien, l'air grave. Elle nous a assuré ne pas savoir où son bourreau partait durant des jours.

— Oui, en effet, c'est ce qu'elle a précisé hier, se souvint la psychiatre.

— J'ai trouvé une invitation pour une foire aux bestiaux dans la boîte aux lettres de Wernst.

— Une foire aux bestiaux, répéta-t-elle. Oui, peut-être… Cela expliquerait ses absences, il y a plusieurs de ces manifestations dans la région.

— Elle le savait, affirma l'inspecteur. Là aussi, elle nous a menti. Elle savait très bien pour quelles raisons il partait.

— Comment pouvez-vous certifier qu'elle était au courant ?

Damien se leva, prit la cassette du premier entretien avec Sandrine et appuya sur la touche « lecture ».

— Parce qu'elle l'indique dans son premier refuge.

5

Sandrine observa le paysan qui, quelques mètres devant elle (et intelligemment chaussé de hautes bottes en caoutchouc), désignait de son index épais le troupeau de vaches parqué derrière une clôture barbelée.

— Qu'est-ce que la police a dit ? demanda-t-elle en prenant les bêtes en photo.

— Que c'étaient sans doute des gamins. Qu'ils ont fait ça pour s'amuser... Mais comment je vais faire, pour la foire ?

— La foire ?

— Oui, la foire aux bestiaux qui a lieu dans huit jours, précisa-t-il avec un léger accent.

6

Sandrine avait réussi.
Elle était revenue sur l'île.
Elle se tenait face à l'océan, tournant le dos à la silhouette anguleuse de l'ancien blockhaus. Il n'y avait plus aucune trace du spectre de sa grand-mère ni des enfants dans l'eau. Le paysage semblait même avoir repris des couleurs et abandonné ses teintes grisâtres.
La jeune femme marcha jusqu'à la forêt et se sentit en sécurité lorsqu'elle la traversa. Des aulnes touffus la caressèrent de leurs feuilles tandis qu'une herbe épaisse feutrait ses pas. Aucun autre son ne troublait son avancée. La jeune femme éprouva un véritable bien-être, un sentiment qu'elle n'avait pas rencontré depuis des années. Elle atteignit la lisière des arbres et entrevit la maison de Suzanne. Les fenêtres étaient grandes ouvertes afin de profiter de la température agréable qui avait chassé la pluie et les nuages menaçants. Une chanson légère, échappée d'un vieux gramophone, lui parvint et la guida jusqu'à l'entrée.

Parlez-moi d'amour…

Sandrine ouvrit la porte et trouva sa grand-mère assise à la table, tenant entre ses mains une tasse de chocolat chaud.

— Il y en a une pour toi, lui indiqua-t-elle en désignant un second récipient posé devant une chaise vide.

Sandrine sourit et s'assit en face de Suzie.

— Que fais-tu ici, ma chérie ? s'enquit la vieille dame.

— Je me cache, grand-mère. Je suis en sécurité sur l'île.

— Ce n'était pas le cas dans la cave ?

— Non, pas assez. Ils découvriront la vérité. Ce n'était pas un refuge assez solide.

— Tu te souviens de cette histoire, *Les Trois Petits Cochons*, que je te racontais quand tu étais enfant ? lui demanda Suzanne.

— Oui, mamie.

— Tu as fait pareil. Tu t'es construit un refuge en paille, mais la psychiatre l'a soufflé et t'a fait quitter l'île.

— Je ne savais pas que je me retrouverais face à elle. J'espérais que la police me croirait. Pour moi, l'île suffisait. Je m'y suis tellement réfugiée durant ces années… Si elle était devenue réelle pour moi, pourquoi ne le serait-elle pas pour les autres ? Je ne pensais pas qu'il localiserait la ferme et qu'il découvrirait le corps. Quand la femme a déposé la photo devant moi, j'ai compris que j'étais en danger, que l'île ne me permettrait pas d'expliquer la chaîne et le sang. Alors je leur ai dit la vérité…

— En partie, corrigea Suzie.

— Oui, en partie.

— Puis, l'inspecteur a détruit le second refuge, celui en bois, en doutant de tes paroles.

— J'ai senti sa suspicion dès notre première rencontre. Il a fallu que je transforme la réalité en une version acceptable, pour le convaincre et pour me sauver. J'ai livré un peu de la vérité en espérant le satisfaire. Mais je ne pense pas y être arrivée… J'ai eu peur et je suis revenue, admit la jeune femme.

— Le troisième refuge est le bon. Personne ne pourra venir te chercher une seconde fois sur l'île. Le blockhaus est en ciment…

— Et le loup n'a jamais pu déloger les trois petits cochons de la maison en pierre et en ciment…, compléta Sandrine en se souvenant du conte.

— C'est exact, approuva Suzanne, un sourire bienveillant sur le visage. Qu'importe ce qu'ils découvriront, ils ne peuvent t'atteindre ici. Es-tu prête à me raconter ce qui s'est réellement passé ?

— Oui. Ce sera notre secret, mamie.

— Promis.

— Je n'ai pas eu le choix, tu sais. J'aurais aimé les sauver tous, comme toi tu aurais aimé les sauver de la noyade. Mais j'en ai été incapable.

— Pourtant, un des chats s'est échappé…

— Oui, je l'ai laissé sortir… Est-ce lui que j'ai entendu quand je suis arrivée sur l'île, ce chat sauvage que personne ne parvient à attraper ?

— Peut-être, ma chérie. Mais dans ce refuge, il n'est qu'un feulement inoffensif, un fantôme effrayé. Tandis que dans la réalité, si ce chat est encore vivant…

— Il pourrait causer ma perte, il pourrait tout expliquer…

— Allez, l'encouragea Suzanne, n'y pense plus. Personne ne peut t'atteindre ici. Vas-y, raconte-moi ton histoire, ensuite nous dînerons.

— Cela se passe des années après mon enlèvement, débuta Sandrine en tenant entre ses mains sa tasse de chocolat chaud. Je suis dans la cave, tu me manques tellement depuis que tu es morte... Tu nous as quittés une semaine avant que cet homme ne m'enferme et malgré le temps qui s'est écoulé, je pense à toi tous les jours. Je t'imagine un passé sur cette île et m'invente une nouvelle vie. J'y crois si fort que parfois je ressens les ondes marines sur mon visage. J'en oublie mon bourreau et ses gémissements ridicules. La chaîne n'existe plus et je symbolise son souvenir par des stigmates cicatrisés que je recouvre avec un poignet de force. Je suis journaliste, mamie, pas dans un grand quotidien, mais cela viendra ensuite, j'en suis certaine. Toi, tu es toujours morte, mais tes amis vont me parler de toi et me prouver que tu n'es pas celle que ma mère décrivait. J'arrive juste sur l'île. Paul m'invite à dîner. Je lui plais, je le sens. Les enfants et leur malheur n'existent pas encore, je les incorporerai plus tard dans mon univers. Les chats, eux, sont là, mais je ne leur donne aucun nom afin de ne pas m'attacher. Je les touche à peine. La porte de la cuisine est toujours entrouverte. Rien ne semble avoir changé, et pourtant, rien ne sera plus comme avant...

7

... mon tortionnaire se fit plus discret. Il venait tout de même assouvir ses pulsions d'homme, mais de manière plus espacée. Souvent, il descendait à la cave, se contentait de s'asseoir et de caresser les chats. Puis il remontait et disparaissait jusqu'au lendemain. De temps à autre, je l'entendais parler depuis l'étage. J'ignorais s'il s'adressait à moi ou si ces mots n'étaient que des prisonniers échappés de ses pensées.

Un soir, il m'a apporté mon plateau puis est reparti.
Cinq minutes plus tard, il est revenu avec un second repas et s'est assis non loin de moi, à même le sol. Nous avons mangé dans un silence absolu. Il se contentait de me sourire timidement en mâchant sa nourriture. C'était la première fois que je dînais avec lui. La première fois que je pouvais fixer la prunelle de ses yeux sans trembler. Ce fut une sensation étrange. Un mélange de colère feutrée et de reconnaissance. Une fois son repas terminé, il s'est levé et m'a demandé si j'avais encore faim. Je lui ai répondu que non.

J'aurais aimé qu'il me pose d'autres questions, qu'il me parle de tout et de rien pour que je me sente moins seule, moins insignifiante. Ce ne fut pas le cas ce soir-là. Mais le jour suivant, nous avons une nouvelle fois partagé notre repas...

— Je ne te veux pas de mal, tu sais. J'ai... j'ai simplement ce besoin, là, caché au fond de mon estomac, qui se réveille de temps à autre et qui m'oblige à... tu sais quoi...

J'ai acquiescé. Je ne voulais pas le contredire, je ne voulais pas qu'il parte et qu'il me laisse seule affronter le silence. A-t-il ressenti ce désir en moi ? Me comprenait-il malgré tout ? Il est resté jusqu'à ce que je termine mon plateau. Et, aussitôt que sa silhouette a disparu en haut de l'escalier, j'ai regretté son absence. Tout comme ses départs réguliers m'imprégnaient d'un sentiment d'abandon inconfortable, le fait qu'il me quitte après le dîner me renvoyait à ma condition d'être inutile, de personne inapte à toute compagnie. Je ne la connaissais que trop bien, cette sensation. Ma mère me l'avait si souvent imposée.

C'est à partir de ce moment qu'il ne m'a plus touchée. Non pas parce que je ne lui faisais plus envie, car je le devinais lutter contre son *besoin* quand il partait de la cave avant même d'avoir terminé son repas, ses pas pesant plus que d'habitude sur les marches en bois, mais parce qu'il en avait décidé ainsi.

Dès lors, nous dînâmes ensemble tous les soirs. Nos conversations s'étoffèrent, je lui parlais de mes amis du lycée et lui me racontait son travail à la ferme... Son regard se fit plus doux, ses manières plus légères. Sa maladresse bienveillante détonnait d'avec la rusticité sauvage de nos premières années. Il me fit rire à plusieurs reprises, et je fus chamboulée d'entendre pour la première fois depuis longtemps cette expression de joie dont j'avais oublié jusqu'à l'existence.

Puis un jour, quelques mois après ce premier repas commun, il me demanda si je voulais dîner avec lui.
Dans la cuisine.
Il murmura cette proposition avec une certaine gêne dans la voix, comme s'il m'invitait à un bal de fin d'année. Je lui souris. J'allais enfin pouvoir quitter cet endroit, élargir l'horizon de ma prison même si cette pièce, grâce à sa présence et à nos échanges, m'était de moins en moins étouffante. Il sortit un trousseau de clefs de sa poche, me libéra le poignet puis me tendit la main pour m'aider à monter l'escalier.
Jamais personne n'avait agi avec autant de précautions avec moi. Ma mère ne me donnait jamais la main pour traverser une route ou pour simplement marcher dans la rue. Pour elle, je n'étais que le symbole d'un moment d'égarement, une grossesse non souhaitée, une honte semblable à celle ressentie par ces femmes tondues d'après-guerre. C'était sans doute pour cela que la police n'était jamais venue me chercher. Avait-elle au moins signalé ma disparition ? Ne s'était-elle pas contentée de pleurer de fausses larmes en se réjouissant de ce coup de pouce du destin ?
En gravissant les marches, je pris conscience que personne ne m'attendait au-dehors. L'unique personne m'ayant montré de l'amour, c'était toi, mamie. Mais tu n'étais plus de ce monde. Et désormais, le seul être qui me proposait de l'affection était celui qui me tenait la main à cet instant, avec autant de douceur que s'il protégeait un oisillon tombé du nid. Il avait été mon

bourreau. Mais le souvenir de sa violence s'était amenuisé avec le temps, brouillant ma perception de l'insoutenable, noyant mes certitudes et ma révolte.

Personne ne m'attendait au-dehors.

Personne…

Il me laissa beaucoup plus de liberté.

Je n'étais plus enchaînée. Le bracelet de fer gisait contre le ciment telle la dépouille d'un passé révolu, tel le membre impuissant d'un monstre terrassé par un chevalier. Je pris mes marques dans son univers, discrètement, passant de plus en plus de temps à ses côtés. Nous nous apprivoisâmes comme deux bêtes blessées par la vie qui décident de survivre ensemble. Il me laissa lui préparer à manger et goûta les plats sans aucune crainte. Il m'expliqua qu'à l'extérieur le monde ne tournait pas comme il devrait. Que la ferme était une sorte de refuge et qu'il regrettait de m'avoir fait subir tant de sévices. Sa sincérité et son repentir me bouleversèrent au point de me demander si je n'étais pas celle qui avait mal agi en le jugeant trop rapidement.

Finalement, un jour, il m'accompagna jusqu'à la porte d'entrée et l'ouvrit devant moi. Il tendit le bras pour m'inviter à sortir et prononça ces mots que je n'aurais jamais cru entendre de sa bouche.

— Tu es libre à présent. Tu peux partir et perdre ton temps à tenter de retrouver une vie qui n'existe plus, ou alors m'accorder ton pardon. Je ne te ferai plus jamais aucun mal, je te le jure. Cette porte restera toujours ouverte, pour que tu puisses partir ou que tu puisses revenir.

J'ai fixé un long moment la porte sans bouger. Cela faisait des mois que nous partagions notre quotidien sans plus aucune crainte ou défiance entre nous. Libre. Libre de quoi ? D'errer indéfiniment ? De me rendre dans un poste de police pour dénoncer un homme que je ne voyais plus comme une menace, mais comme l'unique bouée à laquelle m'accrocher ?

Dehors, je serais seule. Une fois de plus.

Tandis qu'ici...

D'un geste lent, mais ferme, je refermai la porte et repartis dans la cuisine pour terminer la tarte aux pommes que je lui préparais.

Et ce n'était pas de la résignation.

Mais de l'acceptation.

Les mois passèrent. Parfois, nous couchions ensemble, mais uniquement parce que je le décidais. Cette sensation de pouvoir me procurait une assurance nouvelle et très agréable. J'avais l'impression d'avoir inversé les rôles. Au tout début, je fus surprise par la distance sexuelle qui s'installait entre nous, craignant qu'elle ne soit due à un désintérêt, à la lassitude d'un corps qui avait changé avec les années. Je me sentis en danger, en sursis car j'avais l'impression de lui être devenue inutile. Mais il m'expliqua que ses besoins s'étaient tout simplement évanouis, qu'il ne ressentait plus cette fureur au creux de son ventre qui l'avait poussé à me faire tant de mal.

Je participais aux tâches quotidiennes avec un plaisir insoupçonné. Tous les matins, je récupérais les œufs dans le poulailler, l'aidais à nourrir les vaches ou à cueillir les légumes. Il n'y avait jamais de visiteurs, et quand c'était le cas, nous pouvions deviner le véhicule depuis l'extrémité du chemin qui menait à la ferme suffisamment en avance pour pouvoir me cacher et retirer tout signe de ma présence dans la maison. Le seul endroit où je ne pouvais me rendre était l'étable, car elle donnait sur des parcelles de champs qui ne lui appartenaient pas et d'où on aurait pu m'apercevoir. Cette construction, située au fond de l'arrière-cour, symbolisait la limite à ne pas franchir pour sauvegarder le secret de ma vie ici.

Ainsi, je pouvais me déplacer, observer le ciel, respirer l'air frais et me protéger du soleil sous l'ombre précieuse du grand saule situé juste devant la porte d'entrée. Sans plus aucune contrainte, sans plus aucune peur, j'apprivoisais mon nouvel univers. Je préparais des ragoûts, lisais de nouveaux romans qu'il m'achetait, je m'occupais en réorganisant – de manière diffuse et discrète, par crainte de le brusquer – l'intérieur de la ferme. Il me laissait faire sans jamais contredire mes choix, s'amusa de voir ses anciennes médailles accrochées dans le salon, s'étonna de découvrir tous ses livres dépoussiérés et réunis dans la bibliothèque, aux côtés de ceux qu'ils m'avaient offerts.

Étais-je heureuse ? Oui, je le pensais à cette époque.

Même la dizaine de chats qui entrait et sortait de la maison sans me montrer le moindre intérêt me devint moins repoussante.

J'ignore combien d'années nous avons passées ainsi. Le temps n'était plus vraiment important. Son instabilité se trouvait effacée par un quotidien reposant et rassurant. Des habitudes, des rituels, de la bienveillance, autant de balises auxquelles se raccrocher pour effacer les manques ressentis durant mon enfance et qui guidaient mon bien-être chaque jour.

Tous les soirs, à 20 h 37, une fois le dîner terminé, il remettait ses bottes en caoutchouc et partait rentrer les bêtes à l'étable. Il rassemblait le reste de notre repas pour l'apporter aux poules et aux cochons, et je le voyais plonger dans la nuit pour n'en revenir qu'une heure plus tard, épuisé par son travail de fermier. Mais il était suffisamment courageux et solide pour se lever le lendemain et recommencer sans jamais se plaindre.

Pourtant, un soir, tout cet univers s'effondra.

J'étais assise dans le canapé, à écouter la radio lorsqu'il vint s'asseoir à mes côtés.

— *Il* est revenu, prononça-t-il d'une voix épuisée.

Il m'avoua, le visage baissé, que son *besoin*, qu'il pensait disparu, le tourmentait de plus en plus souvent. Je savais très bien de quoi il voulait parler. Je le ressentais depuis quelques semaines. Je m'en apercevais, la nuit, quand je dormais à moitié et que je sentais son corps s'éloigner de moi en poussant de lourds soupirs, mais aussi le jour, quand ses yeux fuyaient ma silhouette. Il m'expliqua que ce besoin avait toujours été en lui, depuis son adolescence, comme une maladie dont on ne guérit jamais.

Il me rassura, me jura que jamais il ne me ferait de nouveau subir ce que j'avais subi, qu'il préférerait en mourir, mais son regard qui s'enfiévrait lorsqu'il évoquait cette période me prouvait que ce *sombre passager* qui lui enflammait les sens était beaucoup plus puissant qu'il n'osait le dire.

Alors, lentement, par de discrètes suggestions, il inocula dans mon esprit la possibilité d'une autre solution. Une solution qui me permettrait de continuer à vivre comme je le faisais depuis ma sortie de la cave, libre et sans douleur, et qui lui prodiguerait de quoi satisfaire son besoin sans jamais avoir à me toucher. Il me certifia que j'étais assez forte – que nous étions assez forts – pour passer cette épreuve. Il me convainquit un peu plus chaque jour en m'expliquant que c'était l'unique possibilité, que notre bonheur en dépendait, que ces gosses à qui les parents tenaient sans cesse la main ne grandiraient jamais de toute façon. Qu'ils resteraient drapés dans la cape de leur père comme ces voyageurs dans le poème de Goethe, savourant un bien-être dont j'avais été privée durant toute mon enfance.

À quel moment devient-on un monstre, mamie ?
Est-ce par lâcheté ? Par instinct de survie ? Par amour ?
J'ignore pourquoi on le devient.
Mais je sais à quel moment j'ai revêtu la cape sombre et brumeuse du Roi des Aulnes.

C'était un dimanche. Il était parti depuis deux jours pour assister à une foire où il devait vendre quelques-unes de ses bêtes. L'horloge du salon indiquait 19 heures lorsque j'entendis la bétaillère se garer derrière la ferme.

Quelques instants plus tard, il est entré dans la maison.

Je ne l'ai pas regardé. Je n'en ai pas eu le courage. J'ai tourné le dos en pleurant ma faiblesse.

Alors, il est descendu dans la cave, emportant avec lui l'enfant qui dormait dans ses bras.

8

Parce qu'elle l'indique dans son premier refuge.
C'est impossible.

Véronique avait du mal à encaisser le poids de ces révélations.

Le passage se déroulant dans la cave pouvait-il être réellement un autre refuge, une ombre de la vérité dessinée par un esprit suffisamment effrayé pour vouloir s'y cacher ?

Elle ne s'était jamais retrouvée face à une projection aussi réaliste. Il y avait toujours une part d'étrangeté dans les récits de victimes. Un ami imaginaire, une transformation du bourreau en un monstre mythique, comme le Roi des Aulnes, des fantômes, des bruits ou des apparitions inexpliquées, des lieux inexistants… Cette part de fantastique était le symbole même d'un désir de fuir la réalité, des paroles insensées pour n'importe quel observateur mais cependant révélatrices et fondées d'un point de vue psychiatrique.

Mais dans la cave, dans ce deuxième refuge, tous les évènements exprimés sonnaient comme vraisemblables et dénués de fantaisie. Se pouvait-il que cette horloge soit la seule part fictive du récit ? Dans ce cas, était-elle l'unique porte menant à la vérité ?

L'ampleur de la tâche qui s'annonçait n'inquiétait pas la psychiatre. La thérapie serait longue, mais le processus était le même qu'il y ait un ou plusieurs refuges.

Non, ce qui tourmentait la jeune femme, c'était de découvrir qui ou quoi était à l'origine d'une telle fuite.

Et plus elle y pensait, moins elle était certaine de vouloir affronter la vérité.

Véronique comprit qu'elle était dépassée par l'enchevêtrement de barrières mises en place par le cerveau de Sandrine, qu'elle ne réussirait pas à mener à terme la thérapie sans l'appui d'un collègue.

Elle resta silencieuse face à Damien, attendant de lui qu'il lui livre des explications qu'il ne possédait pas.

— Je… je vais réfléchir à tout cela, déclara-t-elle en se levant, le visage fermé. Demain, je contacterai un confrère qui pourra certainement m'éclairer. C'est… troublant. La complexité de ce système de survie est inédite pour moi…

— Je comprends, j'ai confiance en vous, Véronique. Ne baissez pas les bras. Y a-t-il un détail qui vous vienne à l'esprit et vers lequel il serait bon de me diriger, comme l'horloge ou les foires ?

— Non, répondit-elle, confuse de ne pas pouvoir aider l'inspecteur, rien pour l'instant…

— Ce n'est pas grave. Vous savez, votre travail est de soigner les victimes, pas de trouver la vérité. Ça, c'est mon boulot. Ne vous impliquez pas davantage. Si la cave représente un deuxième refuge, la vérité qui en sortira ne pourra être que l'horreur absolue.

— J'en ai conscience, inspecteur, mais à un moment, il me faudra aussi soigner cette vérité, et le seul moyen d'adapter la thérapie est de l'affronter, d'ouvrir la porte du refuge qui me mènera à elle. C'est un peu comme danser avec le diable, personne n'en a envie, mais chacun durant son existence a droit à son tour de piste...

— Je dis cela pour vous prévenir. Cette histoire n'est pas finie, et ce qu'elle révélera ne risque pas d'embellir nos nuits. Prenez un peu de recul, tout simplement.

— Et vous, lui demanda-t-elle en se retournant alors qu'elle venait d'atteindre la porte, souhaitez-vous vraiment danser avec le diable ?

— J'en ai déjà eu l'occasion, et j'ai tourné le dos. Je ne referai pas la même erreur.

Véronique salua Damien et sortit du bureau. Ils se quittèrent sans savoir quand ils se reverraient, ni dans quelles conditions. Mais le silence pesant qui les accompagna durant ces quelques secondes où aucun d'entre eux ne trouva les mots justes n'augurait rien de bon.

L'inspecteur attendit que la porte se referme pour allumer une cigarette. Il n'avait pas encore déjeuné mais n'en avait nullement envie, comme si son corps était trop accaparé par ce mystère pour ressentir d'autres besoins que celui de découvrir le fin mot de l'histoire. Il regretta de ne pas avoir été capable de rassurer la jeune psychiatre. Mais comment aurait-il pu le faire, alors que lui-même se sentait perdu, ne sachant comment franchir la porte de la vérité ?

Vers 14 heures la sonnerie du téléphone l'extirpa de ses pensées.

— Inspecteur Bouchard, déclara-t-il en décrochant.
— Bonjour inspecteur, je suis M. Dubreuil, ma secrétaire m'a prévenu de votre appel. En quoi puis-je vous être utile ?
— Vous connaissez un certain M. Wernst ? demanda Damien, en se munissant d'une feuille et d'un stylo.
— Tout à fait, Frank Wernst.
— Pouvez-vous me parler un peu de lui ?
— Eh bien, commença Dubreuil, c'est une personne discrète, mais toujours sympathique. Il ne loupe jamais notre foire, ses bêtes sont très prisées, surtout les laitières. Nous l'attendons le mois prochain, sa place est déjà réservée même s'il ne nous a pas encore renvoyé sa cotisation.

Damien se garda d'évoquer le décès du fermier. La presse n'avait toujours pas eu connaissance du meurtre, inutile de lui faciliter la tâche en prévenant un civil qui ne pourrait sans aucun doute s'empêcher de propager le secret. *La paysannerie est une grande famille.*

— Auriez-vous les dates de ses participations, les emplacements précis de son installation ainsi que le nom des acheteurs ? J'aimerais discuter avec ceux qui le côtoyaient durant ces foires.
— Certainement, mais... que se passe-t-il ? Il lui est arrivé quelque chose ?
— Désolé, monsieur Dubreuil, mais je ne peux pas en parler pour le moment.
— Très bien, en tout cas, j'espère qu'il n'y a rien de grave.
— Je vous laisse me faxer tout cela, enchaîna Damien avant que son interlocuteur ne cherche à en

savoir un peu plus, j'ai donné le numéro à votre secrétaire. Merci beaucoup pour votre aide.

— Avec plaisir, inspecteur, n'hésitez pas à revenir vers moi si besoin est.

— Juste une dernière question : depuis combien de temps existe votre foire ?

— Vingt-cinq ans, sans interruption, précisa fièrement le responsable. Excepté en 1982.

— Que s'est-il passé ? La crise de la viande aux hormones ?

Damien se souvenait du scandale qui avait secoué le secteur agricole quelques années plus tôt. Une association avait révélé qu'une très grande partie des veaux élevés en France était nourrie avec des hormones, dans des conditions d'insalubrité révoltantes. Un rejet massif de la viande par les consommateurs s'était ensuivi, et, par ricochet, bon nombre d'éleveurs avaient fait faillite. La filière ne s'en était toujours pas remise et souffrait encore de ce scandale.

— Vous n'êtes pas de la région, inspecteur, je me trompe ?

— En effet, vous avez raison, avoua Damien sans préciser depuis quel endroit il avait migré, ni pour quelle raison.

— En 1981, reprit Dubreuil, lors du dernier jour de la foire, un enfant a disparu. C'était le fils de l'un de nos exposants. Nous avons tous été bouleversés par ce malheur, nous le connaissions tous, le petit Fabien. Nous avons décidé de ne pas reconduire la foire l'année suivante, par respect pour la famille, en espérant que le gosse soit retrouvé rapidement. Mais la police n'a jamais eu la moindre piste. Les parents venaient de se séparer. Un mauvais divorce, vous comprenez. Le père était violent, alcoolique, et son exploitation survivait difficilement… Une situation classique dans les campagnes. Donc la thèse de la fugue a été évoquée puis acceptée, laissant chacun de nous dans l'illusion d'un probable retour. Qui n'a jamais eu lieu.

— C'est pour cela que la foire n'a pas été maintenue l'année suivante ?

— Oui. Pour cela, mais également parce que le père s'était pendu six mois avant.

Damien remercia une nouvelle fois le responsable et raccrocha, contrarié. Un détail qu'il n'arrivait pas encore à percevoir perturbait ses pensées. Il nota sur le papier le contenu de sa discussion, afin de ne pas oublier un point important :

> *Âge de la foire = 25 ans*
> *1982 = évènement annulé, car 1981 = disparition d'un gamin*
> *Le père se suicide (violent, alcoolique, divorce)*
> *Wernst est toujours présent en tant qu'exposant. Depuis quand ? (à vérifier sur le listing faxé par Dubreuil)*
> *Discret, mais sympa (à vérifier en contactant les autres personnes présentes lors de la foire, exposants, vendeurs)*
> *Le gamin n'est jamais retrouvé. Fugue probable*
> *Prénom du gosse : Fabien*

Fabien.
Là, le détail.
Le prénom.

Damien ouvrit fébrilement le dossier de Sandrine et parcourut les notes prises à son retour au commissariat.

— Merde, pesta-t-il en devinant les premières vibrations d'une voix caverneuse s'élever au creux de son oreille.

Il feuilleta le rapport du premier refuge, celui de l'île. Il se rappelait avoir listé les prénoms donnés par la victime, ceux des gamins du camp de vacances. Elle parlait de dix résidents, mais tous n'étaient pas nommés.

Ici.

Les enfants de la guerre. Les sang-mêlé. Les victimes du Roi des Aulnes.

Fabien.

Celui qui protégeait les autres en marquant les chambres d'un dessin.

Je t'avais bien dit que l'on s'amuserait, père indigne.

9

Trois jours, mamie, trois jours... J'ai mis tout ce temps avant de comprendre.

Une éternité.

Le premier soir, le jour de son arrivée, je ne suis pas descendue voir l'enfant. J'étais incapable de bouger, de parler. Je sais simplement qu'il l'a déposé dans la cave et que j'ai entendu le tintement de la chaîne et du verrou que l'on referme.

Le lendemain matin, cependant, c'est moi qui ai dû lui apporter son petit déjeuner.

Je lui ai descendu son plateau sans prononcer le moindre mot, sans même le regarder, reproduisant à l'identique l'attitude de mon ancien bourreau. Je me suis contentée de fixer le sol, de poser son repas et de me ruer dans l'escalier pour fuir sa présence. J'ai fermé la porte de la cuisine pour ne pas entendre ses larmoiements puis, appuyée contre l'évier, j'ai serré les poings jusqu'à sentir mes ongles s'enfoncer dans la chair.

Ne pleure pas, ne craque pas, souviens-toi de ce qu'il t'a dit...

— Pas longtemps, juste quelques jours, le temps que mon besoin s'évanouisse... L'enfant est inapte à la vie. Toi, c'est différent, c'est la vie qui est inapte à ton existence. Je m'en suis rendu compte. Personne n'aurait choisi de se relever après ce que je t'ai fait endurer. Personne n'aurait eu la force suffisante de pardonner. Tu es spéciale, le monde de dehors ne te mérite pas. L'enfant, c'est le contraire. Il est inutile. Un feu follet éphémère qui s'éteindra bientôt et dont personne ne se souciera. Il est là pour nous aider à vivre ensemble. C'est le réceptacle de mes besoins, un simple réceptacle dont le seul intérêt est de me libérer.

« Ce sont les premiers jours les plus difficiles... Tu peines encore à accepter, mais bientôt, avec le temps, tu comprendras que c'est l'unique solution. Lorsque tu ressens un doute, écoute ta chanson, celle qui parle d'amour, et pense à notre bonheur. Tout ce qui existe en dehors de la ferme n'est qu'un monde en perdition... Mais nous, nous sommes à l'abri ainsi... Cette ferme est notre refuge... N'est-ce pas là tout ce que tu as toujours souhaité, Sandrine ? Alors à quoi bon songer à l'enfant de la cave ? Pourquoi mettre en péril cet équilibre, cette stabilité qui s'est toujours moquée de toi ? »

Alors, j'ai suivi ses conseils.
Parlez-moi d'amour.
Des dizaines de fois. Montant le volume sonore quand je percevais des pleurs émanant de la cave, hurlant les paroles comme autant d'ordres donnés à cette partie de moi qui doutait encore...

Parlez-moi d'amour.

10

Était-ce un hasard ?

Certainement. Mais un hasard troublant.

Qu'une personne découverte morte dans sa cave, après avoir enlevé et séquestré une jeune fille, fut présente lors de la disparition d'un autre enfant, cinq ans plus tôt, n'était pas un détail à prendre à la légère. De plus, le prénom de la victime ressortait dans les deux récits.

Se pouvait-il que les enfants nommés dans le refuge de Sandrine aient vraiment existé ? Que là, perdus au milieu des divagations d'un esprit meurtri et effrayé, de véritables fantômes fassent leur apparition ? Était-ce possible que les enfants soient eux aussi, comme l'horloge, une de ces balises échappées du réel ?

OK, Fabien est un prénom courant, s'avoua Damien en tentant de repousser l'éventualité monstrueuse qui grandissait en lui, *peut-être un simple hasard, mais cette histoire est tellement insensée que…*

Il passa en revue le registre des personnes disparues en Normandie. La police ne possédait pas de fichier centralisé des disparitions de mineurs. Il y avait bien des fichiers régionaux, mais rarement la photo d'une victime dépassait les frontières administratives pour s'exporter dans les autres commissariats du pays. Il vérifia qu'aucun prénom ne correspondait à ceux des enfants présents dans le refuge de Sandrine. Celui de Fabien n'apparaissait pas dans le registre car, comme le lui avait expliqué Dubreuil, le cas avait été classé en fugue probable. Aucun autre prénom ne correspondait à ceux de l'île. Damien en fut soulagé, mais il avait conscience que cela ne condamnait en rien sa théorie : il existait beaucoup de foires aux bestiaux, dans tout le pays, dans toutes les régions, et cela, il ne pouvait le vérifier seul, avec des ressources réduites au minimum et des collègues occupés à déménager le commissariat.

Il sut immédiatement vers qui se tourner. Même si, depuis des années, ils ne s'étaient pas revus et n'avaient échangé que des phrases prononcées par téléphone, Damien était persuadé que son ami ne lui refuserait jamais son aide. Il l'avait prouvé en arpentant les rues à la recherche de Mélanie. Puis en lui rendant visite tous les jours, pour prendre de ses nouvelles, mais aussi pour s'assurer qu'il ne ferait pas de conneries lorsque le soir, dans la solitude d'une maison vide, le rire de sa fille disparue résonnerait à travers les larmes et les remords...

Avant de saisir le combiné, l'inspecteur prit une grande inspiration.

Suivre cette piste l'effrayait plus que tout. Car, s'il voulait vraiment vérifier la possibilité que les enfants aient existé et que Wernst ait été leur bourreau, il devait avant tout quitter ce refuge qu'il s'était érigé contre le passé pour se débarrasser d'une autre probabilité, celle qu'un des prénoms non précisés par Sandrine commence par la lettre M.

— Allô!
— Patrice?
— Salut, Damien.
— Du nouveau?
— Non, toujours rien.
— Ce n'est pas grave, bientôt, peut-être. Patrice?

D'habitude la conversation se terminait ainsi. Et d'ailleurs, s'étonna Patrice, Damien n'avait pas l'habitude de le contacter aussi rapidement après le dernier coup de fil. Il ne le faisait qu'en début de mois, et là, il le rappelait après à peine deux jours.
— Oui?
— Tu pourrais m'aider sur une affaire?
— Bien sûr! Tout va bien Damien? s'inquiéta son ami.
— Si je te donne une liste de prénoms, enchaîna celui-ci sans répondre à la question, tu pourrais me dire si cela te fait penser à des enfants déclarés disparus? Peut-être pas dans la région, mais ailleurs… D'anciens dossiers dont tu aurais entendu parler…

Damien dicta les prénoms à son ami. À chaque fois qu'un prénom était murmuré, Patrice le répétait à voix basse, fouillant dans sa mémoire, tentant de se rappeler si, en séminaire ou lors de simples discussions entre collègues, un policier y avait fait référence. Damien, de son côté, priait pour se tromper. Il fermait les yeux et soupirait de soulagement à chaque fois qu'il ajoutait un autre prénom sans que le précédent n'ait alerté son ami.
— Attends… Julie?

L'inspecteur ouvrit les paupières et sentit le poids d'une silhouette invisible peser sur ses épaules.

Tic-tac, tic-tac...

— Il y a bien eu une Julie qui a disparu en Vendée cet été, affirma Patrice. L'affaire a fait grand bruit, cela s'est produit dans une station balnéaire, durant les vacances scolaires... Oui, c'est ça, à Saint-Hilaire-de-Riez. Mais le corps a été retrouvé sur la plage et le coupable a été incarcéré. Je m'en souviens parce que mon frère était en vacances pas loin, c'est lui qui m'en a parlé.

— Non, rectifia Damien, juste des disparitions n'ayant pas été résolues.

— OK... Pour l'instant, je n'ai rien qui ne me revienne en mémoire. Je vais en parler autour de moi. Ces gosses ont vraiment disparu ?

— Non... c'est simplement... une intuition, éluda l'inspecteur, je ne peux pas encore l'expliquer, il s'agit certainement d'une fausse piste. Je voulais juste vérifier avec toi.

— D'accord, à ton service, l'Astronaute !

— J'ai... J'ai autre chose à te demander.

— J'écoute.

— Quand Mélanie a disparu... y avait-il une foire agricole dans la région ?

— Une foire agricole ? répéta Patrice, étonné par cette étrange question.

— Oui, où des éleveurs vendent...

— Je sais ce qu'est une foire agricole, Damien. Mais tu ne t'en souviens pas ? On est allés boire un verre là-bas une ou deux fois après le boulot... Enfin, avant... tu sais.

— Où ça ? murmura Damien, la gorge sèche.
— À la foire de Sancoins. L'une des plus importantes de la région Centre. Pourquoi cette question ?

Damien se laissa choir contre le dossier de sa chaise. Les larmes n'étaient pas loin. Une multitude d'images s'échouèrent contre la paroi rocheuse de l'oubli : Mélanie, le Berry, les sorcières, les bois, le canal, le diable.

Comment ai-je pu oublier ? Sancoins... Cette petite ville située à une trentaine de kilomètres de Saint-Amand. Une proximité dangereuse entre une victime potentielle et son bourreau...

Fabien, et à présent, Mélanie. Deux enfants, deux probables cibles de Wernst. Mais aucun corps ni indice concret. Juste un enchaînement de suppositions, que son commissaire balaierait d'un revers en refermant le dossier de Sandrine. Il fallait avant tout s'assurer que Wernst était présent dans le centre de la France à cette période.

— Damien ? Tu es toujours là ?
— Oui... excuse-moi, Patrice. Tu pourrais faire autre chose pour moi ? Contacter la chambre agricole de Bourges et vérifier si l'année de la disparition de Mélanie, une certaine personne participait à cette foire ? Ils doivent posséder un listing des exposants. Ils te connaissent et n'hésiteront pas à te donner ce renseignement.
— Bien sûr. Tu es sûr que tout va bien, tu as une voix étrange...
— Ça va, ne t'inquiète pas, le rassura-t-il. Tu peux me rappeler rapidement ?

— Laisse-moi une heure. Le nom ?
— Wernst, Frank Wernst.
— C'est noté. Et Damien ?
— Oui ?
— On devrait discuter plus souvent au téléphone... Enfin, bien plus qu'une fois par mois. Tu sais, Linda vient parfois à la maison. Elle ne t'en veut plus, elle a... elle a refait sa vie et ne te considère plus responsable de ce qui s'est passé...

Vraiment ? Alors qui blâme-t-elle dans ce cas ? s'étonna Damien en se souvenant que son ex-compagne avait pour particularité de toujours jeter la pierre sur quelqu'un, et qu'elle ne s'en était pas privée dès les premières heures de la disparition. Il avait d'abord accepté ses reproches en les mettant sur le compte de la peur et du désespoir. Mais, tandis que les jours passaient et que Mélanie restait introuvable, ses critiques étaient devenues plus acerbes, aussi acérées que des lames de couteau qui, à chaque fois qu'elle ouvrait la bouche, ne manquaient pas de transpercer le cœur d'un père anéanti par l'idée de ne jamais revoir sa fille.

— Elle dit simplement que parfois les hommes dansent avec le diable, et que souvent, c'est lui qui sourit...

11

Les jours suivants, j'ai tenté d'agir de même : apporter le plateau, ignorer sa présence, remonter et oublier. Des gestes mécaniques et rapides, dénués d'humanité. C'était la seule solution pour combattre cette impression d'être devenue un monstre. Il fallait que je réduise au minimum mon temps passé avec l'enfant, jusqu'à l'oublier, jusqu'à ce qu'il devienne insignifiant.

Ce n'est pas ce qui s'est passé, mamie.

Le deuxième soir, à 20 h 37, Frank est descendu dans la cave avec le repas et la tasse de chocolat chaud. Je m'étais réfugiée dans la salle à manger, la pièce la plus éloignée de la cuisine et de l'enfant, pour allumer la radio afin d'occuper mes pensées avec l'émission historique qui était diffusée tous les jours à cette heure. J'avais beau essayer de me raisonner, de me persuader qu'il avait raison, que notre bonheur possédait cette puissance qui annihilerait tous mes remords, je n'y parvenais pas entièrement.

Cependant, le piège se refermait implacablement. Car chaque minute qui passait endormait ces dernières révoltes malgré moi, grignotant ma raison comme un monstre patient, réduisant à peau de chagrin l'importance de l'enfant, étouffant un peu plus la lumière de ce feu follet...

Le sujet de l'émission radiophonique traitait des expériences réalisées par les Allemands durant la Seconde Guerre mondiale. Cela me fit penser à toi, mamie. Tu l'avais connue, cette guerre, et tu y avais survécu. J'ai ressenti la tristesse de ton absence. J'aurais tant voulu que tu me dises quoi faire, que tu me prennes dans tes bras et que les pleurs de l'enfant se taisent.

Alors, la solution est apparue.

Cela faisait longtemps que je n'étais plus partie sur l'île.

Depuis qu'il ne me touchait plus. Depuis que la peur s'était enfuie.

Il me suffisait d'y retourner, de me réfugier là-bas pour oublier ici. Pourquoi n'y avais-je pas pensé plus tôt ?

J'ai fermé les yeux, avec en fond sonore la voix du présentateur radio qui expliquait le Lebensborn, « la source de vie », ainsi que les diverses expériences sur les militaires, les civils et les enfants effectuées par les soldats nazis durant l'Occupation... Un invité parla d'un orphelinat dans l'Oise, le manoir de Boiseries, qui, pendant les derniers mois de la guerre, avait été utilisé comme maternité pour les femmes françaises enceintes de soldats allemands. Cette bâtisse et ses dépendances qui appartenaient à la famille Menier, propriétaire des fameuses fabriques de barres de chocolat et de cacao à boire du même nom, avaient été réquisitionnées pour y installer le programme des enfants parfaits. Cette coïncidence me fit sourire : ce chocolat était la marque que mon ancien bourreau me servait tous les jours.

Chocolat Menier, le bien-être de l'Univers.

Je me suis sentie partir. Comme si je tombais au fond d'un puits tout en sachant que ma chute serait amortie par une cotonnade de bienveillance. Lorsque j'ouvris les yeux, je me trouvais sur le pont du *Lazarus*, assise en face de Paul. La mer était calme, sécurisante, et je percevais les jurons de ce vieux loup de mer de Simon depuis le poste de pilotage. Je fus contente de retrouver le jeune intendant. Un bonheur coupable, puisqu'en m'en réjouissant, j'avais le sentiment stupide de tromper l'homme qui s'affairait dans la cave. Mais j'ai continué à l'écouter en souriant, le laissant me dresser le portrait des habitants, oubliant la ferme et l'enfant.

Je me suis réveillée au moment où je posais les pieds sur le ponton de l'île.

Wernst venait de s'asseoir à mes côtés, sur le canapé, et sa présence m'extirpa de ma rêverie. Il demeura un moment silencieux, le temps que son souffle court reprenne son rythme normal, puis se leva pour éteindre la radio.

— Ces émissions... Comme si on en avait besoin... Ignorent-ils qu'il n'y a pas plus fidèle compagne que la guerre ? Que quand vous la rencontrez, c'est pour la vie ?

Oui, pensai-je, *les mauvais souvenirs et les cauchemars nous hantent pour la vie. La culpabilité également. Mais je connais un refuge pour échapper à tout cela... Une île où plus rien ni personne ne m'atteindra...*

Seulement, le troisième jour est arrivé.

12

Patrice rappela deux heures plus tard.

— Wernst était présent à la foire de Sancoins cette année-là, affirma-t-il.

Le ton posé de sa voix et l'application qu'il mit à prononcer cette phrase ne laissèrent aucune place au doute.

Damien écouta son ami en repoussant ses paroles et ce qu'elles représentaient.

Il entendit le rire de Mélanie.

Il vit son sourire.

Il fixa son lit orphelin, dans lequel il avait dormi de nombreuses nuits en espérant qu'elle vienne le réveiller, amusée que ses pieds dépassent du sommier.

Bucéphale enchaîna tandis que les images s'évaporaient. Il expliqua pourquoi il avait mis plus de temps que prévu à le rappeler :

— Je me suis permis de joindre les différentes manifestations où il apparaissait comme exposant. Enfin, une partie d'entre elles, ce gars devait participer à une vingtaine de foires par an.

Son ami avait été efficace. Il avait immédiatement contacté la chambre agricole de Bourges, qui lui avait confirmé la présence du paysan à cette foire en précisant qu'il y avait vendu trois bêtes. Il avait demandé si un registre national des foires aux bestiaux existait et son interlocuteur lui avait donné les coordonnées de la FFMBV, la Fédération française des marchés de bétail vif. De là, Patrice avait pu obtenir le listing complet des manifestations nationales.

— Ça ne sent pas bon, Damien. Pas bon du tout.
— Je t'écoute, articula difficilement l'inspecteur.
— Sur les dix communes que j'ai contactées, quatre ont déploré une disparition d'enfant dans les dix dernières années. À Albi, en 1979, à Grenoble en 1978, à Brest, toujours en 1978 et à Clermont-Ferrand en 1980. Aucun de ces gamins n'a jamais été retrouvé, et ton gars était présent à chacune de ces foires. Il serait peut-être temps de m'expliquer, non ?

Damien assimila avec effroi ce que venait de lui apprendre son ami. Ses craintes, qui, au départ, n'étaient qu'un murmure, à peine une perception, se muaient en des hurlements de plus en plus audibles, aussi glaçants que des cris d'enfants voulant échapper à la noyade.

— Il y a deux jours, on a retrouvé une jeune femme sur la plage. Elle ne se souvenait de rien, juste d'une île et d'un camp de vacances où des expériences étaient menées sur des enfants. La psychiatre qui s'est occupée d'elle lui a diagnostiqué de nombreux troubles post-traumatiques. Selon elle, cette histoire d'île et d'enfants ne serait qu'une sorte de « refuge » pour échapper à la réalité d'une expérience traumatisante. Nous avons finalement réussi à gagner la confiance de la victime et elle nous a raconté la vérité. Elle a été séquestrée durant des années et a réussi à s'évader en tuant son geôlier : Wernst.

— Merde alors ! Et Mélanie, qu'a-t-elle à voir avec cette histoire ?

— Dans son premier récit, Sandrine nommait les enfants présents dans le camp de vacances. Dix au total, mais seulement huit prénoms. L'un de ceux-là est Fabien, le même qu'un gamin ayant disparu lors d'une foire agricole proche d'ici, foire où se trouvait Wernst. Et les autres prénoms sont ceux que je t'ai dictés tout à l'heure.

— Bon sang... Tu crois que ce sont d'autres victimes de cet homme ? Et que Mélanie serait l'une d'entre elles ?

— Je n'en sais rien, mais le fait que ce fermier se soit trouvé non loin de ma fille quand elle a disparu n'est pas insignifiant. Mélanie est peut-être l'un des deux enfants non identifiés.

— Tu en as parlé au commissaire ?

— Je vais le faire. Avec ce que tu viens de m'apprendre, cela fait cinq gosses en rapport avec les déplacements de Wernst. Il ne s'agit plus de hasard... Ensuite, je vais retourner à la ferme où vivait cet homme. Si des enfants se trouvaient là-bas, il doit en rester des traces.

— Elle n'a pas déjà été fouillée ? s'étonna Patrice.

— Pas complètement, les équipes se sont cantonnées aux pièces principales, la pluie ne leur a pas permis d'élargir leurs investigations jusqu'aux dépendances.

— Nom de Dieu, Damien, c'est une histoire insensée... Cette jeune femme a dû voir les gosses, les quatre disparitions que je viens de te donner remontent à dix ans !

— Je sais, mais le problème est que la victime ne se souvient plus de rien, elle s'est à nouveau réfugiée sur son île, comme pour se protéger de toute cette horreur.

— Je peux faire autre chose pour toi ?

— Tu en as déjà assez fait, merci et… désolé d'être parti.

— On en parlera une autre fois, Damien. Tiens-moi au courant de l'enquête et sois prudent.

— Ça sera fait.

L'inspecteur se leva, rassembla le contenu des dossiers et entra sans même frapper dans le bureau du commissaire.

— Il y a du nouveau.

— Du nouveau ? Sur quoi ? s'étonna Fourier en voyant le policier débarquer ainsi.

— L'affaire de l'inconnue de la plage, précisa Damien en se retenant de crier ses phrases pour faire comprendre à son supérieur l'urgence de la situation.

Celui-ci triait des papiers étalés sur son bureau. Dans un coin de la pièce, un amoncellement de dossiers attendait d'être emporté.

— Vous m'avez dit hier soir qu'elle avait livré la vérité et que vous me fourniriez le rapport complet rapidement ! rétorqua le commissaire en fronçant les sourcils d'incompréhension.

— Elle a changé sa version.

— C'est quoi cette blague ? Quelle version ? Bordel de merde, je vous avais demandé de régler cette affaire au plus vite !

— Elle est retournée sur l'île, elle ne se rappelle plus avoir été séquestrée.

— Mais de quoi...

— Commissaire, il me faut tous les hommes disponibles.

— Pardon ?

Fourier ouvrit grand les yeux en entendant cette requête. D'accord, il veillait sur un commissariat de petite envergure et voué à la disparition. D'accord, ses hommes n'étaient pas les meilleurs policiers français, mais plutôt des types simplement sérieux, heureux d'être en poste dans un des coins les plus tranquilles de France, loin des règlements de comptes de bandes rivales et des trafics de drogue des métropoles. Mais le commissaire savait reconnaître la conviction quand celle-ci s'éclairait dans le regard d'un policier. Et il n'avait jamais vu cette lueur incandescente briller avec autant de détermination dans les yeux de quiconque.

— Il y a de nouveaux éléments, déclara l'inspecteur avec précipitation. S'ils s'avèrent fondés, nous sommes sur une grosse affaire, une très grosse affaire. Et croyez-moi, plus personne ne pourra remettre en question la légitimité de notre commissariat si j'arrive à découvrir le fin mot de l'histoire. Mais pour cela, il me faut tous les hommes présents aujourd'hui pour aller fouiller la ferme.

— Bordel, Damien, prenez cinq minutes pour tout m'expliquer.

L'inspecteur donna tous les détails. Le premier refuge, la vérité et l'épisode dans la cave qu'il soupçonnait être un deuxième refuge, l'horloge, les foires aux bestiaux et la présence de Wernst, la disparition de Fabien, de Mélanie, les autres prénoms...

Fourier écouta le policier avec attention, mais son regard fixe trahissait son incrédulité. Il posa toutes les questions qui lui venaient à l'esprit et pour chacune d'entre elles, Damien lui apportait une réponse qui les ramenait vers Wernst et les enfants.

— Vous pensez sérieusement que…

— Plus le temps passe, plus j'en suis persuadé… Il faut faire vite.

Son supérieur n'hésita pas plus longtemps. Il réquisitionna tout le personnel et joignit le commissaire divisionnaire de Caen pour lui demander des renforts et une équipe cynophile. Mais il essuya un refus. Une autre opération dans le Calvados nécessitait la présence des chiens, tout comme celle de la police scientifique.

— Putain, à croire qu'on est déjà fermés ! hurla Fourier en raccrochant. Allons-y, on se débrouillera sans eux.

Les deux hommes encouragèrent le reste de la brigade à les suivre et laissèrent l'officier de garde seul avec son incompréhension.

— On revient, détournez tous les appels importants sur ma radio ! lança cependant le commissaire avant de disparaître sous la pluie.

Tandis qu'ils s'installaient dans la voiture de police, Fourier fixa Damien et lui lança avant de démarrer :

— Inspecteur, même si cette histoire peut sauver notre cul à tous, j'espère de toute mon âme que vous faites fausse route…

Une demi-heure plus tard, les véhicules se profilèrent à l'extrémité du chemin de la ferme, leurs gyrophares bleus perçant la pluie et déchirant le ciel gris de leur lumière électrique.

— Trouvez-moi la preuve de la présence d'enfants dans cette baraque. N'importe quoi, mais ramenez-moi quelque chose ! rugit le commissaire.

Les policiers se partagèrent la propriété. Le groupe le plus fourni s'occupa de fouiller le bâtiment principal tandis que des troupes éparses se courbèrent sous le crachin en direction des dépendances. Les générateurs retentirent dans le silence d'une campagne apathique. Quelques oiseaux s'envolèrent, le troupeau de vaches osa un regard puis se concentra à nouveau sur le sol et les quelques poules se dispersèrent de manière chaotique.

Damien fouilla le salon. Il n'avait aucune envie de retourner dans la cave. L'odeur de mort qui y régnait ne l'avait pas vraiment quitté depuis sa dernière visite. Il chercha des traces du chat, mais ne le vit nulle part.

L'ai-je rêvé ? se demanda-t-il en sortant les tiroirs d'une épaisse armoire en bois et en les étalant sur le plancher. Il fit de même avec tous les espaces de rangement. L'inspecteur ignorait ce qu'il cherchait réellement, des photos, des dessins, des objets… mais il vida tout ce qui pouvait être vidé.

— Regardez, inspecteur.

Damien se dirigea vers le cadre en bois fixé contre un mur que lui indiquait un collègue.

— Des médailles allemandes, constata celui-ci.

— Il n'y a pas plus fidèle compagne que la guerre…, murmura Damien en se souvenant des paroles de Sandrine.

— Pardon ?

— Rien, Wernst doit être un ancien militaire. À seize ans, vous étiez enrôlé de force dans la Wehrmacht. Sandrine précise dans son récit qu'il parle avec un léger accent. Et son nom n'a pas vraiment une consonance française.

Un autre cadre entourait une photo en noir et blanc datant sans aucun doute de la période d'après-guerre. On y voyait Wernst, plus jeune, les cheveux coupés court et souriant, se tenir au bord de la mare, une large pelle pointée vers le sol dans la main droite. Les manches remontées de sa chemise dévoilaient le galbe de ses avant-bras musclés, qui saillaient comme les membres d'une antique statue grecque.

Les gosses n'avaient aucune chance contre un homme comme lui, songea Damien face à cette image évocatrice de la puissance du fermier.

Deux heures passèrent. Les policiers continuèrent de retourner tout ce qui pouvait l'être, doutant de plus en plus de trouver le moindre indice. Les chambres, la cuisine, la salle de bains, le cellier… toutes les pièces furent visitées et dénudées. Les placards crachèrent leurs contenus sur le sol, les cloisons résonnèrent des coups portés pour les sonder ; les meubles, le réfrigérateur et la bibliothèque, déplacés à grand renfort de bras, ne dévoilèrent que la poussière et la crasse dans laquelle ils dormaient depuis une éternité. Le plancher fut lui aussi sujet à beaucoup d'attention. Les nombreux tapis et leurs squames de résidus en tout genre se retrouvèrent roulés et stockés à l'extérieur. Les lattes en chêne massif brut furent inspectées une à une sans trahir à aucun moment l'existence d'une cachette pouvant accueillir des corps d'enfants.

La nuit s'annonçait lentement sur l'horizon, telle une bête affamée s'approchant prudemment d'une proie blessée.

— Il doit bien y avoir quelque chose, ce n'est pas possible ! pesta Damien.

Il chassa l'idée de s'être trompé, de ne pas avoir cherché au bon endroit au bon moment. Il repoussa le souvenir de ces visages berrichons qui lui reprochaient, sans jamais le dire, de ne pas avoir réussi à retrouver sa fille. Il fit le sourd quand la voix de son ex-femme lui hurla à travers la distance et le temps que ses choix et ses décisions étaient la principale raison de la perte de leur fille, que c'était lui qui devait l'attendre à la sortie du collège ce jour-là et qu'il n'aurait pas dû se porter volontaire pour cette formation à Paris. Tout comme il éloigna loin de lui le dernier sourire de Mélanie, cette joie lorsque deux jours avant sa disparition, il lui avait offert la paire de chaussures rouges qu'elle convoitait depuis des mois.

Pas maintenant, ce n'est pas le moment, concentre-toi...

Soudain, une voix retentit depuis l'arrière de la propriété. Tous les hommes présents se figèrent.

— Par ici, bordel, par ici !

Damien se rua à l'extérieur en tentant d'éviter les nombreuses flaques de boue et rejoignit le groupe qui s'était déjà rassemblé près de l'étable. La construction en bois, aussi haute que la maison avec ses deux murs latéraux en planches épaisses, s'allongeait sur une vingtaine de mètres. Des relents de déjections bovines et de paille humide provenant des différents box à bestiaux alourdissaient cependant l'air, comme si ces odeurs avaient, avec le temps, incrusté le lieu jusqu'à l'étouffer.

— Ici !

Il tourna la tête vers l'extrémité de l'étable et aperçut une échelle en bois qui se dressait à travers une trappe du plafond.

— En haut !

Damien monta et se glissa à travers la mince ouverture. Il prit appui sur ses deux mains pour pouvoir se hisser dans le grenier, essuya la poussière contre son pantalon et alluma sa lampe torche. Il dut se courber pour ne pas se cogner contre l'enchevêtrement de poutres au-dessus de lui. De longues toiles d'araignées se partageaient l'espace de la charpente, et l'absence d'ouverture sur l'extérieur rendait l'atmosphère étouffante. L'inspecteur progressa à travers les objets en tout genre amoncelés sans précaution depuis des années, se dirigeant vers les faisceaux lumineux qui plongeaient, immobiles, depuis la main des policiers vers un recoin qu'il ne pouvait encore apercevoir.

— Qu'est-ce que c'est ? demanda-t-il en atteignant le commissaire et un autre agent. Qu'avez-vous trouvé ?

Mais aucun d'eux n'eut la force de répondre. Ils se contentèrent de fixer Damien avec, au fond de leur regard, la détresse la plus absolue.

13

Tu sais, mamie, je suis persuadée que le temps use tout.

L'amour, la vie, les sourires comme la colère. Et c'est ce que j'ai ressenti quand j'ai croisé le regard de cette petite fille. L'usure. De mon humanité, de ma raison, de mon âme.

Ce n'était pas ce qui aurait dû se passer.

Apporter le plateau, ignorer sa présence, remonter, l'oublier et partir sur l'île. Voilà quel était le plan. Mais, alors que je me baissais pour poser son repas devant elle, je l'ai entendue murmurer :

— Vous connaissez les noms des chats ?

J'ai levé les yeux, surprise qu'elle s'adresse à moi avec autant de douceur. Je m'attendais à des mots teintés de haine et de colère.

— Ils n'en ont pas, ai-je répondu d'une voix troublée que j'aurais tant souhaitée ferme et distante.

— Si…, assura-t-elle.

— Je ne leur en ai jamais donné.

— Pourtant, ils en ont, ajouta-t-elle avant d'avaler une première bouchée.

Elle était belle, cette gamine. De longs cheveux bruns, des taches de rousseur légères parsemées sur son visage comme des étoiles dans un ciel d'été, des iris semblables à deux puits gorgés d'or... Je restai de nombreuses minutes en admiration devant elle, durant le repas, à l'observer tendrement et à lutter contre cette envie de la prendre dans mes bras.

Une fois son repas terminé. Elle se recroquevilla contre le mur en serrant ses genoux contre sa poitrine.

— Mon père me manque..., avoua-t-elle.

— Je suis désolée..., prononçai-je difficilement, touchée par cette phrase qui avait trop souvent résonné dans mon esprit.

— Il me répétait de ne jamais perdre espoir, continua la jeune fille. Il me l'a dit quand il m'a finalement acheté cette paire de chaussures que je souhaitais depuis des mois. « Tu vois, ma puce, ne jamais perdre espoir ! » Alors je ne perds pas espoir. Je sais qu'il va venir me sauver.

— C'est un très beau souvenir, remarquai-je en sentant les larmes frapper à la porte de mon regard.

— À toi aussi il te disait ça, ton père ?

— Je... je ne sais pas...

— J'aime bien parler de mes parents, c'est comme s'ils étaient un peu là, avec moi.

Alors, je lui demandai plus de détails sur sa mère et son père. Cela lui fit plaisir et Mélanie me parla d'eux avec une étincelle de fierté au fond des yeux. Je n'avais jamais rencontré un enfant fier de ses parents. Avais-je simplement vécu dans le mauvais univers ? Mes certitudes n'étaient-elles pas la conséquence d'une ineptie, d'un contresens abject inoculé par une mère inapte à élever une enfant et par un paysan m'offrant une fausse liberté ?

Elle me raconta les histoires de sa région : les superstitions que les morts transmettaient aux vivants, les frissons imposés au promeneur égaré par la brume qui s'élevait dans la nuit, les présences invisibles, mais cependant perceptibles, des sorcières dans votre dos, des livres qui osaient évoquer ce que personne ne prononçait, *La Mare au diable, Les Clous de Satan*… Elle m'avoua y penser beaucoup depuis qu'elle se trouvait ici, et que ce monde effrayant lui apparaissait à présent comme le plus précieux des refuges, beaucoup moins hostile que la réalité.

J'ai repris le plateau et me suis dirigée vers l'escalier. *Le processus est en marche*, ai-je pensé, *elle se fabrique son propre refuge… La voici, la sorcellerie des enfants… Invoquer pour oublier, se jouer du temps et de son instabilité pour survivre à l'inaptitude d'un univers qui ne songe qu'à les dévorer…*

Je me suis détournée, essayant maladroitement de cacher mes larmes, et, arrivée à la moitié de l'escalier, je lui ai dit :

— Je peux te descendre des livres ou un jeu de cartes, si tu veux.

— Est-ce que je pourrais avoir des craies ?

— Des craies ? Je… je ne sais pas… si j'en trouve, oui. Pour quoi faire ? lui ai-je demandé, intriguée par ce choix.

— Pour mettre un peu de couleur. Pour rendre visible le soleil. Pour dessiner les chats, a-t-elle dit timidement.

— C'est… C'est une très bonne idée.

Wernst était parti pour la journée et ne reviendrait que le soir. Je savais qu'il n'approuverait pas, mais j'étais certaine de pouvoir lui faire comprendre que cela n'affecterait en rien notre quotidien, que ce n'était qu'un simple cadeau, identique à ces livres qu'il m'avait un jour apportés.

Une heure plus tard, je lui descendis une vieille boîte de craies que j'avais trouvée dans un des nombreux tiroirs du salon. Le sourire de la fillette me réchauffa le cœur et détruisit les dernières barrières.

Il fallait que je parle à Wernst. Le convaincre, à mon tour. Lui dire que je ne voulais pas de cette vie, que cela ne préservait en rien notre bonheur. Il pouvait me prendre, moi, autant de fois qu'il le souhaitait. Nul besoin d'un autre corps, j'étais à lui. Alors, qu'il la libère. Elle ne parlerait pas, nous lui ferions jurer. Quant à moi, je lui promettrais de ne jamais le quitter, de ne plus me réfugier sur mon île, de vivre ici, de lui suffire, comme avant... S'il m'aimait vraiment, il comprendrait, j'en étais persuadée...

Mais comme je te l'ai dit, mamie, le temps use tout.

Les hommes surtout...

Durant toute la journée, je laissai la porte de la cuisine ouverte afin qu'elle puisse écouter comme moi la musique qui animait la maison. Les chats en profitèrent pour descendre dans la cave et lui tenir compagnie. Ces animaux, que je détestais toujours au fond de moi pour la liberté insolente et insouciante qu'ils affichaient, passèrent l'après-midi à ses côtés. La rapidité avec laquelle ils l'adoptèrent m'étonna. Il m'avait fallu plus de temps pour arriver à ce résultat.

Une autre raison pour laquelle je n'aimais pas ces bêtes était l'intérêt croissant que leur apportait leur maître. Souvent, durant les derniers mois, quand je me couchais, il restait avec elles, les caressant, leur parlant, leur offrant toute l'attention dont il me privait de plus en plus.

Quand je descendis un peu plus tard pour lui apporter son dîner, la petite fille avait colorié le mur auquel elle était enchaînée. Je découvris, hébétée, un arc-en-ciel géant enjambant un soleil radieux, des fleurs aux pétales multicolores, une forêt d'arbres rassurants avec, juste à côté, une maison aux fenêtres ouvertes. Je restai quelques minutes sans bouger, subjuguée par l'éclat de ces couleurs que jamais les murs gris n'avaient connues.

Mais ce qui me frappa, au point de devoir déposer le plateau sur le sol pour ne pas en renverser le contenu, ce fut les enfants. Des traits pour les membres et un cercle pour la tête – comme je l'avais fait des années auparavant pour compter les jours – et au-dessus de chaque silhouette, elle avait apposé un prénom. Tous se tenaient la main et formaient une ribambelle parfaite. Devant chaque enfant, un chat était allongé et semblait dormir d'un sommeil paisible.

— Ce sont tes amis ? lui demandai-je, intriguée, en me rapprochant du mur.

— Non, se contenta-t-elle de répondre en me fixant.

— Qui sont ces enfants alors ? Et toi, tu es où ?

— Je suis ici, indiqua-t-elle en posant le doigt sur une silhouette.

— Et c'est ton prénom, au-dessus ?

— Oui.

— Mélanie ?
— Oui.
— Et Fabien, Julie… ils étaient à l'école avec toi ?
— Non.

Son attention restait focalisée sur mon visage. J'avais la désagréable sensation qu'elle attendait une réaction de ma part et j'ignorais encore laquelle.

— Des amis imaginaires, alors ?
— Non. Ce sont les autres.
— Les autres ? Quels autres ? m'étonnai-je en lisant les différents prénoms.
— Les autres enfants que le Roi des Aulnes a tués.

14

Véronique rentra chez elle après avoir discuté avec Damien.

Tout le long du trajet, elle regretta d'avoir quitté si subitement l'inspecteur. Elle avait entendu tant de choses sur lui. Sa fille, la disparition, son exode jusqu'ici... Elle n'avait cependant pas osé aborder le sujet. Était-ce pour cela qu'il se sentait si mal à l'aise en sa présence ? Craignait-il qu'elle ne voie en lui que le père indigne que la rumeur faisait de lui ?

Mais à son tour, qu'allait-il penser d'elle ? Sa difficulté à trouver la clef pour ouvrir l'esprit de Sandrine condamnerait-elle Véronique à être jugée comme une incapable ? Elle avait très bien décrypté son regard quand ils s'étaient rencontrés la première fois. C'était le même message qu'elle avait surpris à de nombreuses reprises au fond des yeux de ses interlocuteurs, patients ou médecins, dès sa prise de poste à l'hôpital.

Trop jeune pour avoir assez d'expérience. Mais bon, dans un endroit reculé comme Villers-sur-Mer, elle aura le temps d'apprendre...

Et voilà qu'à peine deux ans après son arrivée, une femme et ses incohérences débarquaient dans son service pour lui renvoyer en plein visage ce qu'elle pensait n'avoir plus à prouver auprès de ses collègues.

Véronique ne réussissait pas à digérer les récentes découvertes de l'inspecteur. Un deuxième refuge ? Mais pour s'abriter de qui ? Y avait-il un deuxième Roi des Aulnes dans l'histoire de Sandrine, un autre monstre dont la psychiatre n'aurait pas décelé l'existence ? Était-ce possible qu'elle se soit trompée à ce point ?

Elle avait bien compris que l'inspecteur ne croyait pas à ce que la rescapée de Wernst leur racontait. Et d'une certaine manière, elle lui en voulait, car elle accueillait ses doutes comme une remise en question de sa propre efficacité en tant que psychiatre. Mais n'était-ce pas son travail, finalement, de douter de tout jusqu'à obtenir la vérité ?

Elle se servit un verre de vin qu'elle vida d'un trait et expira lourdement. Dehors, la pluie s'abattait avec violence sur l'immeuble d'en face. Bien qu'il fût encore tôt, la lumière tamisée par les nuages n'offrait qu'une visibilité abstraite et épuisée. *Comme sur cette putain d'île*, ricana Véronique en se remplissant un second verre de vin qu'elle but avec plus de retenue.

Elle eut envie de se plonger de nouveau dans les paroles de Sandrine, de tracer des schémas, d'élaborer des théories, de prouver l'exactitude des préceptes psychologiques qu'on enseigne aux étudiants, de montrer à chacun que son expertise était fondée... Mais elle dut admettre qu'elle n'en avait pas la force. Pas maintenant, pas après autant de désillusions.

La jeune femme termina son verre et se dirigea vers la salle de bains. Elle retira ses vêtements, actionna le robinet puis s'assit sur le rebord de la baignoire en songeant aux affirmations de Damien. Pourquoi se sentait-elle si mal à l'aise ? Était-ce parce qu'elle aussi se mettait à douter de son jugement, et ainsi de la parole de sa patiente ? Si Sandrine mentait, de manière consciente ou inconsciente, la nécessité demeurait la même : lui prouver qu'elle ne risquait plus rien. Mais comment agir de la sorte si ni l'inspecteur ni elle ne parvenaient à comprendre la raison de sa peur...

Elle ferma les yeux et réfléchit aux arguments de Damien. Mais à peine essayait-elle de se remémorer leur conversation que les mots de Sandrine venaient se mêler à ceux du policier, s'imbriquant jusqu'à former un dialogue absurde.

Elle nous ment.
20 h 37.
Le temps est une notion instable.
Il n'y a jamais eu d'horloge.
Aussi vide et inutile qu'une horloge sans aiguilles.
La foire aux bestiaux.
Parfois, mon bourreau s'absentait pendant plusieurs jours. J'ignorais où il se rendait...

Véronique pénétra dans le bain et décida de chasser pour quelques minutes les évènements de ces dernières quarante-huit heures. Elle allongea ses jambes, savoura ce sentiment de bien-être sur sa peau et finalement s'immergea la tête en repoussant à plus tard ses questionnements.

Détends-toi, détache-toi de tout cela comme on l'apprend en devenant psychiatre. Tu n'as rien à prouver à quiconque... Tu as déjà fait une erreur en te rapprochant un peu trop de la victime, en allant jusqu'à la prendre dans tes bras... Alors ressaisis-toi, oublie-la, au moins pour ce soir, profite de cette eau chaude pour te relaxer et...

Véronique sortit brusquement la tête de l'eau et balaya ses cheveux en arrière.

Merde ! Une balise, une putain de balise !

Elle se leva précipitamment, se sécha en partie et enfila le peignoir pendu derrière la porte.

Merde, merde, merde...

« Y a-t-il un détail qui vous vienne à l'esprit et vers lequel il serait bon de me diriger, comme l'horloge ou les foires ? » lui avait demandé Damien avant qu'ils ne se quittent.

Mais à ce moment-là et jusqu'à ce qu'elle s'immerge entièrement dans sa baignoire, elle avait été incapable de réfléchir de manière efficace, de ressentir une intuition et d'aider ainsi le policier. La jeune femme sortit les cassettes de sa sacoche en cuir et les réécouta l'une après l'autre en notant le nombre de fois où, selon sa toute nouvelle théorie, Sandrine répétait ce détail important.

Battues par les flots, qu'il vente ou qu'il pleuve.
La mer, froide et indolente...
La météo pluvieuse...
Il a coulé dans les eaux glacées en emportant avec lui les enfants...
J'ai bu. De longues gorgées.
Le cadavre de Paul flottait à la surface de l'eau, comme une peluche abandonnée sur le lit d'une rivière endormie...

Elle dénombra pas moins d'une quarantaine de mots ou d'expressions provenant du même champ lexical. Une densité de vocabulaire sans aucun doute dénué d'intérêt pour l'oreille d'un policier, mais beaucoup trop importante pour une psychiatre…

Des balises posées tout le long du récit, tels des cailloux à suivre, comme dans ce conte pour enfants, comprit-elle en se précipitant sur le téléphone pour annoncer sa découverte à l'inspecteur.

15

— Tu connais le Roi des Aulnes ?
— Oui, il me le récite souvent, le poème.
— Qui ?
— Celui qui me touche là, précisa-t-elle en pointant son index vers son bas-ventre. Tu veux connaître les prénoms qu'il donne aux chats ?
— Non…
— Il offre un chat à chaque enfant, pour qu'il se sente moins seul…, continua cependant Mélanie.
— Quoi ?
— Puis quand l'enfant meurt, le chat reste, avec le prénom, comme un trophée… C'est pour ça qu'il les aime tant, ses chats.
— Ce que tu dis n'a aucun sens. Je n'ai jamais vu d'autres enfants ici… J'ai été la seule…
— Il y a toujours une pièce secrète.

Il y a toujours une pièce secrète…
C'était à mon tour de fixer la jeune fille. Que voulait-elle dire à la fin ? Je remarquai ses pieds nus et fouillai la pièce du regard pour y trouver cette paire de chaussures rouges dont elle m'avait parlé. Je ne la trouvai nulle part. Où étaient-elles passées ? Les

avaient-elles perdues dans la bétaillère ? Cette enfant semblait savoir beaucoup de choses. Le poème, les enfants, les chats... Ils s'étaient approchés d'elle sans aucune appréhension, comme s'ils la connaissaient depuis longtemps...

— Où étais-tu avant d'arriver dans cette cave ?
— Dans la pièce secrète.
— Mais bordel de merde, de quelle pièce secrète veux-tu parler ?

Je lui hurlai dessus de toutes mes forces. Elle dut lire la violence en moi car aussitôt elle se recroquevilla un peu plus contre le mur, faisant fuir les chats qui s'étaient pelotonnés autour d'elle comme pour la protéger.

— De l'étable, je veux parler de l'étable...

16

Véronique joignit le commissariat de Villers-sur-Mer et apprit que l'inspecteur Bouchard et l'ensemble des équipes se trouvaient en intervention. Elle demanda s'il était possible de le contacter par radio.

— C'est à quel sujet, madame ?

— Il s'agit d'une enquête en cours, l'inconnue de la plage qui a été retrouvée avant-hier, précisa-t-elle.

— Ah… Je peux transmettre un message si vous le souhaitez.

— Ils sont retournés là-bas, c'est ça ? À la ferme de Wernst ? Ils ont trouvé une…

— Je ne peux pas vous donner plus d'informations, pas sans l'aval de mon supérieur.

— Écoutez, enchaîna Véronique en tentant de garder son calme, la découverte que je viens de faire peut aider à boucler l'enquête. Il est assez urgent que le commissaire et l'inspecteur soient prévenus. Donc soit vous les joignez immédiatement, soit vous devrez expliquer à leur retour pourquoi vous n'avez pas voulu prendre en compte…

— Très bien, très bien, pas la peine de s'énerver, je l'appelle…

Après un instant, la voix reprit, plus calme, intriguée par le message que le patron avait laissé en réponse :

— Je viens d'avoir le commissaire. Il dit que l'aide d'une psychiatre serait la bienvenue.

Véronique nota l'adresse et se précipita dans sa chambre pour enfiler un jean et un pull-over. Quarante minutes plus tard, sous une pluie diluvienne, elle passa le barrage policier après avoir donné son identité puis s'engouffra sur le chemin cabossé.

La ferme se dessina lentement, isolée au milieu de terres agricoles, à l'image d'une île perdue au centre d'un océan. Au-dessus des champs, un toit de nuages pesants couvrait la maison, telle la promesse dérangeante et irrévocable de lourdes révélations à venir. Éparpillés un peu partout, des projecteurs semblables à des lucioles immobiles brisaient les ténèbres naissantes de leur lumière artificielle. La jeune femme se gara derrière un véhicule de police, ouvrit son parapluie et se dirigea vers le premier officier qu'elle croisa.

— Bonjour, je cherche l'inspecteur Bouchard, c'est urgent.

— Il est à l'intérieur… mais je ne suis pas certain que ce soit le bon moment.

— Le commissaire m'a autorisée à venir, je suis psychiatre.

— Dans ce cas, vous les trouverez tous les deux dans le salon, précisa l'officier en montrant d'un geste du bras l'entrée de la maison.

— Vous avez découvert quelque chose ? osa-t-elle en observant le visage marqué du policier qui semblait indifférent à la pluie qui s'échouait contre lui.

— Malheureusement oui, lâcha celui-ci avant de se glisser vers l'arrière du bâtiment sans ajouter le moindre mot.

Véronique se réfugia dans la bâtisse, immédiatement accueillie par Antoine qui, la mine grave, lui fit signe de le suivre à l'écart, dans la cuisine.

— On a découvert des éléments qui nous permettent d'affirmer que des enfants déclarés disparus par de nombreux commissariats en France ont séjourné ici.

— Combien ?

— Dix.

— Mon Dieu... Sandrine n'était pas la seule... dix... comme les enfants dans le camp de vacances...

— Nous ignorons encore pourquoi et combien de temps ils sont restés ici, ni même quand cela a commencé. Mais nous savons ce que Wernst a fait subir à Sandrine, alors...

— Vous pensez qu'il a agi de même avec les enfants ?

— Oui, c'est la théorie que nous redoutons tous.

— Je dois parler à l'inspecteur, l'informa Véronique en cherchant Damien du regard.

— Ce n'est plus le responsable de l'enquête, déclara Antoine, la tête basse.

— Pour quelle raison ?

— Il se trouve impliqué, se contenta-t-il d'ajouter en guise d'explication.

— Bon sang, ne pouvez-vous pas me dire simplement ce qui se passe ici !

— Mademoiselle Burel ?

Véronique se tourna quand son nom fut prononcé par le commissaire. Il se tenait droit dans l'encadrure de la porte et l'observait sans trahir la moindre émotion.

— Oui, commissaire ?
— Venez par ici.

Elle le suivit jusqu'à une chambre dont le matelas et les couvertures avaient été repoussés dans un coin. Des tiroirs jonchaient le sol et l'immense armoire avait été vidée. L'unique fenêtre de la pièce était ouverte et laissait entrer un air vif et frais qui ne masquait cependant pas l'odeur de moisissure imprégnée dans les murs. Véronique remarqua que les couleurs s'estompaient lentement tandis que la clarté du ciel disparaissait sous l'épaisse couche de nuages. Mais elle nota également que le visage de Fourier subissait lui aussi cette décoloration, que sa peau se parait d'un linceul gris, tout comme ses mains et ses cheveux.

Elle ne put s'empêcher de penser au poème de Goethe, et à un vers en particulier : *Les saules de la forêt semblent si gris.*

Le commissaire s'assit lourdement sur le sommier. Elle ne connaissait pas cet homme, si ce n'était par les quelques allusions que Damien avait faites, mais elle décela tout de suite chez lui une immense fatigue, tant physique que morale. À quel point Sandrine avait-elle envahi les pensées de ce policier ? Depuis combien de nuits ne pensait-il qu'à elle ? Et vers quel cercle de l'enfer l'avait-elle entraîné pour le rendre si exsangue et épuisé ?

— Que se passe-t-il, commissaire ?

— Nous... nous avons retrouvé des preuves concrètes, dans le grenier de l'étable.

— Quelles preuves ?

— Une chaîne, un matelas, comme dans la cave. Et une dizaine de paires de chaussures cachées dans une valise, de la taille trente-cinq à trente-sept..., précisa Fourier.

— Les enfants...

— La police scientifique va débarquer dans quelques heures, elle découvrira certainement des éléments qui ne laisseront plus aucune place au doute.

— Et... et Damien, Antoine m'a dit qu'il n'était plus sur l'affaire... Qu'est-ce que ça signifie ?

— Cela signifie que parfois le diable s'amuse à suivre sa proie malgré les kilomètres. Vous êtes au courant que l'inspecteur avait une fille, Mélanie ? demanda le commissaire d'une voix lasse.

— Oui, comme tout le monde à Villers, j'ai entendu cette histoire.

Une histoire que l'on ne raconte pas aux enfants, songea la psychiatre, *mais que l'on murmure dans les couloirs d'un hôpital, au comptoir d'un café ou dans les allées d'un marché.* Une histoire délivrée du bout des lèvres, un secret éventé à voix basse, comme une sentence honteuse : *père indigne. Partir et abandonner la mémoire de sa fille. Père indigne.*

— Wernst attrapait ses proies quand il se rendait à des foires aux bestiaux, partout en France. Sans doute les enfermait-il dans la bétaillère lorsqu'il rentrait, les scientifiques nous le confirmeront en examinant le véhicule. C'est Damien qui a trouvé cette piste, et bien entendu, il a vérifié la présence de Wernst à la date où Mélanie a disparu. Ce jour-là, il se trouvait à une foire, à une trentaine de kilomètres d'elle...

— Mon Dieu... Vous voulez dire que...

— Que l'on a retrouvé la paire de chaussures que portait la jeune fille le jour de son enlèvement, expliqua Fourier. Des chaussures rouges, avec un M soigneusement écrit au feutre indélébile sous la languette de la chaussure. C'est Damien qui l'avait marquée ainsi, un vieux réflexe de policier : l'équipement, identique pour chacun, nous pousse à prendre ce genre de précautions afin de ne pas confondre nos affaires. C'est pour cela que je suis obligé de le retirer de l'affaire. Et c'est pour cela que je vous ai permis de venir ici. Damien va avoir besoin d'aide dans les prochains jours...

Le commissaire se releva et posa sa main épaisse sur l'épaule de Véronique. Au fond de ses yeux, la jeune femme devina les larmes qui couleraient certainement lorsque le policier serait rentré chez lui et qu'il se retrouverait seul face au reflet de cette tragédie. Véronique, à son tour, réprima sa douleur et l'enfouit dans un refuge nommé professionnalisme.

— Je peux le voir ?
— Oui, suivez-moi.

Damien était assis sur une chaise du salon, le regard figé en direction de la fenêtre et de l'extérieur qu'il était de plus en plus difficile de percevoir tant la pluie s'acharnait sur le paysage. Elle s'approcha doucement, s'installa face à lui et posa une main sur la sienne.

— Damien, je suis tellement désolée...

À l'extrémité de la table en bois, une valise remplie de chaussures attendait que les agents emballent son contenu dans des sacs en plastique transparents destinés à la police scientifique, mais également à être présentés aux parents pour identification. Véronique ne jeta qu'un bref regard sur ces objets, mais le regretta immédiatement. Cela lui fit penser à un reportage sur la « solution finale » instaurée par les Allemands, où les images montraient un amoncellement de chaussures ayant appartenu à des victimes juives d'un camp de concentration qui formait une édifiante pyramide mortuaire.

Il n'y a pas plus fidèle compagne que la guerre. Quand vous la rencontrez, c'est pour la vie…

Posées devant Damien, les chaussures rouges de sa fille demeuraient à jamais immobiles, les lacets dénoués.

— Damien ?

— J'ai passé des semaines à la chercher, articula l'inspecteur d'une voix éteinte. Partout, dans les bois, dans les rues, dans les maisons abandonnées et dans les parcs… Elle était juste ici, dans cette ferme. Je pensais fuir ma douleur, je ne m'en suis que rapproché…

— Ce n'est pas votre faute, vous ne pouviez pas savoir que ce salaud…

— Dans la région d'où je viens, on prétend que les fantômes guident les vivants. Qu'ils influent sur leurs agissements pour s'en amuser, ou au contraire pour les aider. Mélanie m'a sans doute guidé jusqu'ici, faisant de moi un père indigne aux yeux de tous, celui qui abandonne l'espoir de retrouver son enfant et qui s'éloigne de son souvenir pour le distancier de plusieurs centaines de kilomètres. Mais en définitive, c'est pour m'amener à elle qu'elle l'a fait.

— Damien, peut-être devrions-nous partir d'ici. Venez chez moi, que l'on discute. Il ne faut pas rester seul, lui conseilla la psychiatre d'une voix qu'elle voulut apaisante.

— Je regrette que Wernst soit mort. J'en veux à Sandrine de l'avoir tué et d'avoir ainsi détruit la possibilité que je le fasse de mes propres mains... Je vous avais dit qu'elle ne racontait pas toute la vérité.

— Oui, vous aviez raison, déplora Véronique en lui adressant un faible sourire.

— Les collègues cherchent les corps en ce moment. Je ne peux pas les aider.

— Je suis au courant, le commissaire m'a expliqué.

L'inspecteur prit subitement conscience de la présence de la jeune femme sur une scène de crime où normalement aucun civil ne pouvait se rendre. Il la fixa d'un air surpris.

— Que faites-vous là, Véronique ?

— Le commissaire... Il m'a demandé de venir pour vous épauler. J'étais chez moi et...

Véronique se souvint de la véritable raison de sa présence à la ferme. Les évènements lui avaient complètement sorti de la tête cette balise qu'elle avait découverte tandis qu'elle plongeait son corps dans un bain chaud. Était-ce le moment de la partager ? Ne devait-elle pas plutôt concentrer ses efforts sur le deuil que subissait en ce moment même l'homme assis face à elle ? Devrait-elle en parler au commissaire uniquement ? *Non*, décida la psychiatre en serrant un peu plus la main du policier, *Damien est descendu avec moi dans les refuges de Sandrine, et il en paye le prix fort. Si quelqu'un doit entendre mon hypothèse, c'est lui…*

— Je pense avoir découvert une balise…

Le regard de Damien sembla s'éclairer d'une frêle étincelle de vie. Ce soubresaut la surprit tout d'abord, mais elle comprit très vite que cet homme ne venait pas de découvrir la mort de sa fille, ici, maintenant, en retrouvant ses chaussures. Il l'avait devinée bien avant, quand l'espoir de sauver Mélanie s'était évanoui à force de recherches sans réponses, de nuits sans sommeil et de jours sans lumière. *C'est un homme qui vient d'obtenir la confirmation de ce qu'il redoutait, mais qu'il savait inéluctable. C'est un père qui va pouvoir faire son deuil sans plus jamais en fuir la réalité. C'est un homme brisé devant un miroir, prêt à affronter son reflet et à vouloir y déceler la vérité…*

— Dans quel refuge ?
— Les deux, dans la cave et dans l'île.
— Dites-moi.
— Tout le long de son récit, Sandrine fait de nombreuses fois référence à l'eau : la pluie, la mer, la noyade des enfants, celle des chats… Je pense que cette utilisation n'est pas involontaire, qu'une partie de son inconscient veut nous faire passer un message à travers ce thème.

— Oui, c'est exact, je ne l'avais pas remarqué…, avoua Damien en se remémorant les paroles de Sandrine.

— Et j'ignore ce que cela signifie, poursuivit la psychiatre, mais il y a une incohérence en rapport avec l'eau quand elle se rend sur l'île et qu'elle découvre la maison de sa grand-mère... Le mot « bizarre » est d'ailleurs employé.

— Je ne m'en souviens pas.

— Entre le plan de maître Béguenau et ce que voit la jeune femme, sur le côté de la maison..., lui indiqua-t-elle pour l'aiguiller.

— Non, je ne me...

— *C'est bizarre, le notaire m'a décrit une dépendance, de ce côté-ci de la maison...*, récita alors Véronique.

Damien fronça les sourcils en écoutant ce passage.

— Oui, c'est exact, dit-il, je m'en souviens à présent. Cette incohérence serait, selon vous, une porte vers la vérité ?

— Je ne sais pas, mais si nous trouvions une concordance, cela pourrait nous aider à comprendre ce que Wernst a fait des enfants, affirma Véronique.

— Se pourrait-il que le bâtiment disparu représente l'étable où il cachait les seules preuves dont il ne voulait pas se débarrasser ? Bien souvent, les tueurs gardent des objets personnels en guise de trophées... Merde...

— Qu'y a-t-il ?

— Les chaussures, Sandrine nous l'avait indiqué.

— Comment cela ?

— Lorsqu'elle quitte la ferme de Wernst, après l'avoir interviewé ! Attendez, oui, cela me revient : *en refermant la porte de l'entrée derrière moi, je me suis baissée pour enfiler mes baskets. Mon geste fut freiné quand je m'aperçus que celles-ci avaient été nettoyées par le vieil homme...* À l'entendre, c'est comme si elle ne reconnaissait pas ses propres baskets, comme si l'attention que le paysan avait portée à ces objets la mettait mal à l'aise... La voilà, la balise qui aurait dû nous alerter!

— Bon sang, combien de détails avons-nous ainsi laissé échapper?

— Elle n'évoque cet élément que furtivement, comment aurions-nous pu deviner que cette simple phrase, cette impression inconfortable détenait une part de vérité? affirma Damien comme s'il lisait les doutes dans l'esprit de la psychiatre. Et pour ce qui concerne l'eau, sa signification doit avoir une importance cruciale pour qu'elle répète autant de fois ce thème.

— Dans ce cas, si l'étable correspond à une « salle des trophées », que peut représenter la mare asséchée? Et si...

— Quoi?

— La symbolique! Tout d'abord la disparition de la dépendance par rapport au plan et puis la mare asséchée...

— Où voulez-vous en venir? demanda Damien qui ne comprenait pas l'enthousiasme soudain de la jeune femme.

— Que remarque-t-on en regardant une mare asséchée?

— Euh... je ne sais pas... l'absence d'eau?

— C'est exact! Pas l'absence, mais la disparition de l'eau! La disparition! La présence de cette mare symbolise la disparition!

Damien se leva d'un bond et fit basculer la chaise contre le plancher.

— Il noyait les enfants ! Comme sur l'île ! Voilà comment Wernst les faisait disparaître ! lança-t-il avant de se ruer au-dehors.

17

— Qu'y a-t-il dans l'étable ?
— D'autres dessins, faits par d'autres enfants.
— Comment le sais-tu, tu es arrivée il y a quelques jours et…
— Parce que j'y étais. Depuis très longtemps… Il te suffit de monter l'échelle et d'aller au fond du grenier pour nous trouver.

Je remontai les marches en courant. Wernst pouvait arriver d'un moment à l'autre, déjà le soleil plongeait dangereusement vers l'horizon. Je sortis de la ferme, contournai le saule et me dirigeai vers l'étable sans me soucier d'être aperçue par quiconque. *C'est impossible, cette gamine raconte n'importe quoi*, me répétais-je en cherchant l'échelle. J'atteignis le grenier et me dirigeai vers son extrémité, évitant difficilement les divers objets entreposés que la lumière déclinante déguisait en ombres piégeuses. J'aperçus une lucarne au fond de la pièce. La faible lumière du jour mourant qui la traversait me servit de phare et me guida jusqu'à un renfoncement insoupçonnable depuis la trappe d'où j'étais montée. C'est alors que je le vis : le matelas. Identique à celui sur lequel j'avais passé tant de nuits.

Je tombai à genoux. Une chaîne en tout point semblable à celle qui m'avait encerclé le poignet sortait du mur et se prolongeait sur le sol, avec à son extrémité un bracelet en métal.

— C'est impossible, soufflai-je, c'est impossible…

Je relevai lentement la tête pour observer le mur.

Là, dispersés à plusieurs endroits, des bonshommes avaient été dessinés à l'aide d'une pierre ou d'autre chose. Aucune couleur. Juste des traits et des cercles gris. Les prénoms étaient écrits avec des graphies différentes, par des petites mains différentes… Dix prénoms, dont celui de Mélanie. Dix chats…

Je me mis à frapper le matelas de toutes mes forces. J'étouffai mes hurlements en enfonçant mon poing dans ma bouche. *Voilà pourquoi cet enculé ne me touchait plus! Ce n'était pas par repentir, mais simplement parce que son besoin était évacué sans que je le sache… Voilà pourquoi je ne devais pas m'approcher de l'étable! Il n'a jamais arrêté d'être un monstre… Chaque soir… 20h37… Il enlevait des enfants pour assouvir ses désirs, pour… pour ne plus avoir à me blesser… Mon Dieu… Il l'a fait pour me préserver… Je suis la cause de cela…*

Mes larmes et mes tremblements s'accentuèrent tandis que je réalisais quel monstre j'étais devenue.

Je quittai cet endroit maudit pour revenir vers la ferme. J'atteignis la porte d'entrée et fouillai parmi les clefs suspendues sur le côté. Le double du cadenas de la chaîne ne fut pas difficile à repérer : c'était la plus petite clef. Je m'en souvenais, car j'avais eu à plusieurs reprises l'occasion de l'observer quand mon bourreau me délivrait quelques minutes pour que je puisse arpenter la pièce. Sa taille m'avait toujours révoltée. Un si dérisoire objet pour symboliser la liberté ? Une clef épaisse, lourde, conséquente eût été plus respectueuse...

Mélanie me regarda avec inquiétude dévaler les marches quelques secondes plus tard.

— Que se passe-t-il ? me demanda-t-elle tandis que j'enfonçais la clef dans la serrure de son bracelet métallique.

— Qu'est-il arrivé aux autres enfants ?

— Il... Il les a tués... Il les a noyés, c'est ce qu'il m'a dit quand j'ai hurlé le premier soir : *Tu veux que je te noie tout de suite comme les autres ?*

— Mon Dieu... Il faut que tu t'enfuies... Que tu quittes cette forêt...

— Quelle forêt ?

— Celle du Roi des Aulnes... Pars, ne te retourne jamais...

— Mais... et toi ?

— Je vais partir aussi... Ne t'inquiète pas.

— On pourrait partir ensemble..., pleura la jeune fille.

— Non, il faut que je tue le Roi des Aulnes, sinon je ne pourrai jamais revenir sur l'île...

— Je ne comprends pas...

— Enfuis-toi, Mélanie. Vite, avant qu'il ne réapparaisse... Cours te réfugier dans la vie...

Elle hésita puis, devinant qu'il n'y avait plus rien à ajouter, remonta l'escalier à grandes enjambées. La dernière phrase que je lui adressai fut pour lui dire de chausser ses pieds nus avec ma paire de baskets qui se trouvait devant l'entrée et de courir, encore et encore, pour retrouver ses parents, parce qu'elle ne devait jamais douter qu'ils l'attendaient.

J'ai hurlé, mamie.

À m'en brûler les cordes vocales. J'ai frappé le sol si fort que mes phalanges se sont mises à saigner. Je me suis reproché d'avoir été si lâche, d'avoir abandonné tout espoir et d'être devenue malgré moi le bourreau que je maudissais. Comment avais-je pu, ne serait-ce qu'une seule minute, croire en lui ? Comment avais-je pu trouver ce crime normal et étouffer mon humanité pour me réfugier dans l'abjection de l'insensibilité et du détachement ? Je n'avais pas seulement été la cause de l'exécution de tous ces enfants, j'avais également enterré tout au long de ces années la gamine que j'avais été. Celle qui souriait aux commerçants, celle qui rêvait que Paul l'embrasse et lui tienne la main, celle qui espérait que sa mère la remarque comme le prolongement naturel d'elle-même et non plus comme la conséquence d'un père indigne.

Je suis restée à genoux, le front contre le ciment granuleux. J'aurais pu en terminer ainsi, à l'aide d'un couteau qui maintenant m'était accessible dans les tiroirs de la cuisine. Me couper les veines, ouvrir plus profondément les cicatrices laissées par le bracelet à l'époque où mon enfance ne s'était pas totalement enfuie, quand je tirais sur cette chaîne jusqu'à m'égratigner la peau. Je me suis contentée de frotter avec rage mes anciennes marques contre le sol pour ressentir quelque chose, de la douleur, bien sûr, mais aussi un semblant de vie.

Car, je le savais, j'étais morte le jour où j'avais accepté de partager mon quotidien avec cet homme.

Tout ce sentiment de sécurité, de bonheur nauséeux n'était rien d'autre qu'une prison, un endroit bien plus dangereux et définitif que cette cave qui m'apparut alors comme un refuge contre la diabolisation subtile de mon âme engendrée par les paroles enchanteresses du fermier.

Mon père, mon père, n'entends-tu pas
Ce que le roi des aulnes doucement me promet ?

Puis, j'ai entendu un léger bruit derrière moi et je me suis retournée. Ils étaient presque tous là. Attirés par le drame et l'odeur de sang. Ils se sont approchés et se sont frottés contre mes jambes.

Les chats. Ses enfants. Ses trophées.

Je suis revenue à l'étage. Il me restait une tâche à effectuer avant de disparaître sur l'île pour toujours. Je tentais de maîtriser mes tremblements, fouillant les placards à la recherche du bien-être de l'Univers. *Bientôt, bientôt, j'y serai, je te retrouverai, mamie, j'imagine déjà le* Lazarus *accosté au port, je devine le léger tangage alors que je monte sur le pont…*

J'ai senti l'air marin tandis que Paul se tenait près de moi et me montrait l'île qui se dessinait au large.

J'ai rempli les gamelles alors que je foulais le ponton pour me rendre à l'auberge.

J'ai ajouté le sédatif pendant que je découvrais les photos de l'ancien camp encadrées sur le mur.

Je suis revenue à la cave, j'ai regardé les chats prendre leur dernier repas, et quelque part, une main invisible a déposé une pièce dans le juke-box.

Ils se sont endormis rapidement, même le bruit de la baignoire qui se remplissait n'a pas troublé leur sommeil.

Alors je les ai saisis, *ses* enfants, un par un, et je les ai plongés dans l'eau de longues minutes avant d'observer leur corps flotter en une masse compacte et inerte.

L'île. Oublier tout le reste. Me réfugier là-bas. J'y serai bien. Utiliser le pouvoir de l'enfance. Redevenir cet enfant...

Parlez-moi d'amour,
Redites-moi des choses tendres...

Lorsque j'ai rouvert les yeux, j'ai aperçu un chat en haut de l'escalier. L'animal observait prudemment la cave, n'osant descendre plus bas, devinant certainement la mort de ses congénères. J'ai décidé de l'épargner, ce dixième chat. Je ne l'ai pas attiré vers moi, je lui ai laissé sa chance en le repoussant à force de cris. J'ai pensé à Mélanie. Parviendrait-elle à se repérer, à traverser la campagne, pour atteindre une habitation ? Ne se perdrait-elle pas dans la brume et la nuit ? Arriverait-elle à sortir du bois des aulnes ?

L'animal s'est détourné pour quitter la maison. Sa silhouette s'est arrêtée une dernière fois dans les hautes herbes, derrière le soupirail, et a jeté une œillade à travers la vitre avant de disparaître complètement.

Une heure plus tard, la voiture s'est garée dans la cour. Je l'ai entendu m'appeler, tout d'abord d'une voix calme, puis teintée d'une certaine terreur. Il est apparu en haut des marches. Son visage était pâle. Je lui ai lancé un sourire sans couleur, aussi gris que le mur derrière moi où, peu de temps avant, Mélanie avait colorié le bonheur. Il a très vite compris et a couru vers moi pour me gifler avec force. Il a sorti les chats de l'eau en espérant les sauver.

Mais il était trop tard, le bateau avait coulé et ses enfants s'étaient noyés.

Je ne me vois même pas saisir la pierre derrière la baignoire. Ce que je sais, c'est qu'il m'a tourné le dos et que cela a suffi. J'ai frappé une première fois. Du sang a giclé et s'est propagé sur son cuir chevelu. Il m'a dévisagée, une lueur d'incompréhension au fond des yeux. Je ne lui ai pas laissé le temps d'effectuer le moindre mouvement. J'ai abaissé violemment la pierre sur le haut de son front. Une fois. Deux fois. Puis j'ai continué de frapper tandis qu'il s'écroulait sur le sol. Je ne pouvais pas m'arrêter. Son crâne se craquelait à chaque impact, inondant mes vêtements, mon visage, le ciment de son contenu. Je suis restée un long moment assise à côté de lui.

Puis je suis allée sur l'île pour te retrouver, mamie.

18

Le commissaire avait du mal à suivre Damien. Celui-ci courait en direction du champ et ignorait ses injonctions. Il le vit ouvrir la grille du pâturage et continuer sa course jusqu'à la mare.

Arrivé sur le bord, l'inspecteur retira ses chaussures et sa veste.

— Putain, Damien, qu'est-ce que tu fous !

— Ils sont là, hurla-t-il en désignant l'ombre sombre. Il les a noyés !

— Comment… comment ça ? Tu ne vas tout de même pas…

Trop tard. Damien venait de plonger et se trouvait sous la surface.

La totalité des policiers se réunit autour de la mare et attendit que Damien s'épuise à fouiller la vase, tous conscients que leur collègue venait de découvrir la mort de sa fille, tous conscients que parfois, il était plus sain de laisser les hommes aller à leur folie. Véronique se tenait légèrement à l'écart, ne sachant si elle devait prier pour que sa théorie soit fondée ou simplement fausse. La pluie avait cessé, mais les nuages gris demeuraient figés sur la voûte céleste, profitant du spectacle, se resserrant au-dessus de la ferme pour voir les hommes devenir immobiles et silencieux, telles les stèles de leur propre cercueil.

Damien effectua plusieurs plongées. Sa silhouette, nimbée de la lumière dorée des ampoules, disparaissait dans l'eau épaisse avant de remonter pour qu'il se remplisse les poumons. La scène dura de longues minutes. Le commissaire craignit que son inspecteur ne se laisse aller et décide de ne plus revenir à la surface. Mais, alors qu'il s'apprêtait à donner l'ordre de récupérer Damien, celui-ci nagea jusqu'à eux et s'effondra sur la rive, le front contre la boue.

— Il y a... Il y a des sacs là-dessous... mais ils sont trop lourds pour moi... Beaucoup trop lourds, articula-t-il, à bout de souffle.

Tous les projecteurs furent rassemblés autour de la mare. Les policiers installèrent des planches pour solidifier et rendre accessibles les abords du plan d'eau. Antoine trouva un crochet et une longue corde dans le grenier de l'étable et proposa de s'en servir comme « hameçon ». Il demanda au commissaire s'il n'était pas préférable d'attendre la venue de l'équipe scientifique, mais son supérieur repoussa cette idée d'un geste de la main tout en remontant le bas de son pantalon à mi-mollet et en retirant ses chaussures.

— Rien à foutre, il n'y a que nous, il n'y a jamais eu que nous... Allez-y, inspecteur, ramenez les enfants...

Damien plongea à nouveau dans l'eau glacée, armé de cet hameçon, et l'accrocha à l'extrémité de ce qu'il devinait être un sac en toile de jute, identique à ceux utilisés pour contenir les céréales agricoles. Les agents tirèrent de toutes leurs forces pour l'extraire de la vase épaisse.

C'est ainsi que le premier sac perça lentement la surface de l'eau.

Quand la police scientifique arriva sur les lieux, la totalité des sacs avait été remontée et déposée sur des planches. Les policiers avaient sondé la mare avec des pelles et des râteaux trouvés dans la ferme sans en débusquer d'autres.

— Ils vont les ouvrir, prévint le commissaire en regardant Damien se sécher et s'habiller avec la tenue de rechange qu'il gardait toujours dans son coffre de voiture.

— Il n'y en a que neuf…

— Damien… les corps vont être abîmés… ce sera difficile de les identifier, l'avertit Fourier.

— S'il ne les a pas dévêtus, les habits nous seront utiles, même en partie détériorés.

— Je sais, mais… n'espère pas que Mélanie…

— Au contraire, coupa l'inspecteur, l'espoir est mon seul refuge.

Véronique réussit à convaincre Damien d'attendre à l'intérieur. Elle lui donna deux calmants, qu'il accepta à regret, certifiant qu'il serait capable d'encaisser la vérité. Mais le commissaire insista à son tour, ordonnant à son officier de rester dans la pièce.

— Elle portait un jean et un sweat bleu à capuche, précisa Damien en avalant d'un trait les gélules à l'aide d'un verre rempli d'une eau-de-vie trouvée dans un placard.

— D'accord, acquiesça la psychiatre, restez ici, je m'occupe du reste.

— Véronique ?
— Oui ?
— Elle nous a bien eus, avec son île…
— En effet, elle nous a bien eus.

Véronique assista à l'ouverture des sacs. La jeune femme observa avec dégoût et colère les scientifiques découper les toiles de jute et délivrer les corps. Elle fut surprise que les cadavres ne fussent pas plus décomposés. Un policier lui expliqua que la température de l'eau, l'absence de faune nécrophage et de courants marins avaient préservé les enfants d'une putréfaction rapide.

— Si les corps avaient été jetés en pleine mer ou dans une rivière, ils auraient été méconnaissables, ajouta-t-il en soufflant dans ses mains pour se réchauffer.

Vers 2 heures du matin, les neuf sacs avaient été ouverts et les scientifiques procédaient à divers prélèvements avant de déposer soigneusement les cadavres dans des housses mortuaires. Une heure plus tard, les véhicules quittèrent la propriété pour se rendre à la morgue la plus proche. Les autres policiers, à part deux agents qui venaient d'arriver et resteraient en place jusqu'à la fin de la matinée, rentrèrent également chez eux pour tenter de dormir un minimum. Tous accueillirent l'ordre du commissaire avec soulagement, comme s'ils craignaient de perdre un peu d'eux-mêmes en foulant plus longtemps la terre de la ferme.

— Alors ?

Damien subissait le contrecoup. Son visage gris lui donnait un aspect spectral. Son cerveau ne délivrait plus la précieuse adrénaline qui lui avait permis de tenir jusqu'à maintenant et les médicaments avaient terminé le travail en anesthésiant en partie son circuit émotionnel.

— Ils n'ont pas trouvé de dixième sac. Les fouilles reprendront demain, en plein jour, avec l'aide d'un plongeur professionnel.

— Mélanie ?

— Pour l'instant… aucune trace d'elle. Les vêtements sont assez bien conservés, expliqua Véronique, un goût nauséeux dans la bouche, et aucun ne correspond à ceux de votre fille.

— Elle a dû réussir à s'enfuir… comme ce chat, souffla Damien.

— Quel chat ?

— Celui que j'ai croisé hier. Une autre incohérence. Sandrine nous a affirmé que Wernst avait tué tous les animaux.

— Si Mélanie s'est échappée, Sandrine doit le savoir. Je la questionnerai demain.

— Elle ne dira plus rien, la coupa l'inspecteur, nous aurons beau lui apporter tout le réconfort et les preuves suffisantes, elle restera sur son île. C'est une personne intelligente.

— Comment pouvez-vous en être certain ?

— Parce que se rendre là-bas lui permet d'oublier toute cette saloperie, et de se protéger de la réalité. N'avez-vous donc pas compris que son refuge l'écarte de toute poursuite ?

— Pardon ?
— C'est évident, n'importe quel avocat plaidera la folie. Elle sera reconnue irresponsable de ses actes, et donc restera libre, placée dans un établissement où des gens comme vous perdront leur temps à essayer de la soigner.
— Vous croyez qu'elle a consciemment créé son refuge pour échapper à la justice ? s'étonna la jeune femme.
— Pas l'intégralité, mais elle y a certainement réfléchi... Je crois que c'est pour cela qu'elle est retournée sur l'île, parce que nous nous approchions trop de la vérité. Elle s'est sentie en danger. Nous sommes devenus son Roi des Aulnes.

Véronique songea à la première fois qu'elle avait vu Sandrine. C'était à peine une heure après son arrivée à l'hôpital. Elle avait eu confiance en son premier récit, tout comme elle avait ressenti une douleur sourde au creux de son estomac quand la victime leur avait expliqué les violences qu'elle avait subies. À présent, elle ignorait quoi penser de cette femme. Aucune théorie ne l'avait préparée à rencontrer un diable déguisé en ange blessé.

— Qu'allez-vous faire maintenant ? demanda-t-elle en s'asseyant aux côtés de Damien.
— Chercher Mélanie et la retrouver.
— Elle a disparu depuis des années...
— Je suis persuadé qu'elle s'est cachée quelque part, dans un refuge que Wernst n'a pas pu atteindre.
— Comment pouvez-vous...

Véronique ne parvint pas à finir sa phrase. Comment pouvait-il encore imaginer une issue heureuse ? Depuis le début, tout n'était que faux-semblants et tromperies, rien de lumineux ne transperçait la grisaille... Le besoin d'espoir était-il si nécessaire à l'homme ? Était-il la seule solution face au Roi des Aulnes ?

— Parce que je n'entends plus le diable, lui avoua Damien en serrant sa main, comme pour la réconforter, et je crois qu'il a terminé de danser avec moi...

DERNIÈRE BALISE

Le refuge « Sandrine »

1
Septembre 2019

François Villemin termina son récit et observa la réaction de ses étudiants.

Comme il s'y attendait, tous demeuraient silencieux et espéraient de lui d'autres paroles susceptibles de nourrir leurs interrogations. Cependant, le sexagénaire prit un malin plaisir à ne rien ajouter et les laissa à leurs réflexions. Il se pencha sur son ordinateur et chassa du tableau numérique la peinture de Moritz von Schwind, inspirée du poème de Goethe, qui était restée projetée tout le long de sa narration. Puis il se posta devant les élèves, s'appuyant contre le bureau, et toisa son auditoire, satisfait de son effet.

— Des questions ?

Aussitôt, des dizaines de mains se levèrent dans l'amphithéâtre. Il ne put retenir un sourire face à ces futurs spécialistes qui, une fois leurs longues études terminées, seraient de ceux qui devraient apporter des réponses. Mais il n'était pas surpris par leur impuissance à analyser la mécanique complexe du refuge. L'histoire qu'il venait de leur raconter cachait en son sein tellement de secrets qu'il aurait été inconcevable qu'aucun de ces élèves n'ait besoin d'éclaircissements. Il caressa sa barbe de ses doigts noueux puis désigna un jeune homme placé trois rangs plus haut.

— Qu'est-il arrivé à l'inspecteur ? Il a retrouvé sa fille ? demanda celui-ci avant de se rasseoir.

— Ah…, s'amusa le professeur, vous voulez connaître la fin de l'histoire…

Plusieurs têtes se mirent à osciller de concert. Pendant tout le temps qu'avait duré sa narration, la salle n'avait été que silence et concentration. Chacun des élèves avait été happé par le destin de Sandrine. Et à présent, livrés à eux-mêmes, ils se tenaient face à un refuge dont ils ne possédaient pas la clef.

— Pourtant si vous m'aviez écouté attentivement et si vous aviez analysé le contenu de ce cours, vous détiendriez déjà la réponse.

— Que voulez-vous dire ? s'étonna l'étudiant.

— Réfléchissez et vous trouverez, se contenta d'ajouter Villemin.

Le garçon baissa la main et fronça le visage d'incompréhension, aussitôt imité par ses camarades.

— Vous, au deuxième rang…

— Quelle est la véritable identité de Sandrine ? demanda timidement une jeune fille en rougissant.

— En voilà une question indiscrète ! s'exclama Villemin.

L'auditorium s'emplit de rires feutrés, couvrant à peine le malaise que les réponses évasives du professeur installaient. Le vieil homme était de ceux qui souhaitaient avant tout que les élèves réfléchissent par eux-mêmes. Et parfois, *non, souvent*, s'avoua-t-il, il aimait s'amuser avec eux en se moquant de leur incapacité à trouver les solutions qui se cachaient sous leur nez.

— L'un d'entre vous peut-il me donner le sujet de ce cours ? Oui ?

— Les refuges psychologiques ?

— Exactement, bravo ! Vous serez un psychiatre de renom !

Nouveaux rires, toujours aussi inconsistants et nerveux.

— Nous utilisons tous ces refuges, débuta le professeur jugeant qu'il était temps de dévoiler une partie du mystère, généralement sans nous en rendre compte. Un simple sourire peut en être un. Par exemple, quand une personne vous demande si tout va bien alors que vous traversez une passe difficile, une rupture, une maladie, qu'importe… vous répondez alors en vous réfugiant derrière un rictus malhabile, un bouclier que vous brandissez afin que votre interlocuteur ne devine pas votre trouble intérieur. Vous écartez ainsi le drame. *Oui, tout va bien, regarde ce sourire derrière lequel je me réfugie, n'est-il pas un gage de mon bien-être ?* Le mensonge aussi peut servir de refuge. *Est-ce toi qui as renversé ce verre ? Non, maman.* L'enfant se cache dans le mensonge pour ne pas avoir à affronter la justice de ses parents. La colère, la joie… Lire un livre en est un autre. S'évader de son quotidien pour vivre des aventures par procuration… Mais écrire ce livre en est un également. Derrière ce déluge de mots, l'auteur projette bien souvent ses craintes les plus profondes et les enferme en espérant s'en débarrasser à jamais. Il se réfugie dans la narration de ses pires démons pour ne plus les croiser dans le reflet de son miroir. La vénération d'un groupe de rock, d'un club de foot... l'agressivité et la violence pour se réfugier loin de notre propre faiblesse... se recouvrir d'une couverture pour ne pas avoir à affronter les monstres nocturnes... jouer avec des figurines ou des amis imaginaires... la drogue, l'alcool, la religion... Tous sont des refuges que nous utilisons à un moment de notre vie. De manière consciente ou inconsciente, nous sommes les bâtisseurs de ce qui nous aide à traverser les épreuves de notre existence. Oui ?

— Mais ce ne sont que de simples... falsifications de la réalité, pas des troubles profonds ni des pathologies..., s'étonna une étudiante.

— C'est exact, parce que ces refuges sont ponctuels et en partie maîtrisés. Mais imaginez qu'un petit mensonge se transforme en une série de mensonges, au point que le menteur n'arrive plus à différencier la réalité de la fantaisie ?

— La mythomanie ?

— Tout à fait. Et les exemples sont multiples. Dans le cas que je vous ai présenté, il s'agit de refuges imposés par une situation extrême, en l'occurrence le viol et la séquestration. On sait que c'est le cerveau qui « force » la victime à se désolidariser de la réalité par un processus neurobiologique.

— Mais dans les refuges construits par Sandrine, il y avait également la présence de balises réelles, disséminées consciemment..., enchaîna la jeune femme, visiblement troublée par les explications du professeur.

— Ah... Sandrine... Elle vous intrigue, n'est-ce pas ? Alors oui, dans ce cas, une partie du refuge était sous-jacente, enclenchée par le cerveau durant les périodes de stress intense. Mais quand le stress retombait et qu'elle se retrouvait dans cette cave, il fallait bien que sa conscience se réfugie ailleurs que dans la monstruosité de sa condition. C'était sa seule échappatoire face à la folie.

— Il existe donc des refuges que l'on crée et d'autres que l'on subit ?

— Oui, et Sandrine s'est servie des deux en plaçant des balises issues de son vécu, de sa mémoire autobiographique, de sa mémoire sémantique, comme l'île, le poème, les prénoms des enfants... Tout cela lui a permis de se bâtir un refuge solide. Elle n'a pas incorporé tous ces matériaux en une seule fois. Chacun est venu se greffer avec le temps, construisant petit à petit sa cachette jusqu'à ce qu'elle devienne assez solide pour que Sandrine puisse s'échapper de sa condition. D'après le récit, cela a pris des années. Mais l'élément déclencheur a bien entendu été la violence à laquelle elle a été confrontée. C'est pour ainsi dire la fondation de tout le refuge, sa charpente.

— Plus le temps passe, plus le refuge est complexe ? demanda un élève assis en face de Villemin.

— C'est exact. À l'image d'un simple mensonge, plus vous aurez de temps pour l'élaborer, plus vous pourrez le peaufiner, y ajouter des briques pour le rendre crédible. Je suis surpris, allez-vous enfin me poser la question que j'attends depuis la fin de mon exposé ?

— Serez-vous notre prof l'année prochaine ? lança un autre garçon, provoquant des rires sincères.

— Très drôle, vraiment, mais ce n'est pas ça... Allons... Je vous l'ai soufflée en début de cours...

Oui ? Délivrez-nous de l'ignorance, chère Padawan, s'amusa-t-il en encourageant une étudiante placée au fond de la salle.

— Pourquoi ne trouve-t-on aucune référence à ce « refuge Sandrine » ?

— Alléluia ! s'exclama le professeur en ouvrant les bras tel un messie. La voici, la question ! Pourquoi ne trouve-t-on aucune référence à ce « refuge Sandrine » ? D'après vous ?

— Je l'ignore… Parce que cette affaire n'est pas reconnue par la profession ? Peut-être que ce cas n'est pas référencé car le psychiatre qui travaille dessus n'a pas encore fourni ses conclusions ?

— Et malgré cela, je me risquerais à en parler devant vous ?

— Non, c'est vrai, désolée.

— Mais vous n'êtes pas si loin… La véritable raison pour laquelle ce « refuge Sandrine » n'apparaît ni dans vos livres ni sur internet est la suivante : parce que cette histoire n'a jamais existé.

2

Les étudiants restèrent cois.
Cette histoire n'a jamais existé.
Que voulait dire leur professeur ? Était-ce encore un trait d'humour ? Une autre astuce pour les amener à réfléchir toujours plus ? Un test ?
Chacun tourna la tête vers son voisin en quête de réponses, mais n'y vit que le reflet de sa propre incompréhension.
Villemin pianota sur le clavier de son MacBook et afficha une image sur le tableau.
— Que voit-on ?
— Un dessin ? hasarda un jeune homme.
— Bien, c'est un début. En effet il s'agit d'un dessin réalisé par une enfant. Comme vous pouvez le comprendre, il représente une île entourée d'une mer bleue. Et maintenant, que voyez-vous ?
Il appuya une nouvelle fois sur une touche du clavier et une autre image apparut.
— Une photo de groupe ?
— Exact, une photo prise lors de l'anniversaire de la jeune fille à qui appartient le dessin. On y dénombre, je vous laisse vérifier en comptant, dix enfants d'une quinzaine d'années. Et enfin, voici la troisième image.

Le couplet du poème de Goethe apparut en gros caractères, visibles par tous. Les lèvres des étudiants le murmurèrent alors, récitant ce destin funeste tout comme Sandrine l'avait fait dans cette histoire qu'ils ne parvenaient pas à comprendre totalement.

Le père frémit, il presse son cheval,
Il tient dans ses bras l'enfant qui gémit ;
Il arrive à sa maison avec peine, avec angoisse :
L'enfant dans ses bras était mort.

— *In seinem Armen das Kind war tot*, prononça le professeur en traduisant le dernier vers en allemand. Avez-vous découvert la vérité, à présent que je vous ai montré ces trois balises ?

Il observa son public tenter de trouver la clef de l'énigme qu'il lui proposait. Bien sûr, il aurait pu tout expliquer sans artifice, leur démontrer l'ingéniosité diabolique des refuges et lever le voile sur celui de Sandrine. Mais à quoi bon donner des cours s'il se contentait d'informer et non plus de former ? Villemin voulait leur prouver à quel point la fabrication d'un refuge – pas un sourire ni un mensonge, mais un refuge élaboré, une réponse à un choc émotionnel intense que la victime aurait mis des années à construire pour s'y retrancher à jamais – pouvait se montrer difficile à déchiffrer. Souvent, il le comparait à un palimpseste. Les paroles du patient – le refuge – symbolisaient le texte visible, tandis que la vérité, elle, se trouvait en dessous, hors d'atteinte pour n'importe quelle oreille non attentive.

Le professeur savait également qu'il leur en demandait beaucoup trop, que ces étudiants ne possédaient pas encore assez de références pour différencier le vrai du faux. Lui-même avait mis beaucoup de temps à rassembler les éléments. Des dizaines d'heures à écouter, à poser des questions, des séances de thérapie longues et éprouvantes. La victime avait-elle quitté son refuge pour accepter la vérité ?

Non, regretta l'ancien psychiatre en reconnaissant son échec, *elle s'y trouve toujours...*

— Professeur ?
— Oui ?
— Les trois balises que vous nous avez montrées, appartiennent-elles à Sandrine ?
— Pas exactement.

Une légère stupeur se répandit dans l'auditorium.

— Est-ce Sandrine qui a fait le dessin ?
— Non, continuez, jeune fille.
— Vous avez précisé qu'il y a dix enfants sur la photo de groupe. Leurs prénoms sont-ils les mêmes que celles des victimes du Roi des Aulnes ?
— C'est le cas, oui, vous avez parfaitement raison.
— Mais si cette histoire n'a jamais existé, pourquoi nous montrer un véritable dessin et une photo ?
— Parce que tout se mélange. Ces balises traversent la vérité et le mensonge pour les relier. Ces balises sont réelles, je n'ai tout de même pas inventé le poème de Goethe !
— Donc elles appartiennent à quelqu'un d'autre ! s'exclama l'étudiante. Ce n'est pas Sandrine la victime. Ce n'est pas elle qui a subi le traumatisme nécessaire à la construction du refuge que vous venez de nous narrer.
— Alors à qui appartient-il ? sourit le professeur.

— Véronique ? Le commissaire ? Pas Wernst puisqu'il est mort... Un des enfants qui se serait échappé ?

— Vous n'avez jamais été aussi proche de la vérité. Quels traumatismes risqueraient, selon vous, d'entraîner la création d'un refuge ?

— Une grande souffrance, bien sûr. Le viol, la séquestration, les violences physiques et psychologiques...

— Vous en oubliez un, remarqua Villemin, énigmatique.

— Je ne vois pas.

— Les refuges dans lesquels s'enferment les victimes portent en eux une part de réalité, mais également une part de fiction. Et dans la plupart des cas, cette fiction protège d'un évènement traumatique que l'on souhaite occulter. J'ai voulu vous montrer, à travers ce cas, qu'il ne faut pas se fier aux mots et qu'il est nécessaire de chercher dans leurs ombres la lumière de la vérité. L'élément traumatique, voici la clef. Ici, il s'agit du deuil.

— Du deuil ? Mais il n'y a pas de deuil... La seule personne qui aurait pu être endeuillée est Damien, mais ce n'est pas possible, Mélanie n'a pas été retrouvée... D'ailleurs, l'inspecteur semble plein d'espoir. Le fait de ne pas avoir découvert le corps de sa fille l'autorise à croire encore à ses chances de la sauver, même si elles sont faibles... Si Mélanie avait été retrouvée dans un sac, d'accord, on pourrait envisager l'hypothèse que ce soit en réalité le refuge d'un homme ayant perdu sa fille. Mais ce n'est pas le cas.

— Justement, si, murmura le professeur. Toute cette histoire n'est pas le refuge de Sandrine. Cette jeune fille n'est qu'une composante de la véritable histoire, elle ne représente qu'un paragraphe recouvrant le palimpseste. Car Mélanie a été retrouvée, il y a longtemps. Et c'est son père qui l'a vue en premier... Voilà pourquoi je vous ai montré la troisième balise. *In seinem Armen das Kind war tot...*

3

Le bois de Meillant s'éveillait lentement. Le soleil perçait difficilement à travers les épais chênes pédonculés tandis que la pénombre forestière si propice aux légendes du Berry étirait son manteau de brume sur les taillis feuillus.

Patrice avait participé à la distribution de café tandis que Damien fournissait un sifflet à chacune des personnes présentes. Il en connaissait la plupart. Des amis, des voisins, des habitants de Saint-Amand, tous affectés de près ou de loin par cette tragédie. La ville avait été fouillée sans succès. Ses artères, les champs autour, les maisons abandonnées, le canal, aucun de ces lieux n'avait recraché un corps ou un indice pouvant indiquer le passage de la jeune fille. Il ne restait que le bois comme unique espoir.

La battue avait été organisée deux jours après la disparition de Mélanie. Il y eut tellement de volontaires que la brigade dut en refuser pour pouvoir concentrer ses efforts et gérer les troupes.

— Nous formerons une chaîne humaine puis nous nous écarterons les uns des autres de quelques mètres, expliqua Patrice aux trente personnes réunies autour de lui. Nous avancerons vers le nord et ferons un point toutes les heures. La forêt est grande, mais bien entretenue, en ratissant ainsi nous sommes certains de ne rien manquer. Si l'un d'entre vous pense avoir trouvé quoi que ce soit, utilisez votre sifflet pour nous alerter. Mettons-nous en place, et merci à tous d'être venus.

Le commissaire attendit que la ligne de bénévoles s'étire suffisamment avant d'ordonner la progression. Comme convenu lors de la préparation, Damien se positionna à l'extrémité gauche, presque à la lisière.

L'inspecteur n'avait pas dormi depuis deux jours. Chaque fois qu'il fermait les yeux, il entendait sa fille l'appeler au secours. Il s'en voulait de ne pas avoir été là, de ne pas avoir pu la protéger. Il se traitait de père indigne, regrettait d'avoir si longtemps refusé à Mélanie cette paire de chaussures rouges qu'elle voulait depuis des mois, de ne pas l'avoir plus souvent serrée dans ses bras.

Le cortège se mit en branle. Il s'enfonça dans cette forêt que chacun connaissait pour s'y être promené, pour avoir chassé, pêché, sans un jour imaginer devoir y retourner pour rechercher une enfant disparue. Durant toute la matinée, les volontaires arpentèrent les allées du bois, s'introduisirent dans ses entrailles, voguant sur ses dénivelés tels les passagers d'un navire en perdition sur les vagues d'une mer impétueuse. À midi, ils se regroupèrent pour avaler rapidement les sandwichs offerts par un boulanger de la ville puis reprirent leurs recherches une heure plus tard.

La journée passa sans qu'aucun sifflet ne perturbe le calme apparent. Damien sentit son cœur s'emballer quand il perçut un mouvement provenant d'un buisson à quelques mètres devant lui. Il courut aussitôt, mais un chat errant, alerté par le bruit de ses pas, en sortit pour s'enfuir sans demander son reste. L'inspecteur observa l'animal déambuler à travers les fougères, serrant le poing pour repousser le désespoir qui l'inondait lentement.

À 18 h 30, Patrice invita tout le monde à se diriger vers la nationale qui jouxtait le bois, où des navettes mises en place par la mairie étaient prévues pour ramener les volontaires. Chacun, à regret, déposa son sifflet dans le carton et pénétra dans les véhicules. Sur le chemin, ils lancèrent un dernier regard vers le bois de Meillant en espérant que ses arbres n'aient jamais croisé la silhouette apeurée d'une jeune fille, priant pour qu'elle se soit réfugiée ailleurs, jugeant que cette forêt possédait assez de légendes effrayantes sans qu'on en ajoute une de plus.

Damien attendit que les fourgonnettes aient disparu avant d'allumer une cigarette. Il tira de longues bouffées et recracha sa fumée en direction du ciel qui virait au gris.

— On recommencera demain, lui certifia Patrice. Viens, partons, la pluie ne va pas tarder.

— Elle est quelque part par là, je le sens.

— Damien, je sais que… je sais que ce n'est pas facile, mais il faut que tu rentres te reposer. Tu vas tomber si tu continues comme ça. Linda a besoin de toi également.

— Elle ne m'adresse plus la parole, tu sais, lui apprit-il en écrasant son mégot sur la route. Elle ne le dit pas ouvertement, mais je sais qu'elle me pense responsable de ce qui arrive. Je n'étais pas obligé de me rendre à cette formation. J'ai insisté alors qu'elle m'avait demandé de ne pas y aller, de profiter un peu de notre fille, de venir la chercher à la fin des cours pour lui faire la surprise.

— Tu n'es en rien responsable. Sors-toi cette idée de la tête, lui conseilla Patrice en lui donnant une tape amicale sur l'épaule. On va retrouver Mélanie, j'en suis certain.

— Il y a un étang, pas très loin d'ici, se souvint Damien en se tournant vers l'ouest du bois. On devrait y aller…

— Demain, une équipe cynophile va venir d'Orléans et des plongeurs vont également draguer les différents plans d'eau dès jeudi. Concentrons-nous sur la forêt et…

— Je t'ai déjà dit que mon grand-père avait fait la guerre ?

— Oui, sourit Patrice en se rappelant ces longues soirées passées autour d'un verre, bien avant que Damien se marie, à se raconter leur vie.

— Il n'en parlait pas souvent. Et moi, gamin, je n'avais qu'une envie, c'était d'entendre ses exploits. Je l'imaginais courir à travers les champs, slalomant entre les balles, tirant sur les avions allemands… Mais il se contentait toujours de me répéter que la guerre était la plus fidèle des compagnes. Que lorsqu'on la rencontrait, c'était pour la vie.

— Ça, je ne le savais pas, reconnut Patrice.

— Il m'a aussi avoué avoir ressenti une seule fois la peur. C'était à la fin de la guerre, quand la Wehrmacht abandonnait le pays. Il patrouillait dans l'Oise, à la recherche de soldats déserteurs. Beaucoup d'Allemands s'étaient entichés de femmes françaises et refusaient de les quitter pour repartir dans leur pays. Son unité avait reçu l'ordre de quadriller une forêt comme celle-ci, à Chantilly. Ils ont marché pendant des heures avant d'apercevoir une magnifique propriété qui appartenait jadis à une famille de chocolatiers. Il n'y avait plus personne, les lieux étaient déserts. Ils ont fait le tour, ont fouillé l'intérieur. L'endroit était étrange : il y avait des lits pour bébés, des pièces équipées d'infrastructures médicales, des salles de classe… mais aucun habitant. Alors ils se sont dirigés vers le lac qui se situait derrière la bâtisse principale. Et tu sais ce qu'ils y ont trouvé ?

— Non…

— Des enfants. Des petits corps flottant sur l'eau comme s'ils étaient simplement allongés dessus. Il y en avait des dizaines. Les soldats les ont retirés un par un. Certains devaient avoir quatre ans, d'autres étaient à peine nés. C'est à ce moment qu'il a eu peur. C'est en portant dans ses bras le cadavre de ces innocents que la guerre l'a effrayé, bien plus que lorsqu'il se trouvait dans les tranchées.

— C'est une histoire horrible…, souffla Patrice en se dirigeant vers le véhicule.

— Je veux juste vérifier une dernière chose avant de partir.

— Laquelle ?

— Cet étang, tout près. Ensuite, c'est promis, je rentrerai me reposer.

Le véhicule de police avança avec difficulté sur le chemin gangrené de larges ornières. Cette voie d'accès faite de terre et de pierres ressemblait plus à une ravine miniature qu'à une véritable voie carrossable. L'étang se dessina lentement, dévoilant sa surface sombre contre laquelle la lune pleine se mirait avec orgueil. Les premières gouttes s'abattirent à l'instant même où les deux hommes sortirent de la voiture. Ils allumèrent leur lampe torche et entamèrent le tour du plan d'eau. La végétation était plus touffue dans cette partie de la forêt et ils durent à de nombreuses reprises dévier leur progression pour ne pas être stoppés par des broussailles épaisses ou s'enfoncer dans la boue. Les chênes se mêlèrent aux aulnes marécageux jusqu'à former une masse compacte et oppressante. La nuit les enveloppa un peu plus quand ils atteignirent le deuxième tiers du chemin pédestre.

— J'aurais dû passer plus de temps avec elle...
— Damien, ne t'inflige pas ça.
— *Qui chevauche si tard dans la nuit...*
— Quoi ?
— C'est une poésie. Elle avait une interrogation le jour de sa disparition. Je l'ai aidée à réviser, mais elle n'arrivait pas à retenir les derniers vers. Je lui ai conseillé de la réciter encore et encore, de se l'approprier au point de ressentir l'humidité de la forêt, d'entendre la voix spectrale du roi des aulnes... Je nous revois tous les deux, assis sur le canapé du salon, cette poésie sur ses genoux. Je crois que c'est la dernière fois que je l'ai prise dans mes bras, le lendemain matin, je partais pour une formation à Paris. Pas une simple étreinte fugace, non, un câlin, comme quand elle était petite et qu'elle se réfugiait contre moi à la moindre déconvenue ou appréhension. Je les ai appris aussi, ces vers, pour lui montrer que c'était possible, pour lui dire

de ne jamais perdre espoir. Mais j'aurais dû passer plus de temps avec elle…

— Damien, tu es un père merveilleux, jamais tu n'aurais pu imaginer qu'un jour… Damien ?

À l'instant où son meilleur ami s'immobilisa, il comprit. Nul besoin des hurlements qui suivirent. Nul besoin de le voir tomber à genoux. L'air se raréfia au point que le commissaire tangua à son tour sur ses deux jambes. Il ferma les yeux pour tenter de garder son équilibre. Quand il les rouvrit, il remarqua que les couleurs naturelles s'étaient enfuies, retranchées dans un lieu inconnu, et qu'à la place du vert, du marron et des nombreuses autres teintes de la forêt ne demeurait qu'un gris clair, semblable à de la cendre soigneusement saupoudrée sur un monde en perdition. Il dirigea son regard vers l'étendue de l'étang. Là, à quelques mètres, le corps dénudé de Mélanie, que la lune et sa lumière malveillante coloraient d'un blanc presque phosphorescent, reposait sur le sol. Son buste s'étirait hors de l'eau, un bras tendu vers leur position, comme si la jeune fille avait livré ses dernières forces pour se sortir de l'étang et venir jusqu'à eux.

Patrice s'approcha lentement, ignorant ses larmes et sa peur. Il ne put néanmoins retenir le spasme violent qui le plia en deux et il tomba à son tour en arrière, assis face au cadavre.

Les souvenirs de Mélanie affluèrent dans son esprit et le tétanisèrent.

La première fois qu'il l'avait vue, à la maternité.

La première fois qu'elle avait prononcé son prénom.

Ses anniversaires.

Son sourire.

Ce « tonton » dont elle l'affublait sans se soucier qu'aucun lien naturel ne l'y autorisait.

Les moments où elle attendait au commissariat que son père finisse son service. Elle s'asseyait dans son bureau, feignant de répondre aux messages d'urgence, imaginant sa propre équipe partir sur les lieux en suivant ses ordres.

Mélanie.

— Mon Dieu, souffla Patrice en découvrant le cadavre.

Sa peau diaphane était parcourue de nombreuses plaies, sans aucun doute dues à l'appétit des charognards. Le visage était tourné vers la terre. Des cheveux longs et poisseux telles des algues lui ceignaient le crâne.

Il se redressa difficilement, retira son manteau pour le déposer sur la jeune fille puis rejoignit Damien d'un pas incertain.

— Je… je suis tellement désolé… Da… Damien… Il faut que… que j'avertisse le central… Ne bouge pas, je reviens tout de suite…

Patrice courut jusqu'à la voiture pour lancer un appel radio.

Son message fut haché par ses sanglots. Il eut du mal à articuler cette vérité à laquelle une partie de lui refusait d'adhérer.

Mélanie.

L'officier de garde l'écouta et nota d'une écriture tremblotante le contenu de l'appel. Lorsqu'il demanda au commissaire de confirmer l'heure de la découverte du cadavre, Patrice consulta sa montre tandis que la pluie s'abattait avec démesure contre les aulnes d'un bois à jamais maudit.

Il était 20 h 37.

4

Il n'y eut plus aucun bruit, plus aucune main levée. Les étudiants laissèrent le professeur reprendre la parole, la voix teintée d'une certaine tristesse.

— Cette histoire est vraie. Vous l'aurez compris, elle est la véritable raison du « refuge Sandrine ».

« Peu de jours après l'enterrement, Damien est entré dans une profonde dépression. Il a tenté de se suicider, une fois, en se tailladant le poignet gauche, ce fameux poignet gauche… Il a été placé dans un établissement spécialisé en attendant que le temps fasse son œuvre et que la douleur du deuil s'estompe. C'est dans cet endroit, entre les quatre murs de sa chambre qu'il refusait de quitter, qu'il s'est créé un refuge à son chagrin. Le père de Mélanie est resté un an là-bas.

« Puis, un matin, alors que le psychiatre venait le visiter, il lui a raconté l'histoire de Sandrine comme je vous l'ai racontée.

« Il s'est souvenu des dessins que sa fille accrochait dans sa chambre, comme celui de l'île que je vous ai montré.

« De la poésie qu'ils avaient apprise ensemble.

« Des chaussures rouges achetées après des semaines d'attente.

« De cette chanson de l'entre-deux-guerres qu'elle aimait tant.

« De ses amis qui étaient présents pour son dernier anniversaire et qu'il avait pris en photo.

« Des rapports tumultueux qu'entretenait la mère de Linda avec sa fille, de ce père que sa femme n'avait jamais connu.

« Des reproches qu'elle lui cracha au visage lorsque Mélanie disparut.

« De cette impression étrange, ce sentiment que sa femme ne s'adressait pas seulement à lui, mais également au fantôme de son propre géniteur, le traitant de père indigne comme sa mère avait dû le faire des années plus tôt avec son mari, reproduisant ainsi son comportement comme Sandrine reproduira celui de son bourreau...

« De nombreux autres détails devinrent autant de briques destinées à soutenir la charpente de son traumatisme.

« C'est à ce moment que le directeur de l'hôpital, une vieille connaissance, m'a demandé de venir étudier ce patient. J'ai mis des années à démêler le vrai du faux, à trouver les concordances biographiques, à écarter les faux-semblants et à deviner les balises. J'ai expliqué à Damien comment se fabriquaient les refuges, pour les lui rendre plus concrets, plus compréhensibles, ne me doutant pas un instant que mes commentaires deviendraient à leur tour des briques qu'il placerait dans son utopie. Je souhaitais le soigner, l'aider à accepter le deuil, le faire sortir de son refuge.

— Avez-vous réussi ?

— Non, jeune homme. J'ai échoué. Damien, malgré les trente-six années qui nous séparent de ce terrible drame, se trouve toujours à l'intérieur de son refuge. Et je pense que c'est là qu'il est le mieux.

— C'est une histoire affreuse.

— En effet. Mais les sourires qui masquent la vérité le sont aussi. De manière moins dramatique, certes, ils cachent cependant eux aussi une part de tragédie. Pour Damien, sa fille est toujours vivante. Elle a réussi à échapper au Roi des Aulnes. Il continue de la chercher, fouille les journaux, les sites internet… Il se rend tous les jours sous le kiosque de la place Carrée, à Saint-Amand-Montrond. C'est là que Damien s'assoit durant des heures, sous les regards tantôt curieux, tantôt attristés des habitants qui se souviennent alors de l'inspecteur et de sa jeune fille. Et si vous lui demandez ce qu'il attend, il vous répondra tout simplement que les morts de l'ancien cimetière au-dessus duquel il se tient lui parlent. Et qu'aucun n'a encore jamais murmuré le prénom de Mélanie…

Note de l'auteur

Le Roi des aulnes est un poème écrit par Goethe en 1782.

De nombreuses traductions sont apparues et apparaissent encore. Je me suis servi de plusieurs d'entre elles afin de leur rendre hommage[1].

Ce poème et son interprétation divisent. Certains y voient la représentation du passage de l'enfance à l'âge adulte, d'autres l'évocation de la maladie (l'enfant est sujet à la fièvre et aux hallucinations) tandis qu'un courant différent suggère que cette œuvre serait le cauchemar d'une personne ayant subi des violences sexuelles et qu'ainsi, le roi des aulnes serait le symbole de la pédophilie.

J'ai bien sûr là encore utilisé ces diverses visions dans le récit.

---

1. *Œuvres de Goethe, t. 1*, traduction de Jacques Porchat, Hachette, 1861 ; traduction de Charles Nodier, non datée.

REMERCIEMENTS

Un grand merci à Philippe Robinet et à Caroline Lépée pour leur confiance, leurs encouragements et leur gentillesse.

Merci à Mélanie pour ton travail et tes conseils.

Merci à tout le reste de l'équipe Calmann-Lévy, avec une mention spéciale pour Antoine.

Merci à ma première lectrice, Sophie, et à notre petit roi, Loan.

Enfin un grand merci à vous qui me lisez, qui venez me rencontrer sur les salons ou qui m'envoyez des messages toujours agréables. Les doutes que l'on ressent parfois, seul devant son écran d'ordinateur, s'évanouissent souvent grâce à vous.

Vous êtes en quelque sorte mon refuge.

Merci.

Du même auteur
chez Calmann-Lévy :

Les Chiens de Détroit, 2017
Le Douzième Chapitre, 2018
De soleil et de sang, 2020

Le Livre de Poche s'engage pour l'environnement en réduisant l'empreinte carbone de ses livres. Celle de cet exemplaire est de : 300 g éq. CO_2
Rendez-vous sur www.livredepoche-durable.fr

Composition réalisée par Belle Page

Achevé d'imprimer en France par
CPI BRODARD & TAUPIN (72200 La Flèche)
en septembre 2021
N° d'impression : 3045319
Dépôt légal 1re publication : septembre 2020
Édition 11 - septembre 2021
LIBRAIRIE GÉNÉRALE FRANÇAISE
21, rue du Montparnasse – 75298 Paris Cedex 06

22/9743/3